홍길동전 외

sodampublishingcompany

베스트셀러고전문학선6

홍길동전 외

펴낸날 | 2003년 11월 10일 초판 1쇄

지은이 | 허 균 외
펴낸이 | 이태권
펴낸곳 | 소담출판사
　　　　서울시 성북구 성북동 178-2 (우)136-020
　　　　전화 | 745-8566　팩스 | 747-3238
　　　　E-mail | sodam@dreamsodam.co.kr
　　　　등록번호 | 제2-42호(1979년 11월 14일)

ⓒ 소담, 2003
ISBN 89-7381-770-1 03810
　　　 89-7381-775-2 (세트)
● 책 가격은 뒤표지에 있습니다.

www.dreamsodam.co.kr

베스트셀러고전문학선6

홍길동전외

허균 외 지음

소담출판사

책 을
펴 내 며

고려대학교인문대학장 설중환.

고전문학작품이란 말 그대로 예로부터 전해 내려오는 훌륭한 문학작품들을 말한다. 이는 우리 조상들이 생활하면서 생각하고 느낀 모든 것들이 깃들어 있는 '보물창고' 라 할 수 있다.

흔히 21세기는 인간과 문화가 가장 큰 화두가 될 것이라고들 한다. 근대에 들어 지금까지 기계화와 산업화와 정보화에 매달려 온 인간들은 어느새 스스로의 참모습을 잃어버리고 말았다. 나를 잃어버린 것이다. 우리가 길을 잃으면 어떻게 해야 할까. 다시 원래의 출발점으로 되돌아가는 것이 가장 빠른 길이 아닐까.

고전문학은 우리들을 새로운 출발점으로 안내할 것이다. 고전문학은 오염되지 않는 지혜의 보고로 항상 우리 곁에 남아 있기 때문이다. 현대인들은 다시 고전으로 되돌아가야 한다. 그 속에서 우리는 우리의 본래 모습을 되찾을 수 있을 것이다.

이번에 새로이 기획한 〈베스트셀러 고전문학선〉은 오늘날 한국인들이 꼭 읽어 보아야 할 주옥 같은 작품들을 수록하였다. 특히 모든 사람들이 쉽게 읽을 수 있도록 평이하게 편집하였다. 또한 책의 뒤에는 저자와 작품에 대한 자세한 정보뿐만 아니라 각 작품들 안에서 독자들이 생각해 볼 수 있는 점들을 첨부하였다. 독자들은 이를 통해 더 깊은 고전의 세계를 맛볼 수 있을 것이다.

모든 사람들이 고전문학작품을 통해서 한국인의 정체성을 되찾고, 참 한국인으로 살아갈 수 있다면 그보다 더 반가운 일은 없을 것이다.

일 러 두 기

1. 선정된 작품은 한국 고전 소설사의 대표적 작품들로서 현행 고등학고 검인정 문학 8종 교과서에 실린 작품 외 개별 작가의 대표적 작품을 중심으로 엮었다.
2. 방언은 살리되 의미 전달을 위해 되도록 현대표기법을 따랐다.
3. 띄어쓰기는 개정된 한글맞춤법에 따랐다.
4. 대화는 " "로, 설명이나 인용, 생각, 독백 및 강조하는 말은 ' '로 표시하였다.
5. 본문에 나오는 향가나 가사 등은 서체를 다르게 했다.
6. 각주는 원주와 역주를 구분하지 않았다.
7. 본 도서는 대입수능시험은 물론 중·고교생의 문학적 소양 및 교양의 함양을 위해 참고서식 발췌 수록이 아닌 되도록 모든 작품의 전문을 수록하였다.

차 례

홍길동전

첩의 자식으로 태어난 길동

조선 세종조(世宗朝) 시절, 일찍이 과거에 급제하여 벼슬이 이조판서에 이른 홍모(洪某) 재상(宰相)이 있었다. 여러 대(代)에 걸친 명문 거족 출신으로 그 인물 됨됨이가 출중하여 조정은 물론 백성들 사이에서도 으뜸으로 꼽혔다.

곧, 나라에 충성하고 부모에 효도하기를 언제나 한결같았던 것이다. 공(公)은 밑으로 두 아들을 두었는데 첫째가 정실(正室)¹ 유씨(柳氏)의 소생인 인형(仁衡)이고 둘째는 계집종 춘섬(春纖)의 소생인 길동(吉童)이었다.

예전 길동을 낳을 무렵 공(公)은 기이한 꿈을 꾼 적이 있었다. 천둥이 몰아치고 벼락이 불을 뿜고 있는데 홀연히 나타난 청룡(靑龍)이 공에게 별안간 달려들었다. 놀라 깨어나니 다행

¹· **정실(正室)** 첩에 대해 본부인을 이르는 말.

히 꿈속의 일이었다. 찬찬히 생각해 보니 이는 틀림없이 귀한 자식을 얻게 되리라는 길조가 분명하였다. 크게 기뻐한 공은 즉시 내당(內堂)[2]으로 들어가 부인 유씨를 찾았다. 유씨가 앉은자리에서 살며시 일어나는 순간, 공은 급하게 유씨의 손을 잡으며 품속으로 끌어당겼다. 그러자 부인이 정색을 하며 말했다.

"상공(相公)은 평소 몸가짐을 바르게 하시는 분이시옵니다. 그런데 이 어찌 연소경박자(年少輕薄者)의 천한 행동을 흉내내고자 하십니까? 소첩은 그에 따를 수 없사옵니다."

부인이 공의 다정한 손길을 떨치고 나가버리자 공은 겸연쩍기도 하고 분하기도 해서 마음을 다잡지 못하고 외당(外堂)에 나와 부인의 고지식함을 한탄하였다.

그때 마침 계집종 춘섬이 차를 올리자 그 단아한 태도에 마음이 끌려 공은 춘섬을 이끌고 곁방에 들어가 인연을 맺었다. 춘섬의 나이 십팔 세 때의 일이었다. 한 번 몸을 허락한 후로 바깥출입을 삼가고 타인을 취할 뜻이 없으니 공이 기특하게 여겨 춘섬을 첩으로 삼았다.

과연 그 달부터 태기(胎氣)가 있더니 열 달이 지나 옥동자가 태어났는데 한눈에 보기에도 비범(非凡)한 호걸의 기상이 얼굴에 감돌았다. 공은 한편으로는 기뻐했지만 한편으로는 한스럽게 여겼다. 정실부인에게서 태어나지 못함 때문이었다.

---

[2] **내당(內堂)** 부녀자가 거처하는 안방.↔ 외당.

차별로 인한 서러움

길동이 점점 자라 팔 세가 되자 그 총명함이 뭇 사람이 따르지 못할 정도가 되어, 하나를 들으면 백을 아니 공이 더욱 사랑스럽게 여겼다. 하지만 천한 계집의 소생인지라 길동이 매양 호부호형(呼父呼兄)할 때마다 문득 꾸짖어 못하게 하니, 길동은 십 세가 넘도록 감히 부형을 부르지 못하고 천한 종들까지도 자신을 천대하고 있음을 뼛속 깊이 한으로 여겼다.

가을이 깊어 가는 구월 보름께, 달은 고요히 빛나고 바람은 소슬하여 가뜩이나 어지러운 심사를 뒤흔드니 길동은 서당에서 글을 읽다가 문득 탄식을 하고 말았다.

"대장부가 세상에 태어났으면 공자와 맹자를 본받는 게 도리이다. 그도 아니라면 병법(兵法)을 익혀 장군이 되어, 천하를 정벌하고 나라에 큰 공을 세워 후세에 이름을 남기는 게 또한 장부의 일이 아닌가. 나는 어찌하여 일신(一身)이 적막하여³ 부형이 있어도 호부 호형을 못 하니 참으로 통탄할 일이로다."

길동은 더 이상 어쩌지 못하고 뜰에 내려와 검술을 익혔다. 마침 공이 월색(月色)을 구경하다가 길동이 배회함을 보고 즉시 불러 물었다.

"너는 어찌하여 밤이 늦도록 잠을 자지 아니하는가?"

³ **일신(一身)이 적막하여** 의지할 데 없이 외로운 것.

길동이 공손히 대답하였다.

"소인이 본래 월색을 좋아한 탓도 있지만 대개 하늘이 만물을 만든 후 사람이 가장 귀한 줄 아오나 소인에 이르러서는 귀함이 없사오니 어찌 제가 사람이라 하겠습니까?"

공이 그 말뜻을 짐작하나 짐짓 책망하는 투로,

"네 무슨 말인고?"

하니, 길동이 다시 공손히 고하였다.

"소인이 평생 서러운 바는 대감(大監)의 정기로 당당한 남자로 태어난 몸이라 부모의 은혜가 하염없이 깊거늘, 그 부친을 부친이라 못 하고 그 형을 형이라 못 하니 어찌 제가 사람이라 하겠습니까?"

길동이 눈물을 흘려 적삼을 적시자 공은 길동의 처지가 측은하게 여겨졌다. 하지만 만약 그 심사를 위로하면 마음이 방자(放恣)⁴할까 두려워 오히려 크게 꾸짖었다.

"재상가(宰相家)에 천한 종의 자식이 비단 너뿐만이 아니거늘 네 어찌 방자함이 이토록 치솟느냐? 차후 다시 이런 말이 있으면 용서치 않으리라."

길동은 땅에 엎드려 슬피 울뿐 감히 입을 열지 못했다. 공이 물러가라고 명하자 침소(寢所)로 돌아온 길동은 더욱 슬퍼하였다.

본디 재주가 누구보다도 뛰어나고 도량(度量)이 넓은 길동이었다. 하지

---

⁴ **방자(放恣)** 예의를 갖추지 않고 함부로 행동하는 것.

만 요즘은 좀처럼 마음이 진정되지 않아 밤마다 잠을 이루지 못하였다. 그러다가 결국 어머니 방에 가서 울음을 터뜨리고 말았다.

"소자(小子)는 전생의 인연으로 현세에 어머니와 모자지간이 되었으니 은혜 입은 바가 크다 하겠습니다. 하지만 팔자가 기구하여 소자는 천한 몸이 되고 말았으니 품은 한(恨) 또한 깊습니다. 장부로 태어난 이상 남에게 천대만 받고 살아갈 수는 없습니다. 소자 더 이상 기운을 억제치 못하여 어머니 곁을 떠나려 하니 어머니는 소자를 염려하지 마시고 귀체(貴體)를 보전하십시오."

이에 어머니는 크게 놀라,

"재상가에 천한 출생이 너만 있는 게 아닌데 어찌 그런 좁은 마음으로 어미의 간장을 태우려 하느냐?"

길동이 다시 말했다.

"옛날 장충(張忠)의 아들 길산(吉山)이 비록 천생이었지만 십팔 세에 그 어머니와 헤어지고 운봉산에 들어가 도를 닦아 후세에 아름다운 이름을 남겼으니, 소자 또한 그를 본받아 세상을 벗어나려 하는 것이니 어머니는 염려를 놓으시고 후일을 기다려 주십시오. 최근 곡산모(谷山母)의 행색을 보니 대감의 총애를 잃을까 하여 우리 모자를 원수같이 생각하고 있는지라 큰 화가 미칠까 두렵습니다. 그러니 어머니는 소자가 집을 떠나는 것에 대해 염려하지 마십시오."

길동의 말을 듣고 어머니는 더욱 슬퍼하였다.

곡산모의 음모

곡산모는 본래 곡산(谷山)의 기생으로 있다가 공의 사랑을 받아 첩으로 들어오게 된 여자로 이름은 초란(楚蘭)이었다. 교만하고 방자하기가 이를 데 없어 제 심경에 맞지 않으면 누구를 불문하고 공에게 헐뜯는 소리를 하여 집안을 쑥대밭으로 만드는 이가 바로 곡산모였다. 아들을 낳지 못한 자신에 비해 길동을 낳은 춘섬을 공이 지극히 아끼자 곡산모는 춘섬을 항시 못마땅하게 생각하였다. 하루는 집안에 몰래 청한 무녀(巫女)에게 곡산모는,

"내가 평안하게 사는 길은 오직 길동을 없애버리는 데에 있다. 자네가 만일 내 소원을 이루어 주면 그 은혜를 크게 갚겠네."라고 말하였다.

그러자 무녀도 기꺼이 응하였다.

"지금 흥인문(興仁門)⁵ 밖에 뛰어난 관상녀(觀相女)⁶가 있는데 사람의 얼굴을 한 번 보면 전후 길흉을 판단한다고 소문이 자자합니다. 그녀를 불러와 마님의 소원을 자세히 말하고, 그 뒤 대감께 고하시면 대감이 틀림없이 그 화를 없애고자 하실 터이니 그때 여차여차하시면 될 줄로 압니다."

초란이 무녀의 말에 크게 기뻐하여 우선 은자(銀子) 오십 냥을 건네주면서 관상녀를 몰래 데리고 오라고 말하였다.

---

⁵· **흥인문(興仁門)** 지금의 동대문.
⁶· **관상녀(觀相女)** 생김새를 보고 그 사람의 운명이나 수명을 판단할 수 있는 여자.

다음날 공이 내당에 찾아와 길동의 영특함과 비범함에 대해 부인에게 말하며 다만 천생임을 한탄하는데 문득 한 여자가 찾아와 대청 아래서 문안을 여쭈었다. 공이 이상하게 여겨 그 여자에게 물었다.

"그대는 무슨 일로 찾아왔느냐?"

여자가 말하기를,

"소인은 관상을 조금 볼 줄 아는 여자인데 마침 대감 문하(門下)에 이르렀사옵니다."

공이 여자의 말을 듣고 길동의 앞날에 대해 걱정스러워 즉시 길동을 불렀다. 상녀(相女)는 길동의 얼굴을 자세히 살피다가 갑자기 놀라며,

"이 공자의 얼굴상을 보니 천고영웅(千古英雄)이요, 일대호걸(一代豪傑)이므로 특별히 염려스러운 점은 없습니다만."

하고 잠시 주저하는 기색을 나타냈다.

"지체 없이 바른 대로 고하라."

공과 부인은 이상히 여겨 재촉을 하였다. 상녀는 마지못한 듯 좌우를 물리치게 한 뒤 다시 말하였다.

"공자의 관상을 보니 흉중(胸中)의 조화(造化)[7]가 무궁하고 미간의 산천정기(山川精氣)[8]가 영롱하니 장차 왕이 될 기상을 품고 있습니다. 장성하면 장차 집안을 멸망시킬 재앙을 불러오게 되니 대감은 굽어 살피셔야 합니다."

---

[7] 조화(造化) 사람의 힘으로는 알 수 없는 신통한 일, 또는 그것을 나타내는 재주.
[8] 산천정기(山川精氣) 만물을 창조하는 근원이 되는 기운.

공이 놀라 잠시 말 없이 앉아 있다가,

"사람의 팔자는 함부로 바꿀 수가 없으니 너는 누구에게라도 이런 말을 퍼뜨리지 말라."

이렇게 당부하고 은자를 얼마 주고 관상녀를 돌려보냈다.

그 뒤 공은 길동을 산정(山亭)에 머물게 하고 길동의 행동 하나하나를 감시케 하였다. 길동은 졸지에 산정에 갇힌 몸이 되어 서러움이 더욱 커졌지만 달리 어쩌지 못하고 하릴없이 육도(六韜)[9]나 삼략(三略)[10] 같은 병서와 천문(天文), 지리(地理)를 공부하였다. 공이 이러한 사실을 알게 되어,

"이놈이 본래 재주가 있었지만 만일 그 재주를 믿고 함부로 날뛰게 되면 필시 상녀의 말처럼 되리니 장차 이를 어찌할꼬."

하고 크게 근심을 하였다.

어느 날 초란은 무녀와 상녀를 불러 함께 의논한 뒤 길동을 없애고자 마음을 정하고 천금을 들여 특재(特才)라 불리는 자객을 하나 구하였다. 초란은 공에게 자세한 사정을 일렀다.

"얼마 전에 상녀(相女)가 귀신 같이 알아맞혔는데 길동의 후일을 어찌하시렵니까? 천첩(賤妾)은 놀랍고 두렵기만 합니다. 일찍 길동을 없애 버렸어야 후환이 없을 것입니다."

공이 이 말을 듣고 눈썹을 찡그렸다.

"이 일은 내가 알아서 할 테니 너는 간여하지 말라."

---

9. **육도(六韜)** 중국 주나라의 강태공이 지었다는 병법서.
10. **삼략(三略)** 중국 진나라의 황석공이 지었다는 병법서.

그렇지만 마음이 심란하여 공은 밤이면 잠을 이루지 못하고 결국 병을 얻고 말았다. 부인과 좌랑(佐郎)[11] 인형은 크게 근심하여 어찌할 줄 몰랐다.

"대감의 병환이 깊으심은 길동 때문입니다. 소첩의 생각엔 길동을 반드시 죽여야만 대감의 병환이 쾌차하고 가문을 보존하실 수 있습니다. 어찌 이를 행하지 아니하십니까?"

초란이 부인에게 말하였다.

"아무리 그렇기로서니 천륜(天倫)[12]이 지중하니 차마 어찌 행하겠는가?"

"듣자오니 특재라 하는 자객이 있어 사람 죽임을 귀신같이 한다고 합니다. 천금을 주고라도 밤에 몰래 들어가 길동을 해치우게 하면 대감이 알리 없으니 부인은 다시 한번 생각하십시오."

부인이 좌랑과 더불어 눈물을 흘리며 말하였다.

"차마 못할 짓이지만 우선은 나라를 위함이요, 다음은 대감을 위함이요, 마지막으로 홍씨 가문을 보존함이니 별 수 없구나. 네 말대로 행하라."

초란이 속으로 기뻐하며 다시금 특재를 불러 자세히 일러주고,

"오늘 밤 신속하게 해치워라."

하니 특재는 어두워지기만 기다렸다.

길동은 자신의 처지를 생각하면 처량하고 원통하여 무슨 짓이라도 저지르고 싶었다. 하지만 대감의 명령이 워낙 엄중한지라 밤마다 잠을 이루지

---

11. **좌랑(佐郎)** 조선시대 육조의 정6품 벼슬.
12. **천륜(天倫)** 부자사이 또는 형제 사이에 지켜야 할 도리.

못하고 안절부절못하였다. 오늘 밤도 길동은 잠을 청하지 못하고 촛불을 밝혀 두었다. 마음을 다잡기 위해 주역(周易)의 한 부분을 가만히 생각하고 있는데 문득 까마귀가 세 번 울고 가는 소리가 들렸다. 길동은 이상한 느낌이 들었다.

"저것은 본래 밤을 꺼리는 짐승이건만 내 앞에서 울고 가니 필시 불길한 징조가 아닌가."

길동은 잠시 팔괘(八卦)를 벌여보다가 깜짝 놀라 둔갑법(遁甲法)[13]을 행하여 그 사정을 살폈다. 자시가 넘은 시각이었다. 낯선 사람이 칼을 들고 조심스러운 태도로 방문을 열고 들어오고 있었다. 길동은 몸을 감추고 주문을 외었다. 그러자 돌연 음산한 바람이 불어오고 집이 감쪽같이 사라지더니 사방이 첩첩산중으로 바뀌었다. 특재는 깜짝 놀라 길동의 조화가 보통이 아님을 알고 칼을 숨기고 피하고자 하였으나 어느새 길이 끊어지고 험한 벼랑이 앞을 막아 버렸다. 이리저리 정신없이 헤매다가 문득 피리 소리가 들려와 특재가 정신을 차려 보니 어린아이가 나귀를 타고 오는 것이었다. 어린아이는 피리 불기를 그치고 특재를 꾸짖었다.

"너는 무슨 일로 나를 죽이려 하는가? 죄 없는 사람을 해치면 반드시 천벌을 받을 것이다."

하고 주문을 외었다.

그러자 검은 구름이 떼로 몰려오며 돌과 모래가루가 공중에 날렸다. 특

---

[13]. **둔갑법(遁甲法)** 사람이나 동물을 다른 사람이나 동물로 변하게 하는 신비한 방법(민간신앙, 설화 등에 주로 나옴).

재가 겨우 정신을 차려 살피니 바로 길동이었다. 특재는 길동의 재주가 신통하게 여겨졌지만 곧장 길동에게 다시 달려들었다.

"너는 나를 이기지 못한다. 이제 죽게 되어도 나를 원망하지 마라. 초란이 무녀와 상녀와 짜고 대감을 꼬드겨서 너를 죽이려 한 것이다."

특재가 칼을 들고 달려들자 길동은 분노를 참지 못하여 요술로 특재의 칼을 빼앗았다.

"재물을 탐해 사람을 죽이는 너 같은 무도한 놈은 죽어 마땅하다."

길동이 칼을 허공에 휘둘렀다. 특재의 목이 단숨에 베어져 머리가 방 안에 뒹굴었다. 길동은 억울하고 분한 마음에 곧장 상녀를 잡아 왔다.

"너는 나에게 무슨 원수가 있어서 초란과 한 패가 되어 나를 죽이려 했느냐?"

그러고 나서 길동은 상녀의 목도 단숨에 베어 버렸다.

서러운 이별

길동은 한동안 그 자리에 서서 꼼짝하지 않았다. 천천히 고개를 들어 하늘을 쳐다보니 은하수는 서(西)로 기울어졌고 달빛은 가물가물하였다. 마음 같아서는 당장이라도 초란을 난도질하고 싶었으나 대감이 사랑하심을 깨닫자 기분이 울적해졌다. 이제 이 집을 떠날 때가 되었다고 마음을 먹은 길동은 칼을 던지고 바로 하직을 고하고자 대감 침소에 나아갔다.

길동이 잠시 망설이는 사이 창 밖에 인적(人跡)이 있음을 이상하게 여긴 공이 먼저 창을 열고 길동에게 말하였다.

"밤이 깊었거늘 네 어찌 자지 않고 이리도 방황하느냐?"

길동이 땅에 엎드려 고하였다.

"소인은 일찍이 부모의 은혜에 만 분의 일이라도 갚기를 원하였지만 집 안에 의롭지 못한 사람이 대감께 거짓으로 소인을 헐뜯고 죽이려 하므로, 겨우 목숨은 보전하였지만 더 이상 대감을 모실 길이 없게 되었습니다. 하여 지금 대감께 하직을 고하려 합니다."

공이 크게 놀라,

"무슨 변고(變故)가 있었기에 어린아이가 집을 버리려 하느냐?"

"날이 밝으면 자연 알게 되실 겁니다. 소인의 신세는 떠도는 구름과 같으니 따로 찾지 마십시오."

하며 길동이 눈물을 주르륵 흘리자 공은 측은한 생각이 들었다.

"네가 품은 한을 짐작 못할 바 없으니 나는 이제부터 호부호형함을 허락하마."

"아버님이 소자가 품은 한을 이제라도 풀어 주시니 죽어도 여한이 없습니다. 아버님은 내내 만수무강하십시오."

하고 길동이 엎드려 하직하니, 공은 더 이상 붙들지 못하고 다만 길동의 무사함만을 당부하였다.

길동은 어머니 침소에 가서 다시 이별을 고하였다.

"소자는 비록 어머니 곁을 떠나게 되었지만 다시 모실 날이 분명히 있을 터이니 어머니는 그 사이 몸 성히 지내십시오."

춘섬이 이 말을 듣고 길동의 손을 잡고 대성통곡을 하였다.

"어디로 가려 하느냐? 한 집에 있어도 따로 떨어져 지냈건만 이제 너를 정처 없이 보내고 내 어찌 살 수 있을까? 금방 돌아와 다시 살자꾸나."

길동은 공손히 절을 하고 서둘러 문을 나섰다.

한편 초란은 특재로부터 아무런 기별이 없어 안절부절못하다가 몰래 사람을 보내 사정을 알아보게 하였다. 길동은 어디론가 사라지고 특재와 상녀의 주검이 방 안에 뒹굴고 있음을 알게 된 초란은 혼비백산(魂飛魄散)¹⁴하여 급히 부인께 이 일을 고하였다. 부인 또한 깜짝 놀라 급히 좌랑을 불러 사정을 얘기하였다.

두 사람은 걱정스러운 낯빛으로 다시 상공께 고하니 공도 놀라기는 매한가지였다.

"길동이 밤에 찾아와 슬피 하직을 고함은 그 일이 있었던 탓이었구나."

공은 탄식을 하였다. 공은 즉시 하인들을 불러 초란을 내치도록 하고 두 주검을 감추도록 한 뒤 누구에게도 이 일을 발설하지 못하도록 몇 번이나 당부를 하였다.

---

¹⁴ **혼비백산(魂飛魄散)** 몹시 놀라 정신을 차릴 수 없음.

의적 활빈당

길동은 부모와 이별한 뒤 정처 없이 떠돌아다니다가 어느 경치가 뛰어난 곳에 다다랐다. 인가(人家)를 찾아 점점 들어가던 중에 큰 바위 밑에서 돌문을 발견하였다. 가만히 그 문을 열고 안으로 들어가니 넓은 들판에 수백 호 인가가 즐비하게 늘어져 있었다. 수많은 사람이 잔치를 벌이며 즐기고 있는데 가만히 보아 하니 이곳은 도적의 소굴인 듯했다. 길동을 보고 그 사람 됨이 녹녹하지 않음[15]을 알아차린 무리들은 길동에게 말을 걸었다.

"그대는 누구이기에 이곳에 찾아왔느냐? 이곳은 영웅이 모여 있으나 아직 우두머리를 정하지 못하였다. 그대가 만일 용력(勇力)이 있다면 저 돌을 들어 보라."

길동은 이 말을 듣고 다행히 여겨,

"나는 경성 홍 판서의 천첩 소생 길동이라 하오. 집안의 천대를 벗어나려 세상을 정처 없이 떠돌다가 우연히 이곳에 들어온 것이오. 모든 호걸이 동료(同僚)로 대해 주니 어찌 감사하지 않겠소. 내가 한번 저 돌을 들어보리다."

하고 그 돌을 들고 수십 보를 걷다가 힘껏 던졌다. 무게가 천 근이 넘는 돌

---

[15]. **녹녹하지 않음** 만만하고 호락호락하게 볼 수 없음.

이었다. 모든 도적이 동시에 감탄을 하였다.

"과연 장사로다. 우리 수천 명 중에 이 돌을 든 사람이 없었는데 하늘이 도우셔서 장군을 주셨소."

도적들이 길동을 상좌에 앉히고 술을 차례로 권하였다. 길동과 도적들은 서로 굳게 맹세하며 종일 즐겼다. 이 후, 길동이 도적들과 더불어 무예(武藝)를 연마하며 수개월을 보냈다.

어느 날 몇몇 도적이 찾아와 길동에게 물었다.

"우리들은 진작부터 합천(陜川) 해인사(海印寺)를 쳐 그 재물을 탈취코자 하였지만 지략(智略)이 부족하여 이제나저제나 하고 미루고 있었습니다. 장군의 뜻은 어떠하십니까?"

길동이 웃으며 말했다.

"내가 생각한 바가 있으니 그대들은 내 말에 따라 행하면 된다."

길동은 양반 의복을 차려입고 나귀를 타고 길을 나섰다. 종자(從者) 몇 명이 그 뒤를 따랐다.

"내가 먼저 그 절에 가 동정을 보고 오마."

하고 가니 완연한 재상가 자제 같았다.

길동은 해인사에 들어가 먼저 주지승을 불렀다.

"나는 경성(京城) 홍 판서 댁 자제다. 이 절에 글공부하러 왔으니 내일 백미(白米) 이십 석을 보내와 음식을 차리면 너희들도 함께 먹도록 하라."

하고 절 안을 두루 살펴보며 후일을 기약하고 나오니 모든 중들이 고마워하였다.

길동은 처소로 돌아와 백미 수십 석을 절로 보냈다.

며칠 뒤 길동은 수십 인을 데리고 해인사에 이르러 다시 노승(老僧)을 불렀다.

"내가 보낸 쌀로 음식이 부족하지 아니하였는가?"

"어찌 부족하겠습니까? 정말 고맙습니다."

길동이 상좌에 앉고 모든 중들을 청하여 각기 상을 받게 하고, 먼저 술을 마시며 차례로 권하니 모두가 고마워하였다.

길동이 차린 음식을 먹다가 모래를 입에 슬쩍 넣고 깨무니 그 소리가 크게 울렸다. 중들이 듣고 놀라 사죄하였지만 길동은 거짓으로 화를 내며 꾸짖었다.

"어째서 음식을 이다지 부정하게 짓느냐? 이는 틀림없이 나를 능멸(凌蔑)[16]하려 함이다."

하고 종자에게 분부하여 중들을 한 줄에 결박하게 하였다.

절 안은 일시에 소란스러워졌다. 그러자 기다리고 있던 대적(大賊) 수백여 명이 일시에 달려들어 모든 재물을 다 제 것 가져가듯 하니 중들은 비명을 질러댔다. 마침 볼일 보러 갔던 어린 중이 돌아와 이런 광경을 목격하자 즉시 관가에 달려가 고하였다.

사또는 즉각 관군을 모아 도적들을 잡아오라고 명하였다. 나졸 수백 명이 도적 뒤를 쫓아 뛰어가는데 삿갓을 쓴 한 중이,

---

16. **능멸(凌蔑)** 업신여겨 깔보는 것.

"도적이 저 북쪽 오솔길로 가고 있으니 빨리 가 잡으시오."

하므로 관군들이 그 절의 중이 가리키는 줄 알고 북쪽 오솔길을 찾아 헤매다가 그만 날이 저물어 버리는 바람에 그냥 돌아가고 말았다.

길동이 도적들을 남쪽 큰길로 보내고 홀로 중의 옷차림으로 관군을 속이고 소굴로 돌아오니, 모든 사람이 벌써 돌아와 있었다. 모든 무리가 길동을 우러러보니 길동은 큰소리로 웃으며 말했다.

"장부로 태어나 이만 한 재주조차 없으면 어찌 무리의 우두머리가 될 수 있겠는가?"

이후로 길동은 무리의 이름을 활빈당(活貧黨)이라 정하였다. 조선 팔도를 다니며 각 읍의 수령(守令)[17]이 불법적으로 재물을 취하면 빼앗고, 가난한 자들이 있으면 구제하며, 죄 없는 백성은 해치지 아니하고 나라에 속한 재물은 추호도 건드리지 아니하였다. 무리들은 모두 이러한 길동의 뜻에 잘 따랐다.

하루는 길동이 무리를 모아 말하였다.

"탐관오리[18] 함경 감사(監司)[19]는 백성을 착취하여 그 재물을 탐하는 정도가 이루 말할 수 없을 정도로 심하니 어찌 우리가 그냥 둘 수 있겠느냐? 우리가 반드시 응징을 하여야 한다. 그대들은 나의 지시에 따라 단단히 준비를 하라."

---

[17] **수령(守令)** 조선시대 지방을 다스리던 관리.
[18] **탐관오리** 욕심이 많고 행실이 깨끗하지 못한 관리.
[19] **감사(監司)** 지금의 도지사.

이에 따라 일부 도적이 먼저 남문 밖에 불을 질렀다. 크게 놀란 감사가 그 불을 구하라 명하니 관속(官屬)[20]이며 백성들이 일시에 몰려와 불을 끄기 위해 동분서주하였다. 이 와중에 길동의 수백 적당(賊黨)이 일시에 성안에 달려들어 창고(倉庫)를 열고 곡식과 무기를 빼앗아 북문으로 달아나 버렸다. 불시에 당한 일이라 감사는 어찌할 바를 몰랐다. 날이 밝은 후 자세히 살펴보니 창고 안은 텅텅 비어 있었다. 크게 노한 감사는 곡식과 무기를 탈취한 자는 활빈당 우두머리인 홍길동이라고 적은 방(榜)을 북문에 붙이고 군사를 일으켰다.

길동은 행여 돌아가는 길에 잡힐까 염려하여 둔갑법과 축지법(縮地法)[21]으로 서둘러 소굴로 돌아왔다.

하루는 길동이 무리를 불러모았다.

"우리는 지난번 합천 해인사의 재물을 탈취하고 또 함경(咸鏡) 감영(監營)를 습격하여 곡식을 빼앗아 왔으니 소기의 성과를 거두었다. 하지만 이미 소문이 파다하고 감영에 붙은 방에는 내 이름이 또렷이 적혀 있으니 오래지 않아 잡히게 될지도 모른다. 그래서 나는 계책을 마련해 두었다."

길동은 즉시 초인(草人) 일곱을 만들어 주문을 외우고 혼백(魂魄)을 붙였다. 그러자 일곱 길동이 일시에 소리를 지르고 팔을 흔들어대니 어느 것이 진짜 길동인지 아무도 알지 못했다. 각각의 길동은 그 즉시 수하에 수백 명을 거느리고 팔도에 흩어졌다. 여덟 길동이 팔도에 다니며 신기한 재

---

[20]. **관속(官屬)** 지방관청의 하인과 아전.
[21]. **축지법(縮地法)** 먼 거리를 단숨에 가는 재주. 설화 등에서 나옴.

주를 부려 각 읍 창고의 곡식을 하룻밤에 종적 없이 가져가고 서울로 가는 봉물(封物)[22]을 탈취하니 팔도의 각 읍은 일대 소동이 일어났다. 감사는 이 일로 서울로 장계(狀啓)[23]를 올렸다.

> 난데없이 나타난 홍길동이란 도적이 온갖 재주를 부려 각 읍의 재물을 탈취하고 봉송(奉送)하는 물종(物種)이 올라가지 못하도록 훼방을 놓고 있사옵니다. 그 도적을 잡지 못하오면 장차 어떤 지경에까지 이르게 될 줄 짐작조차 할 수 없사옵니다. 엎드려 바라옵건대 전하(殿下)는 포청(捕廳)[24]으로 하여금 도적을 잡게 하소서.

왕이 장계를 보고 크게 놀라 포도대장(捕盜大將)을 불러 의논하는 와중에도 팔도에서 장계가 연이어 올라왔다. 도적의 이름이 다 홍길동이라 하고 곡식과 재물을 잃은 때가 한날 한시였다. 왕은 크게 놀라 말했다.

"이 도적의 용맹과 술법은 옛날 치우(蚩尤)[25]라도 당하지 못하리로다. 아무리 신출귀몰한 재주를 가진 놈인들 어찌 한 몸이 한날 한시에 팔도에서 도적을 하겠느냐. 이는 보통 도적이 아니니 좌우 포도대장은 즉시 군사를 일으켜 그 도적을 잡아오라."

우포장(右捕將) 이흡(李洽)이 나아가 말했다.

"신(臣)이 비록 재주는 없사오나 반드시 그 도적을 잡아오겠사옵니다.

---

22. **봉물(封物)** 서울의 벼슬아치에게 보내는 선물.
23. **장계(狀啓)** 지방관리가 임금에게 보내는 보고서.
24. **포청(捕廳)** 조선시대 범죄자를 잡아들이는 관청.
25. **치우(蚩尤)** 중국 고대 신화에 나오는 거인족의 우두머리.

전하는 근심을 마옵소서."

왕이 급히 떠나라고 재촉을 하자 이흡은 왕에게 하직을 고한 후 관졸을 불러모았다. 관졸은 각각 흩어져 약속한 날에 문경(聞慶)에서 만날 것을 정하고 흩어졌다. 이흡은 포졸 서너 명만 데리고 변복을 한 채 떠났다. 날이 저물어 주점에서 쉬고 있는데 나귀를 탄 소년이 들어와 뵙기를 청하자 이흡은 이에 응하였다. 소년이 문득 한숨을 쉬며 말하였다.

"온 천하가 임금의 땅이요, 모든 이가 임금의 백성입니다. 그러니 소생이 비록 시골에 있지만 나라를 위한 근심이 적지 아니합니다."

포장이 놀라 물었다.

"무슨 뜻이냐?"

소년이 답했다.

"홍길동이란 도적 때문에 팔도의 인심이 뒤숭숭하기 이를 데 없는데도 이놈을 잡아 없애지 못하고 있으니 어찌 분하지 않겠습니까?"

"그대는 기골(氣骨)이 장대하고 말이 곧으니 나와 함께 그 도적을 잡는 게 어떠한가?"

"소인은 벌써부터 그 도적을 잡고자 하였으나 용력 있는 사람을 얻지 못하여 지금까지 뜻을 이루지 못하였는데 이제 나리를 만나게 되었으니 어찌 기쁘지 않겠습니까? 하지만 나리의 재주를 알지 못하니 한번 소인에게 보여 주시옵소서."

소년은 높은 바위 위에 올라앉아 말하였다.

"있는 힘껏 두 발로 소인을 차시지요."

포장은 '아무리 용력이 뛰어나다 한들 한 번 차면 제 어찌 떨어지지 않을까.' 하고 생각하며 두 발로 힘껏 소년을 찼다. 소년이 다시 돌아앉으며 말하였다.

"나리는 굉장한 장사이십니다. 여러 사람을 시험해 보았지만 소인을 놀라게 한 자가 없었건만 나리에게 차이니 오장육부가 울린 듯합니다. 이제 소인을 따라오면 반드시 길동을 잡을 수 있을 것입니다."

소년이 말을 마치고 포장을 이끌고 깊은 산 속으로 들어갔다. 포장은 속으로 '나도 힘은 누구에게도 뒤지지 않는데 오늘 저 소년의 힘을 보니 진정 놀라지 않을 수 없다. 저 소년 혼자라도 길동을 능히 잡겠구나.' 하고 생각하며 소년을 부지런히 따라갔다. 어느 동굴 입구에 다다르자 소년이 돌아서며 말하였다.

"이곳이 길동이 숨어 있는 동굴입니다. 소인이 먼저 들어가 안을 살펴보겠사오니 나리는 여기서 기다리십시오."

포장은 속으로 약간 이상한 생각이 들었으나 어서 잡아오기나 하라고 당부하고 기다렸다. 잠시 후 갑자기 수십 명의 군졸이 요란하게 소리를 지르며 달려나왔다. 포장은 깜짝 놀라 달아나려 하였으나 점점 가까이 다가온 군졸에게 결박당하고 말았다.

"네가 포도대장 이흡이냐? 우리들은 지부왕(地府王)[26]의 명을 받아 너를 잡으러 왔다."

---

[26] **지부왕(地府王)** 사람이 죽은 후 혼령이 가서 살게 된다는 세상의 왕.

군졸들은 쇠사슬로 포장의 목을 옭아 끌고 갔다. 포장은 겁이 나고 놀라 어찌할 바를 몰랐다. 어느 곳에 다다라 포장이 정신을 가다듬어 쳐다보니 커다란 궁궐 안이었다. 무수히 많은 역사(力士)들이 좌우에 나열하였고 전상(殿上)에는 군왕(君王)이 좌상(坐床)에 앉아 있었다. 군왕이 사나운 음성으로 포장을 꾸짖었다.

"네놈이 어찌 홍 장군을 잡으려 하느냐? 나는 너를 잡아 지옥에 가두리라."

포장이 겨우 정신을 차려,

"소인은 그저 힘없는 백성이옵니다. 아무 죄도 없이 잡혀왔으니 부디 살려 보내 주시옵소서."

하고 심히 애걸하자 전상에서 웃음소리가 났다.

"나를 자세히 보라. 나는 곧 활빈당(活貧黨) 우두머리 홍길동이다. 그대가 나를 잡으려 하므로 그 용력(勇力)과 뜻을 알고자 조금 전에 소년으로 하여금 그대를 인도하여 이곳에 오게 하였다."

길동은 무리에 명하여 포장을 풀어주게 한 후 방에 앉히고 술을 내어 권하였다.

"그대는 부질없이 다니지 말고 빨리 돌아가라. 하지만 나를 보았다고 입을 열면 반드시 죄를 물을 것이다."

길동이 다시 술을 부어 권한 뒤 무리에게 명하여 포장을 내보내라고 하였다.

포장은 '내가 이것이 꿈인가 생시인가. 어찌하여 여기로 왔는가' 하고 길동의 조화(造化)를 신기하게 여기며 일어나고자 하였으나 팔다리가 제대로 움직여 주지 않았다. 정신 차리고 다시 살펴보니 어느새 가죽부대 속이었다. 간신히 빠져 나오니 다른 가죽부대 셋이 나무에 걸려 있었다. 차례로 끌어내니 처음 떠날 때 데리고 왔던 관졸이었다.

"어찌 된 일이냐. 문경에서 모이자 하였거늘 어째서 이곳에 있느냐?"

포장이 사방을 두루 살펴보니 이곳은 다름 아닌 서울 북악(北嶽)이었다. 네 사람은 어이가 없었다.

"누구도 믿지 못할 일이니 너희들은 이 일에 대해 입을 열지 말라. 길동의 재주가 예측이 불가능하니 어찌 인력으로 잡을 수 있겠는가?"

포장은 한숨을 내쉬었다.

왕이 길동을 반드시 잡아오라고 팔도에 명을 내렸지만 길동의 행동이 변화무상하여 쉬운 일이 아니었다. 큰길로 초헌(招軒)[27]을 타고 왕래하는가 하면 쌍교(雙轎)[28]를 타고 가기도 하고, 혹은 어사(御史)의 모양새를 갖추어 탐관오리의 목을 베고 왕에게 가짜 어사 홍길동의 계문(啓聞)[29]을 올리기도 하였다. 이에 왕은 더욱 진노(震怒)하여,

"이놈이 팔도를 다니며 이런 짓거리를 벌이는데도 아무도 잡지 못하니 이를 장차 어찌할꼬."

27. **초헌(招軒)** 종2품 이상 관리가 타던 외바퀴 수레.
28. **쌍교(雙轎)** 말 두 마리가 각각 앞뒤의 채를 메고 가는 가마.
29. **계문(啓聞)** 글로 임금에게 아룀.

하며 신하들을 모아 의논하였다.

"이놈이 아마도 사람이 아니라 귀신임에 틀림없다. 그대들 중에서 누가 그 근본을 아는가?"

한 신하가 나서 왕에게 고하였다.

"홍길동은 전임(前任) 이조판서 홍모(洪某)의 서자(庶子)요, 병조좌랑 홍인형(洪仁衡)의 서제(庶弟)이옵니다. 전하께서는 이제 그 부자를 잡아오라 명하시어 친히 문초를 하시면 자연 알게 되실 것으로 사료되옵니다."

왕이 그 말을 듣자 더욱 화를 내며,

"그런 말을 어찌 이제야 하는가?"

하며 즉시 홍모 부자를 잡아 금부(禁府)[30]에 가두도록 명했다.

왕이 먼저 인형을 친히 문초하였다.

"길동이란 도적이 네 서제라 하는데 어찌 단속하지 아니하고 내버려두어 국가의 대환(大患)이 되게 하느냐? 네 만일 잡아들이지 아니하면 너희 부자의 충효를 돌아보지 않을 것이다. 빨리 잡아들여 조선대변(朝鮮大變)을 없게 하라."

인형이 몸둘 바를 몰라 머리를 조아려 말하였다.

"신의 천한 동생이 사람을 죽이고 도주한 지 수년이 지났지만 아직 그 생사를 모르옵니다. 신의 늙은 아비는 그 일로 인해 신병(身病)이 위중하여 생사가 오락가락하옵니다. 신의 동생이 전하의 근심을 깊게 하여 백 번

---

[30] **금부(禁府)** 조선시대 중죄인을 문초하던 관청.

죽어도 여한이 없사오나 전하는 부디 자비를 베풀어 주시어 신의 아비 죄를 용서하여 주시면 신이 죽기로써 길동을 잡아들이겠나이다."

왕은 그 말에 감동하여 즉시 홍모를 석방하게 하고 인형으로 하여금 경상 감사(慶尙監司)를 맡도록 명하며,

"경(卿)은 일 년의 기한 안에 길동을 잡아오라." 하였다.

인형은 몇 번이나 머리를 조아리며 왕에게 맹세를 하였다. 인형은 그날로 경상 감영에 도착하여 각 읍에 방을 붙였다. 이는 길동을 달래기 위한 방이었다. 방의 내용은 다음과 같았다.

사람이 세상에 태어 나매 오륜(五倫)이 으뜸이요, 오륜이 있으면 인의예지(仁義禮智)가 분명 하거늘, 이를 알지 못하고 군부(君父)의 명을 거역 하여 불충 불효하면 어찌 세상이 용납하겠 는가. 아우 길동은 이런 일을 잘 알 것이니 스스로 형을 찾아와 몸을 맡기라. 부친이 너로 말미암아 병이 깊어 가고 전하께서는 크게 근심 하고 계시니 네 죄악이 무척이나 크다.

전하께오서 나를 특별히 감사로 제수하사 너를 잡아들이라 하시니 만일 잡지 못하면 우리 홍씨 가문의 대대에 걸친 청덕(淸德)이 하루아침에 무너질 것이니 어찌 슬프지 아니한가. 부디 바라건대 아우 길동은 이를 생각하여 즉시 감영에 나타나라. 그러면 너의 죄도 덜어질 것이요, 우리 홍씨 가문도 보존할 수 있을 것이다. 너는 만 번 생각하여 즉시 출두하라.

방을 각 읍에 붙이고 나서 인형은 일을 전폐하고 길동이 나타나기만 기다렸다. 하루는 나귀를 탄 한 소년이 수십 명의 하인을 거느리고 감영 밖에 와 뵙기를 청하였다. 인형을 즉시 안으로 들어오라 명하고 보니, 그 소

년이 기다리던 길동이었다. 인형은 놀랍기도 하고 기쁘기도 해서 사람들을 물리치고 길동의 손을 잡았다.

"길동아, 네가 집을 나간 후 생사를 알 수 없어 아버님께서는 병이 깊이 드셨다. 너는 갈수록 불효를 끼칠 뿐만 아니라 국가의 큰 근심이 되었으니 대관절 무슨 심정으로 이리도 불충 불효를 행하느냐? 네가 도적이 되어 세상을 어지럽히니 전하께옵서는 크게 진노하여 나로 하여금 너를 잡아들이라 하셨다. 너는 서울로 나아가 천명을 받으라."

인형은 말을 마치고 눈물을 비 오듯 쏟았다. 길동이 머리를 숙이고 말하였다.

"천생(賤生)이 여기에 나타난 것은 부형의 위태함을 구하기 위함이니 어찌 다른 말이 필요하겠습니까? 일찍이 대감께서 길동을 위하여 부친을 부친이라 하고 형을 형이라 하게 했던들 이런 일이 벌어졌겠습니까? 어차피 지나간 일은 소용없으니 이제 소제(少弟)를 결박하여 서울로 올려 보내십시오."

인형은 길동을 슬피 바라보았지만 다른 방도가 없는지라 즉시 장계(狀啓)를 올릴 준비를 하였다. 길동의 목에 칼[31]을 씌우고 발에 차꼬[32]를 채운 뒤 관졸 십여 명을 붙여 길동을 서울로 올려보냈다. 길동의 재주를 소문으로 들은 각 읍의 백성들은 길동이 압송되는 광경을 구경하기 위해 길에 구름같이 모였다.

---

[31] **칼** 중죄인의 목에 씌우는 두꺼운 널빤지.
[32] **차꼬** 중죄인의 발목에 채우는 두꺼운 널빤지.

얼마 뒤, 팔도에서 제각기 길동을 잡아 올리니 조정에서는 큰 소동이 일어났다. 신하들은 어찌할 줄 모르고 쩔쩔맸다. 왕이 놀라 조정 신하들과 함께 친히 문초를 하는데 여덟 길동이 제각기 자기가 진짜 길동이라 다투니 누가 진짜 길동인지 아는 사람이 하나도 없었다. 왕은 할 수 없이 홍모(洪某)를 불러들였다.

"아들을 알아보는 데는 아버지만한 사람이 없다고 하니, 저 여덟 명의 길동 중에서 경의 아들은 누구인가? 즉시 찾아내라."

홍공은 두려운 마음에 머리를 조아리며 죄를 빌었다.

"길동은 왼쪽 다리에 붉은 점이 있사오니 이것를 확인하면 알 수 있사옵니다."

그리고 나서 여덟 길동을 꾸짖었다.

"네 가까이에 전하가 계시고 그 아래로 네 아비가 있거늘 너는 천고에 없는 죄를 지었으니 죽기를 두려워 마라."

홍 공은 말을 마치자마자 피를 토하며 엎어져 기절하였다. 왕이 깜짝 놀라 약원(藥院)으로 하여금 구하라 하였지만 별 차도(差度)가 없었다. 여덟 길동이 이 광경을 보고 일시에 눈물을 흘리며 주머니에서 환약 한 개씩을 꺼내어 홍 공의 입에 넣어주었다. 홍 공은 반나절 후에야 정신을 차렸다.

여덟 길동은 왕에게 고하였다.

"신의 아비가 전하의 은혜를 입었사오니 신이 어찌 감히 불경한 짓을 하오리까마는, 신은 본디 천비 소생이라 그 아비를 아비라 못 하고, 형을 형이라 못 하여 평생 한이 맺혔기에 집을 버리고 도적이 되었사옵니다. 하지만 무고한 백성은 추호도 해치지 않았으며 다만 각 읍 수령(守令)의 부정한 재산만을 탈취하였을 뿐이옵니다. 이제 십 년을 채운 뒤 조선을 떠나기로 하였사오니 전하는 더 이상 근심하지 마시고 신을 잡는 일을 거두어 주옵소서."

말을 마친 여덟 길동이 동시에 바닥으로 넘어졌다. 자세히 본즉 전부 초인(草人)이었다.

왕은 더욱 놀라 진짜 길동을 잡아들이라고 명하였다.

병조판서가 된 길동

길동은 한동안 초인을 대동하지 않고 홀로 돌아다녔다. 그러던 어느 날 길동은 사대문(四大門)에 방을 붙였다.

> 요신(妖臣) 홍길동은 아무리 하여도 잡지 못할 것이니, 전하가 병조판서 교지(敎旨)[33]를 내리면 길동이 잡히리라.

왕이 방의 내용을 듣고 조정 신하를 모아 이 일에 대해 의논하였다. 여러 신하들이 이구동성으로 말하였다.

"이제 그 도적을 잡아들이기는커녕 도리어 병조판서에 제수하신다면 이

---

33. **교지(敎旨)** 조선시대 임금이 고위관리에게 내리는 임명 또는 해임장.

는 수치스러운 일로써 이웃 나라가 알까 두렵사옵니다."

왕도 그 말이 옳다 하며 경상 감사에게 길동을 잡아들이라는 명을 다시 내렸다. 경상 감사 인형은 왕의 엄지(嚴旨)를 보고 부끄럽고 송구스러워 어찌할 바를 몰랐다.

어느 날 길동이 공중에서 내려와 인형에게 절하며,

"나는 진짜 길동이니 형장(兄丈)은 아무 염려 말고 소제를 결박하여 서울로 보내십시오."

인형은 이 말을 듣고 길동의 손을 잡고 또다시 눈물을 흘리며 말하였다.

"이 답답한 아우야. 너도 나와 동기(同氣)이거늘, 부형의 교훈을 듣지 아니하고 온 조정을 소란스럽게 하니 어찌 애가 타지 않겠는가? 네가 이제라도 나에게 와 잡혀가기를 자원하니 기특하구나."

급히 길동의 왼쪽 다리를 살펴보니 과연 붉은 점이 있었다. 인형은 즉시 길동의 사지를 따로 결박하여 함거(檻車)³⁴에 넣고 건장한 장교(將校) 수십 명으로 하여금 철통같이 에워싸게 해서 서울로 압송하였다. 길동의 안색은 조금도 변하지 않았다. 여러 날 만에 마침내 서울에 다다랐다. 대궐 앞에 들어서자 길동이 한 번 몸을 움직이자 쇠줄이 끊어지고 함거가 깨어졌고 길동은 마치 매미가 허물 벗듯 공중으로 솟아올랐다. 길동이 운무(雲霧)에 묻혀 가볍게 날아가니 장교들은 어이가 없어 넋을 잃고 공중만 바라볼 뿐이었다. 왕이 이 일을 듣고 크게 근심을 하였다.

---

³⁴ **함거(檻車)** 옛날 죄인을 실어 나르던 수레.

"천고(千古)에 이런 일이 어디에 있을꼬."

한 신하가 나서 머리를 조아리며 말하였다.

"길동의 소원이 병조판서를 한 번 지낸 뒤 조선을 떠나는 것이라고 하는
바, 한 번만 그 소원을 들어주시면 자기 스스로 은혜에 보답코자 할 터이
니 그때를 틈타 붙잡는 것이 좋을까 하나이다."

왕이 듣고 보니 그 말이 맞는지라 즉시 홍길동으로 하여금 병조판서에
제수를 하고 사문(四門)에 방을 붙였다. 길동이 이 말을 듣고 즉시 사모관
대(紗帽冠帶)[35]를 갖추고 높은 초헌을 한가롭게 타고 큰길에 들어섰다. 이
제 홍 판서가 사은하러 온다 하니, 병조 하속(下屬)이 호위하여 궐내(闕內)
에 인도를 하였다. 여러 신하는 의논하여,

"길동이 오늘 사은하고 나올 것이니 그때 군사를 매복시켜 놓았다가 일
시에 칼과 도끼로 길동을 쳐죽이리라."
하고 약속을 정하였다.

길동은 궐내에 들어와 공손히 절을 하고 왕에게 아뢰었다.

"소신(小臣)의 죄악이 무겁거늘 도리어 천은을 입었으니 평생 한을 풀고
돌아가옵니다. 전하는 원컨대 만수무강하소서."

길동이 말을 마치고 몸을 공중에 솟아 구름에 싸여 떠나가니, 그 가는
바를 아무도 알지 못하였다. 왕이 이 광경을 보고 도리어 탄식하였다.

"길동의 신기한 재주는 고금에 비할 바가 없도다. 지금 조선을 떠난다고

---

[35] **사모관대(紗帽冠帶)** 옛날 관리가 업무를 볼 때 입던 의복과 모자.

하니 다시는 소동을 일으키지 않을 것이요, 장부의 쾌한 마음이 있는지라 다시는 염려가 없으리라."

왕은 즉시 팔도에 사문(赦文)³⁶을 명하여 길동을 잡는 일을 그만두게 하였다.

길동은 소굴로 돌아와 무리들에게 분부하였다.

"내가 잠시 다녀올 곳이 있으니 너희들은 아무 데도 가지 말고 내가 돌아오기만을 기다려라."

길동이 말을 마치고 즉시 몸을 솟구쳐 남경(南京)을 향해 떠났다. 한곳에 다다르니 이는 세상에서 말하는 소위 율도국이라는 곳이었다. 사방을 살펴보니 산천이 맑고 수려하며 인물이 번성하여 가히 편안히 살 곳이었다. 이윽고 남경에 도착하여 여기저기 구경하고 또 저도(猪島)라 불리는 섬에 들어가 역시 두루 돌아다니며 산천도 구경하고 인심도 살피며 다녔다.

오봉산도 또한 구경하였다. 저도는 제일강산(第一江山)이었다. 둘레가 칠백 리요, 기름진 논이 가득하여 살기에 아주 좋아 보였다. 길동은 속으로 이미 조선을 하직한 몸이니 이곳에 들어와 은거하다가 큰일을 도모하리라 생각하고 다시 소굴로 돌아왔다.

길동은 무리들에게 말하였다.

"너희들은 양천(陽川) 강변에 가서 배를 많이 만들어 한강(漢江)에 대령

---

³⁶. **사문(赦文)** 나라에 경사가 있어 죄인을 석방할 때 임금이 내리는 글.

41

하라. 내가 전하께 청하여 쌀 천 석을 구하여 올 것이니 기약을 어기지 말라."

한편, 홍 공은 더 이상 길동이 소란을 일으키지 않으므로 신병이 날로 쾌차하였다. 왕 또한 근심 없이 지낼 수 있었다.

추구월(秋九月) 보름밤, 왕이 월색이 그윽한 후원(後園)을 이리저리 거닐고 있는데 문득 한바탕 바람이 불어오더니 공중에서 옥적(玉笛) 소리가 청아(清雅)하게 들려왔다. 한 소년이 공중에서 내려와 앞에 엎드리자 왕이 놀라 물었다.

"선동(仙童)이 인간세계에 내려와 무슨 일을 하고자 하느뇨?"

소년이 고하였다.

"신은 전임 병조판서 홍길동입니다."

왕이 더욱 놀랐다.

"네가 어찌 심야(深夜)에 왔느냐?"

길동이 대답하였다.

"신이 전하를 만세토록 모실까도 생각하였으나 천비 소생이라 문(文)으로 보면 홍문관(弘文館)에 막히고 무(武)로 보면 선전(宣傳)에 막힙니다. 이러므로 전하를 하직하고 조선을 떠나가오니 신의 소원을 풀어 주시옵소서. 바라옵건대 전하는 만수무강하소서."

말을 마친 길동이 공중에 올라 표연히 날아가니 왕이 그 재주를 못내 아쉬워하였다.

저도에서의 새로운 생활

길동은 조선을 하직하고 남경 땅 저도섬으로 무리를 이끌고 들어갔다. 수천 호의 집을 짓고 농업에 힘쓰는 한편 무기를 제조하고 군법(軍法)을 연습하니, 무리들의 사기가 드높았다.

어느 날 길동이 살촉에 바를 약을 구하러 망탕산(芒碭山)으로 가던 도중에 낙천(洛川) 땅에 이르게 되었다. 그곳에는 백룡(白龍)이란 부자가 살고 있었다. 백룡은 일찍 한 딸을 두었는데 그 딸의 재질(才質)이 뛰어나 아주 애지중지 키웠다. 어느 날 거센 광풍(狂風)이 불더니 딸은 온데간데없이 사라지고 말았다. 백룡 부부는 날마다 슬퍼하며 천금을 뿌려 사방에 사람을 보내 찾았지만 끝내 딸의 소식은 알 길이 없었다.

부부가 슬퍼하며,

"누구라도 내 딸을 찾아주면 가산의 반을 주고 사위로 삼겠다."하였다.

길동은 속으로 측은한 생각이 들었으나 하릴없이 망탕산에 가 약을 캤다. 날이 저물어 인가를 찾는데 문득 사람 소리가 나며 등불이 멀리서 비쳤다. 그곳을 찾아가니 사람이 아닌 요괴(妖怪)들이 앉아 있었다. 원래 이 짐승은 '울동'이란 짐승으로 여러 해를 묵어 그 변화가 무궁하였다. 길동이 몸을 감추고 활을 쏘니 그중 우두머리가 맞았고, 그러자 모든 요괴가 소리를 지르고 달아나 버렸다.

길동이 나무에 의지하여 밤을 지새고 있는데 요괴 수삼 명이 길동에게

다가와 물었다.

"그대는 무슨 일로 이 깊은 곳에 왔는가?"

"내가 의술을 공부했기에 약초를 캐러 이 산에 들어왔다."

요괴가 기뻐하며 말했다.

"우리 대왕이 부인을 새로 맞이하여 어젯밤에 잔치를 벌이다가 하늘로부터 악기(惡氣)를 맞아 지금 위중하시다. 그대가 스스로 명의(名醫)라 하니 선약(仙藥)으로 대왕의 병을 고치면 많은 보상을 얻으리라."

길동이 허락하자 요괴가 길동을 인도하여 문 밖에 세우고 안으로 들어갔다. 이윽고 안으로 청하여 길동이 들어가 보니 새로 화려한 단청을 한 집안에 흉악한 괴물이 누워 신음하고 있었다. 괴물은 길동을 보자 몸을 일으켜 세우며 말하였다.

"내가 우연히 악기를 맞아 위태하였는데 시자(侍者)³⁷의 말을 듣고 그대를 청하였으니 이는 하늘이 도우심이라. 그대는 재주를 아끼지 말라."

"먼저 내치(內治)할 약을 쓰고 다음으로 외치(外治)할 약을 쓰는 게 좋을까 싶소."

괴물이 응낙하자 길동은 약주머니에서 독약을 꺼내 급히 온수에 섞어 괴물에게 먹였다. 조금 있다가 괴물이 큰 소리를 내지르고 죽어 버렸다. 이에 모든 요괴가 일시에 달려들자 길동은 신통(神通)을 내어 그것들을 물리쳤다. 그러자 어린 여자 두 명이 애걸하였다.

---

³⁷· **시자(侍者)** 시중드는 사람.

"저희들은 요괴가 아니라 인간세계 사람인데 여기에는 잡혀온 것이니 목숨을 살려 주시어 세상에 도로 나가게 하소서."

길동이 백룡의 일을 생각하고 거주를 물으니, 하나는 백룡의 딸이요 하나는 조철(趙哲)의 딸이라. 길동이 두 여자를 각각의 부모에게 데려다 주니 두 부부가 크게 기뻐하여 그날로 길동을 사위로 삼았다. 첫째 부인이 백 소저(白小姐)요, 둘째 부인이 조 소저(趙小姐)였다. 길동이 한꺼번에 두 사람의 부인을 얻어 저도(豬島) 섬으로 돌아가니 모든 사람들이 반겨 축하를 해주었다.

어느 날 길동이 천문(天文)을 보다가 눈물을 흘리자 사람들이 물었다.

"무슨 일로 그리 슬퍼하십니까?"

"부모의 안부는 별점으로 짐작하였는데 오늘 하늘을 보니 아버님의 병세(病勢)가 무척 위중하신 것 같다. 내 몸이 멀리 떨어져 있으니 그것이 안타까워서다."

길동이 탄식을 하자 사람들이 비통하게 생각하였다.

이튿날 길동이 월봉산(月峰山)에 들어가 무덤 자리를 봐두고 석물(石物)[38]을 국릉(國陵)[39]과 같이 하였다. 그리고 커다란 배를 준비하여 조선국 서강(西江) 강변에 대기하도록 한 후 즉시 머리를 깎고 승려 행색을 갖추어 작은 배를 타고 조선으로 향하였다.

과연 홍 공은 돌연한 병을 얻어 위중하였다. 공이 부인과 인형을 불러,

---

[38] **석물(石物)** 무덤 앞에 돌로 만들어 놓는 물건.
[39] **국릉(國陵)** 임금이나 왕후의 무덤.

"이제 죽어도 여한이 없으나 길동의 생사를 알지 못하니 그것이 마음에 걸린다. 길동이 살아 있으면 반드시 찾아올 것이니 적서(嫡庶)를 구분하지 말고 제 어미를 잘 대접하라."

하고 명을 놓았다.

집안이 온통 슬픔에 빠져 상(喪)을 치르고자 하였으나 무덤 자리를 못 구해 전전긍긍하고 있었다. 그때 하인 하나가 와서,

"어떤 중이 조문하려 하나이다."

하거늘 이상하게 여겨 안으로 들어오라 하니, 그 중이 들어와 대성통곡을 하였다. 모든 사람들어 곡절(曲折)을 몰라 서로 얼굴만 쳐다보고 있었다. 그 중이 상주(喪主)에게 말하였다.

"형장(兄丈)이 어찌 소제를 몰라보십니까?"

상주가 자세히 보니 곧 길동이었다. 상주는 길동을 붙들고 통곡을 하였다.

"아우야, 그 사이 어디 갔더냐? 아버님이 생시에 그렇게 너를 찾았다."

하고 손을 이끌어 내당(內堂)에 들어가 모부인(母夫人)께 인사하게 하였다. 길동은 물러나 춘섬을 보고 다시 통곡하였다.

"네가 어찌 중이 되어 다니느냐?"

어머니가 물었다.

"소자 조선을 떠나 지술(地術)⁴⁰을 배웠습니다. 이제 부친을 위하여 무덤

40. **지술(地術)** 집터나 묏자리를 알아내는 풍수지리설.

자리를 얻어 두었으니 어머니는 과히 염려를 마십시오."

인형이 크게 기뻐하여,

"네 재주가 기이한지라 길지(吉地)를 얻었으면 이제 무슨 염려가 있겠느냐?"하고 말하였다.

다음날, 어머니와 함께 아버님의 관을 싣고 서강 강변에 이르니 길동이 준비한 큰 배가 기다리고 있었다. 배에 올라 살같이 저어 한곳에 다다르니, 많은 사람들이 기다리고 있었다. 산상(山上)에 다다라 인형이 자세히 보니 산세가 웅장한 게 과연 길동의 재주와 지식이 탄복을 자아내게 하였다.

산역(山役)⁴¹을 마치고 길동의 처소로 돌아오니 길동의 두 부인이 시어머니와 시아주버니를 반갑게 맞았다. 여러 날이 지나 인형이 길동과 춘섬에게 이별을 고하며 산소를 극진히 보살펴 달라고 당부하고 본국으로 떠났다. 조선 땅에 이르러 모부인(母夫人)에게 전후 사정을 고하니 부인이 신기하게 여겼다.

율도국의 태평성대

아버지의 삼년상을 무사히 치르고 나자 길동은 사람들을 모아 무예(武

---

⁴¹· **산역(山役)** 시체를 묻거나 이장하는 일.

藝)를 익히게 하고 농사에 힘쓰게 하였다. 남해(南海) 가운데 율도국이란 나라가 있는데 기름진 평야가 수천 리나 되었다. 길동이 항상 동경하던 곳이었다. 어느 날 길동은 사람들을 불러,

"이제 율도국을 치고자 하니 그대들은 진심(盡心)을 다하라."

라고 말한 뒤 즉시 군사를 일으켰다.

길동은 스스로 선두가 되어 마숙(馬肅)으로 하여금 후군장(後軍將)을 맡게 한 뒤 정병(精兵) 오만 명을 데리고 율도국 철봉산에 다다랐다. 태수(太守) 김현충은 난데없이 나타난 군마에 크게 놀라 즉각 왕에게 보고한 뒤 일지군(一枝軍)을 이끌고 달려들었다.

길동은 단칼에 김현충을 죽이고 철봉을 얻어 백성을 위로하고 안심시켰다. 다시 대군을 이끌고 도성(都城)까지 와서 율도국 왕에게 항복을 권하는 격문을 보냈다.

> 의병장 홍길동은 율도 왕에게 글을 보낸다.
> 무릇 왕이란 한 사람만의 왕이 아니요, 천하 사람의 왕이라.
> 내가 천명을 받아 군사를 일으켜 먼저 철봉을 격파하고 여기까지 왔으니
> 그대는 싸우려면 싸우고 그렇지 않으면 즉각 항복하여 목숨을 부지하라.

율도국 왕은 격문을 다 읽고 난 뒤 두려움에 휩싸였다.

"우리가 철봉을 믿었거늘, 이제 잃었으니 어찌 저들을 막아내리요."

율도국 왕이 신하들을 거느리고 항복하자 길동은 성 안에 들어가 백성들을 위로한 뒤 왕위에 올랐다. 율도 왕을 의령군으로 봉하고, 마숙과 최

철(崔徹)로 하여금 좌우재상(左右宰相)을 맡게 하였고, 나머지 장군들에게도 큰 보상을 내렸다. 이에 모든 신하들이 기뻐하였다.

왕이 되어 나라를 다스린 지 삼 년 만에 나라에 도적이 사라지고 도덕이 넘치니 가히 태평성대였다. 왕이 백룡을 불러 말하였다.

"짐이 조선 국왕에게 표문(表文)을 올리려 하니 경이 수고를 하라."

이에 백룡이 급히 조선에 가서 왕에게 표문을 올렸다. 왕이 표문을 보고 칭찬을 아끼지 않았다.

"홍길동은 과연 기재(奇才)로다."

왕은 인형으로 하여금 율도국에 다녀오라고 명하였다. 인형이 집으로 돌아와 어머니께 사정을 말하자 부인도 함께 가고 싶어하므로 인형은 마지못해 어머니를 모시고 여러 날 만에 율도국에 도착하였다. 왕이 모부인과 인형을 기쁘게 맞으며 큰잔치를 벌였다.

여러 날이 지나 모부인 유씨(柳氏)가 돌연 병을 얻어 세상을 떠나니 왕은 아버님 곁에 나란히 묻었다. 인형이 왕을 하직하고 본국에 돌아와 본국 왕에게 자세히 보고하니 왕이 그 모상(母喪) 당함을 위로하였다.

왕이 삼년상(三年喪)을 마치자마자 이번에는 대비(大妃)마저 세상을 떠나 버렸다. 왕은 역시 삼년상을 치렀다. 왕은 왕자 셋과, 공주 둘을 낳았고 장자 현을 세자로 봉하고 나머지는 봉군(封君)하였다.

왕이 치국(治國)[42] 삼십 년에 갑자기 병환이 깊어져 세상을 떠나니 그때

---

[42] **치국(治國)** 나라를 다스림.

가 칠십 세였다. 곧이어 왕비 또한 세상을 떠났다.

세자가 즉위하여 대대로 태평성대였다.

홍길동전 끝

작품 해설

1. 작가 소개

허균(許筠, 1569년~1618년)은 본관이 양천(陽川)이며, 자(字)는 단보(端甫), 호는 교산(蛟山)·소성(惺所)·백월거사(白月居士)이다. 아버지 허엽(許曄)은 서경덕의 문인으로서 학자·문장가로 이름이 높았던 인물로 동지중추부사(同知中樞府事)를 역임하였다.

허엽에 관한 유명한 일화가 있다. 그가 강릉부사로 있을 때 관청 앞마당에 있는 우물의 물맛이 기가 막히게 좋아 그 물로 두부를 만들고 간은 바닷물로 맞추었는데, 그것이 바로 지금도 만들어지고 있는 '초당두부'이다. 허균의 어머니인 강릉 김씨는 예조판서 김광철(金光轍)의 딸이다. 유명한 허난설헌(許蘭雪軒)은 허균의 누이이다.

허균은 5세 때부터 유성룡(柳成龍)에게 글을 배우기 시작했고, 9세 때는 누이 허난설헌과 함께 이달(李達)에게서 시를 배웠다. 이달은 둘째 형의 친구로서 허균에게 시의 묘체를 깨닫게 해주었으며, 그의 풍유와 자유로운 생각과 신분사회에 대한 고민은 자연스럽게 허균의 인생관과 문학관에도 많은 영향을 주었다.

그 뒤, 26세(1594년)에 정시문과(庭試文科)에 을과로 급제하고 설서(設書)를 지냈으며, 1597년에 문과 중시(重試)에 장원하였다. 이듬해 황해도 도사(都事)가 되었는데, 서울의 기생을 끌어들여 가까이하였다는 탄핵을 받고 여섯 달 만에 파직되었다. 뒤에 춘추관(春秋館) 기주관(記注官), 형조 정랑(刑曹正郞)을 지내고, 1602년 사예(司藝)·사복시정(司僕寺正)을 거쳐 전적(田籍)·수안군수(遂安郡守)를 역임하였다.

1606년 원접사(遠接使)의 종사관이 되어 명나라 사신 주지번(朱之蕃)을 영접하여 명문장으로 명성을 떨쳤다. 1610년에는 전시(殿試)의 시관으로 있으면서 조카와 사위를 합격시켰다는 탄핵을 받아 전라도 함열(咸悅)로 유배되었다. 1613년 계축옥사(癸丑獄事) 때 평소 친교가 있던 박응서(朴應犀) 등이 처형되자 신변의 안전을 위해 이이첨(李爾瞻)에게 아부하여·대북(大北)에 참여하였다. 1617년 좌참찬(左參贊)이 되었으며, 1618년 역적모의를 하였다 하여 저잣거리에서 능지처참을 당하였다.

허균은 생존해 있을 당시에는 문장과 식견을 갖춘 인물이라는 칭찬을 받기도 하였지만, 사람됨이 경박하고 인륜과 도덕을 어지럽히는 반역과 이단의 표본으로 부정적인 평가를 받기도 하였다. 그의 사상은 『관론(官論)』·『정론(政論)』·『병론(兵論)』·『유재론(遺才論)』 등에서 잘 드러나며, 여기서 민본사상과 국방정책, 신분계급의 타파 및 인재등용과 붕당배척의 이론을 전개하고 있다. 내정개혁을 주장한 그의 이론은 원시유교사상에 바탕을 둔 것으로 백성들의 복리증진을 정치의 최종 목표로 삼는 것이라 할 수 있다.

허균을 유명하게 만든 『홍길동전』은 최근의 『설공찬전(薛公瓚傳)』이 발견되기 전까지 최초의 한글소설로 알려져 왔던 작품이다. 홍길동전은 그가 지었다는 논의와 그렇지 않다는 논의가 공존하는데, 그보다 18년 아래인 이식(李植)이 지은 『택당집(澤堂集)』에 허균이 지었다는 기록이 있어, 이 기록을 뒤엎을 만한 다른 근거가 없는 이상 그를 『홍길동전』의 작가로 보아야 할 것이다.

이 외에 허균은 『남궁선생전(南宮先生傳)』·『엄처사전(嚴處士傳)』·『손곡산인전(蓀谷山人傳)』·『장산인전(長山人傳)』·『장생전(蔣生傳)』 등의 많은 작품을 남기고 있다. 한편 허균은 시(詩)로서도 유명한데, 그가 25세 때 쓴 시 평론집 『학산초담』과 『성수시화』는 그의 시 비평 안목을 보여 주는 좋은 자료가 된다. 반대파도 인정한 그의 시에 대한 감식안은 시선집 『국조시산(國朝詩刪)』을 통하여 오늘날까지도 높게 평가받고 있다.

이상과 같은 생애와 학문세계를 이룩한 허균은 예교에만 얽매여 있던 당시 사회구조로 보면 이단이라 할 만큼 여러 문화에 대한 이해와 관심을 가졌던 인물로, 편협한 시각에서 벗어나 하층민중의 입장에서 정치관과 학문관을 피력한 선각자이다. 따라서 개혁적인 정치사상가, 국방이론가, 진보적 종교가, 『홍길동전』의 작가 등 허균의 이름 앞에 붙는 수식어는 다양할 수밖에 없다.

2. 작품해설

『홍길동전』은 광해군 때 허균이 썼다고 알려진 국문소설이다. '영웅의 일대기'가 작품의 기본 바탕이 되며, 『지하국 대적 퇴치』 이야기와 같은 설화의 흔적도 보이며, 중국 『수호지』의 영향을 받은 측면도 있다. 주인공 홍길동은 실재했던 인물로 당시 아주 유명한 도적이었지만, 소설에서처럼 서자라는 사실은 보이지 않는다.

즉, 실존인물 홍길동은 1600년(연산군 6)에서 1601년(연산군 7)초까지 가평·홍천을 중심으로 활약한 명화적(明火賊)인 홍길동과, 명조대에 출몰한 양주 백정 임꺽정(林巨正), 1596년(선조 29) 7월에 임진왜란 와중에 충청도 홍산을 중심으로 거사한 종실의 서얼 이몽학(李夢鶴)의 난 등을 소재로 한 것이라 볼 수 있다.

따라서 설화의 형태로도 홍길동의 이야기가 전해 내려오지만 소설과는 그 내용이 다르며, 실존인물을 빌려와 서자로 만들어 탐관오리의 재물을 털고 헐벗고 굶주린 백성을 도우며 끝내는 율도국이라는 이상국을 건설한다는 점에서 체제 비판적 성격이 농후한 사회소설이라 할 수 있다. 일단 이 작품의 줄거리를 소개하면 다음과 같다.

주인공 홍길동은 조선조 세종(世宗) 때 서울에 사는 홍 판서의 아들이다. 홍 판서에게는 인형(仁衡)이라는 아들도 있었으나, 인형은 정실부인에게서 난 적자이고, 길동은 홍 판서의 시비인 춘섬에게서 태어났기에 신분상 서자이다. 길동은 어려서부터 총명하여 도술을 익히고, 유학(儒學)과 병서(兵書)에 두루 통달하였으나 서자라는 이유로 천대가 심하였다.

형을 형이라 부르지 못하고 아버지를 아버지라 부르지 못하여 한을 품고 생활하던 중에, 가족들은 길동의 비범한 재주가 장래에 화근이 될까 두려워하여 자객을 시켜 길동을 없애려고 한다. 길동은 자객의 위험을 벗어나자 집을 나서 방랑의 길을 떠난다. 그러다가 도적의 소굴에 들어가 힘겨루기를 통해 도적의 두목이 된다.

그리고 먼저 기이한 계책으로 해인사의 보물을 탈취하였으며, 그 뒤로 길동은 자신의 무리를 활빈당(活貧黨)이라 부르고, 전국 각처에서 탐관오리의 재물을 탈취하여 빈민들에게 나누어 준다.

조정에서는 홍길동을 잡으려고 좌우포청을 동원하는 데 모두 실패하고 만다. 이에 조정에서는 길동의 형 인형을 통해 잡으려고 인형을 경상감사로 보낸다.

길동은 풀로 일곱의 길동을 만들어 각도로 보내다가 형의 소식을 알고는 자수한다. 인형이 울며 포박하여 한양으로 보내니, 이렇게 잡혀 도착한 길동이 모두 여덟이었다. 홍길동은 임금 앞에서 천비 소생의 한을 토로하고 모두 풀로 변한다.

홍길동은 자신을 병조판서에 제수하면 자수하리라 하고, 이에 임금이 홍길동을 병조판서로 임명하니, 길동은 자수하여 이제 조선을 떠난다고 말하고는 중국 남경으로 향한다.

그 뒤, 길동은 남경으로 가는 도중에 산수가 수려한 율도국을 발견한다. 그곳에서 울동이란 짐승이 요괴가 되어 여자를 훔치는 것을 알게 되는데, 홍길동이 백룡과 조철의 두 딸을 구해 주고는 그들과 결혼하고 율도국 왕이 된다. 마침 아버지의 부음을 듣고 조선으로 돌아와 아버지의 삼년상을 마치고 다시 율도국으로 돌아가 삼십 년 간 율도국을 다스리다가 세상을 뜨고, 나라는 계속 태평을 누린다.

위의 내용에서 알 수 있는 것처럼 『홍길동전』은 조선사회 상층부의 가족 관계에 존재하는 적서 차별의 문제에서 출발한다. 그리고 이 문제는 길동의 가출을 계기로 부패한 관료 사회와 민중의 대립이라는 문제로 확대된다. 그리고 민중의 대변자로 길동은 탐관오리들에게 시달리던 백성들의 억눌렸던 감정을 풀어 준다.

그러나 길동은 조선을 떠나 율도국에 감으로써 현실적으로 제기된 조선사회의 각종 문제는 미해결 상태로 남게 된다. 이 점 때문에 길동의 목표는 근본적인 사회적 모순과 비리의 개혁이 아니라, 단지 서자로서의 원한이라는 개인적 한을 풀어 신분적 상승을 도모하는 데 있는 것으로 보인다. 또한 길동이 왕이 되어 다스리는 율도국 역시 유교적 사회인 조선과 크게 다를 바 없는 형태의 사회로 남게 된다.

이러한 작품 구조는 사회를 개혁하고자 하는 측면이 당대의 현실로 보아 한계가 있음을 보여주는 것이다. 그러나 이러한 한계에도 불구하고 당대의 강한 보수적 풍토의 사회 속에서, 당대의 문제를 제기하고 나름의 해결을 모색했다는 점에서 『홍길동전』은 문학적으로 중요한 가치를 지닌다.

또한 이 작품은 문학사적으로도 작품의 주인공을 영웅적으로 형상화하여 이후의 영웅적 주인공이 등장하는 소설에 영향을 주었으며, 한편으로는 이상향을 그리는 낙원사상의 소설적 성격을 지니기도 하고, 또한 도교적인 둔갑법 · 축지법(縮地法) · 분신법 · 승운법(乘雲法) 등을 담은 도술소설로서의 특징을 지니기도 한다.

이러한 점에서 초기 국문소설임에도 이전의 김시습의 『금오신화(金鰲神話)』 이후 비교적 사실적 묘사를 통해 가전(假傳)적, 전기(傳奇)적 성격을 탈피한 소설로서도 중요한 의미를 지니며, 오히려 후대 소설에서도 찾아보기 어려운 다양성을 지니고 있다.

∾ 생각하는 갈대

첫째, 『홍길동전』은 일반인에게도 아주 유명한 작품이다. 이 작품이 아직까지 읽히는 것은 무엇보다 서자 출신인 길동이 뛰어난 영웅성으로 신분 차별을 뛰어넘어 성공하는 것에 그 이유가 있다. 그런데 『홍길동전』을 지은 사람으로 알려진 허균은 실제로 양반가의 자제로 당대의 이름 높은 관료이기도 했다. 이렇게 자신의 처지와는 사뭇 다른 길동을 작품의 주인공으로 내세워 당대 적서 차별의 철폐를 주장한 것은 그 당시뿐만 아니라 현재까지도 쉽게 납득할 수 없는 일이기도 하다. 허균이 이렇게 작품 속에서 자신과 처지가 다른 인물을 내세워 당대 신분체제에 대한 비판을 가하게 된 원인을 그의 생애와 교유관계 등을 염두에 두고 생각해 보자.

둘째, 『홍길동전』의 결말은 길동이 병조판서를 제수받고 율도국으로 건너가 그곳에 나라를 세우고, 왕이 되어 천수를 누리는 것으로 되어 있다. 이러한 결말을 두고 많은 사람들이 유교주의적 시대의 한계를 극복하지 못했다거나 다소 소극적인 갈등 해결이라고 보기도 한다. 작품에서 길동이 충분히 조선의 왕이 될 만큼 능력을 갖추고 있음에도 불구하고, 왕의 자리를 뺏지 않고 율도국으로 건너간 이유에 대해 생각해 보자.

셋째, 허균은 『홍길동전』 외에도 많은 작품을 창작하고 시문을 남겼는데, 그중 유명한 것이 그의 문집 『성소부부고』이다. 여기에는 그가 평소에 주장했던 『호민론』이 실려 있는데 제목을 그대로 해석해 보자면, '호민에 관한 논의'로 백성 가운데 도적이 되는 무리에 대해 논한 것이다. 호민의 원래 뜻이 재물이 넉넉하고 세력 있는 백성을 말하는 것과는 달리 여기서는 백성 가운데 적극적으로 지배 질서에 항거하는 사람들을 일컫는 말로 쓰이고 있다. 허균은 견훤이나 궁예 같은 인물들을 예로 드는데, 이러한 '호민'은 여러 면에서 『홍길동전』의 길동과 연관시킬 수 있다. 『호민론』을 직접 읽어보고, 『홍길동전』의 '길동'의 모습과 '호민'의 모습을 비교해 보자.

작가 연보

1569(1세, 선조 2) : 1569년 11월 3일 허엽의 삼남 삼녀 가운데 막내아들
로 태어남.

1563(5세, 선조 7) : 유성룡(柳成龍)에게서 글을 배우기 시작함.

1580(12세, 선조 13) : 아버지 허엽이 별세함.

1585(17세, 선조 18) : 초시에 급제함. 김대섭의 차녀와 결혼함.

1589(21세, 선조 22) : 생원시에 급제.

1592(24세, 선조 25) : 임진왜란 피난 중에 부인이 단천에서 첫아들을 낳
고 사망함. 외가의 뒷산 이름을 따서 교산(蛟山)이라는 호를
쓰기 시작함.

1593(25세, 선조 26) : 최초 시평론집인 『학산초담(鶴山樵談)』을 지음.

1594(26세, 선조 27) : 정시문과(庭試文科)에 을과로 급제하고 설서(設書)
를 지냄.

1596(28세, 선조 29) : 강릉부사 정구와 함께 『강릉지』를 엮음.

1597(29세, 선조 30) : 1597년에 문과 중시(重試)에 장원.

1602(34세, 선조 35) : 사예(司藝)·사복시정(司僕寺正)을 역임함.

1603(35세, 선조 36) : 대관령에서 행해지는 산신제를 보고 『대령산신 찬
병서』를 지음.

1604(36세, 선조 37) : 성균관 전적과 수안군수를 역임함.

1606(38세, 선조 39) : 원접사(遠接使)의 종사관이 되어 명나라 사신 주지
번(朱之蕃)을 영접하여 명문장으로 명성을 떨침. 『난설헌집』
을 주지번에게 줌.

1607(39세, 선조 40) : 삼척부사 역임. 『국조시산(國朝詩刪)』 편찬.

1610(42세, 광해군 2) : 전시(殿試)의 시관으로 있으면서 조카와 사위를
합격시켰다는 탄핵을 받아 전라도 함열(咸悅)로 유배됨.

1611(43세, 광해군 3) : 문집 『성소부부고』 64권을 엮음.

1614(46세, 광해군 6) : 호조참의에 오름. 천추사(千秋使)가 되어 중국에
사신으로 다녀옴.

1615(47세, 광해군 7) : 동지겸진주부사로 중국에 다녀옴.

1616(48세, 광해군 8) : 정2품 형조판서에 오름.

1617(49세, 광해군 9) : 정2품 좌참찬(左參贊)에 오름.

1618(50세, 광해군 10) : 기준격(奇俊格)이 허균의 죄상을 폭로하는 상소
를 올렸으며, 8월에 일어난 남대문 격서 사건과 관련되어 저잣
거리에서 능지처참을 당함.

조웅전

중국 송(宋)나라 문제(文帝) 황제가 즉위하여 십 년이
되던 해, 남쪽에서 갑작스레 반란이 일어났다. 반란을 진압할
별다른 모책(謀策)이 없어 사직(社稷)이 위태롭게 되자, 이부
상서(吏部尙書)로 있던 조정인(趙正仁)은 급히 송실(宋室) 옥
새를 지니고 문제와 함께 경화문을 빠져 나갔다.

문제를 모시고 무봉뫼를 넘어 광임교로 피하는 동안, 성 안
팎에는 곡성이 진동하고 남녀노소 할 것 없이 모두 달아났다.
뇌성관 150리를 달려가 잠을 청한 조정인은, 이튿날 길을 떠
나 사방에서 군사를 얻어 석 달 만에 반란을 평정하고 사직을
지켰다. 그리하여 문제의 은덕은 천지와 같았고, 조정인의 충
렬(忠烈)은 일월과 같이 빛났다.

문제는 조정인의 공을 기려 정평왕(靖平王)에 봉하려 하였
지만 조정인이 끝내 사양하자 금자광록대분(金紫光祿大夫) 겸
좌승상(左丞相)에 봉하였다. 조정인의 부인 왕씨(王氏)는 공렬

부인에 봉하였다.

그 후 십여 년이 지나는 동안 시절은 태평하고 사방에 변고가 없으니, 백성들은 너나없이 격양가(擊壤歌)¹를 부르고 즐겼다.

승상 조정인은 황제의 총애를 받으며 정사에 전념하였다. 그러나 승상을 시기하던 우승상 이두병(李斗柄)이 황제에게 참소(讒訴)²하자, 조정인은 끓어오르는 분노를 참지 못하고 독약을 먹고 자결해 버렸다. 이를 애통하게 여긴 문제는 제문을 지어 조상한 뒤 충렬묘(忠烈廟)를 지어 승상의 화상(畵像)을 그려 넣었다.

추구월(秋九月) 어느 날, 문제는 신하들을 이끌고 충렬묘(忠烈廟)에 몸소 거동하였다. 문제가 화상을 보며 옛날 일을 생각하다 북받치는 슬픔을 참지 못하고 눈물을 흘리니, 곁에 있던 병부시랑(兵部侍郎) 이관(李寬)이 땅에 엎드려 아뢰었다. 본디 이관은 이두병의 아들이었다.

"시신(侍臣) 중에 어찌 조정인만 한 신하가 없겠사옵니까? 폐하의 얼굴에 슬픔이 가득하시니 이후는 거동을 마시고 충렬묘를 없애 버리시옵소서."

그러나 문제는 이관의 말을 듣지 않고 도리어 이관을 추고(推考)³하라고 명하였다. 문제는 환궁하자마자 조 승상 부인을 승품(陞品)하여 정렬부인에 봉하고 귀한 재물을 하사하였다. 문제는 이어,

---

¹ **격양가(擊壤歌)** 풍년이 들어 농부가 태평한 시절을 즐기는 노래.
² **참소(讒訴)** 없는 죄를 있는 것처럼 꾸며 남을 헐뜯는 것.
³ **추고(推考)** 벼슬아치의 허물을 추문하여 고찰함.

"조정인에게 아들이 있다 하니 인견(引見)하여 짐의 답답한 심정을 덜게 하라." 하고 명하였다.

왕씨 부인은 잉태한 지 일곱 달 만에 남편을 여의고 열 달 만삭에 아들을 낳았는데 그 아들이야말로 활달한 기남자(奇男子)[4]였다. 부인은 아들에게 웅(雄)이란 이름을 지어주고, 칠 년 거상에 소복을 한 번도 벗지 않은 채 아들을 기르며 세월을 보내고 있었다.

그러던 터에 황제께서 충렬묘에 거동하였다는 말을 전해 듣고, 부인은 남편 생각에 다시금 슬픔에 잠겼다. 잠시 뒤에 별안간 명관(命官)이 집으로 찾아왔다. 부인은 명관이 가져온 정렬부인 가자(加資)[5]와 하사한 재물을 보고 황공하여 섬돌 밑으로 뛰어내려가 국궁(鞠躬)하고 받았다. 그리고 궁궐을 향하여 사배(四拜)한 뒤 명관을 인도하여 외당에 앉히고 황제의 은혜에 다시 한 번 감격하였다. 게다가 아들 웅을 인견하게 하라는 황제의 명을 전해 듣자 부인은 너무나 황공하여 눈물을 흘렸다.

그때가 웅의 나이 일곱 살 때의 일이었다. 웅은 얼굴이 관옥과도 같았고, 기거진퇴(起居進退)가 예의에 벗어남이 없어 어른을 압도할 정도였다.

웅이 명관을 따라 옥계하에 국궁하니, 문제가 보고 크게 칭찬하여 말하였다.

"충신지자(忠臣之子)는 충신이요, 소인지자(小人之子)는 소인이로다. 네 거동이 충효에 어긋남이 없으니 어찌 칭송하지 않으리요. 더욱이 네 나이

---

4. **기남자(奇男子)** 재주가 뛰어난 남자.
5. **가자(加資)** 벼슬의 품계를 올리는 일.

칠 세라 태자와 동갑이라 하니 더욱 사랑스럽도다."

문제는 곧 태자를 인견하라고 분부하였다. 잠시 후 태자가 들어오자 문제는,

"저 아이는 충신 조정인의 아들이다. 태자와 동갑이요, 또한 충효를 겸비하였으니 훗날에 둘이서 국사를 도모하라. 짐이 망팔쇠년(望八衰年)[6]에 정사를 도모할 사람을 얻었으니 무척 즐겁도다." 하고 말하였다.

태자는 이 말을 듣고 동갑인 충신의 아들을 유심히 지켜보며 즐거워하였다.

어린 웅은 엎드려 의젓한 태도로 아뢰었다.

"폐하의 말씀에 극히 황공하오나, 소신은 아직 나이가 어리고 벼슬이 없으니 궐내에 살게 되면 국정에 방해만 될 뿐이옵니다. 게다가 국례(國禮)가 지중하거늘 폐하께옵서 어린 소신과 국사를 의논하시겠다니 어찌 두렵지 아니하겠사옵니까? 바라옵건대 폐하께서는 소신이 입신(立身)한 후에 다시 찾아 주시옵소서."

비록 어린 아이의 입에서 나온 말이지만 사리에 맞는 말인지라, 문제는 조정인을 다시 만난 듯하여 무척 기뻐하였다. 문제는 미소를 지으며 다시 하교하였다.

"네 나이 십삼 세가 되면 품직(品職)을 내릴 것이니 그때가 되면 국정에 참여하라."

---

[6] **망팔쇠년(望八衰年)** 여든을 바라보는 쇠(衰)한 나이. 곧 일흔한 살을 뜻함.

웅은 황공하여 문제에게 사배로 하직하고 다시 태자에게도 예를 갖추어 하직하였다. 어린 태자는 웅이 물러가는 것을 보고 가슴속이 허전하였다.

문제는 조신들을 불러놓고 웅에 대해 여러 가지로 칭찬하였다. 그런 와중에 이관이 없는 것을 알아보고,

"시신(侍臣) 중에 이관은 어디에 갔느냐?"고 조신들에게 물었다.

"폐하께서 충렬묘에 거동하실 때 이관을 추고하라 하시어서 파고에 있사옵니다."

우승상 최식이 홀로 아뢰었다. 문제는 자신의 불찰을 깨닫고,

"지난 번 이관의 말은 경솔하였으나 이제는 용서하겠노라."하였다.

이두병의 아들은 오형제였다. 모두가 벼슬이 일품(一品)에까지 이르렀으므로, 조정 신하들은 은근히 오형제를 두려워하고 있었다. 어린 조웅의 인견이 있은 뒤, 이관 형제들은 크게 근심하며 자기들끼리 모여 의논을 했다.

"조웅이 벼슬을 하게 된다면 제 아비의 원수를 갚고자 할 것이니 어찌 조심하지 않을 것인가? 이 참에 미리 없애버리는 것이 마땅하지만 아직 벼슬도 없는 아이를 어찌할꼬?"

모두들 한숨을 내쉬었다.

한편, 조웅을 기다리고 있던 부인은 조웅이 집으로 돌아오자 기쁜 마음으로 물었다.

"가서 황제를 뵈었느냐?"

"그러하옵니다."

웅이 대답하였다.

"황제를 대면하고 두렵지 아니하였느냐? 황제께서 물으시는 말씀에 어찌 대답했느냐?"

웅은 문답은 이러저러하였고 열세 살이 되면 품직 하리라 하던 말씀과, 태자를 사랑하던 말씀까지 낱낱이 부인에게 고하였다. 부인이 한편으로는 기쁜 마음으로 한편으로는 두려운 마음으로 다시 물었다.

"황제의 넓으신 은혜는 하늘과도 같지만, 네 만일 벼슬길에 오르면 이관 형제들이 가만두지 않을 터인데 어찌하겠느냐?"

"어머님은 염려 마소서. 사람의 생사는 하늘에 달려 있고, 영욕(榮辱)은 운명에 달려 있사옵니다. 자식이 되어 어찌 불구대천 원수를 목전에 두고 그저 있겠사옵니까? 복수를 하자면 무슨 묘책을 얻어야 하오니 어머님은 조금도 염려 마옵소서."

웅의 말에 모자는 서로 통곡하였다.

세월이 흘러 병인년 섣달 납일(臘日)이었다. 문제는 명당(明堂)에 자리를 잡고 조정신하들의 조회를 받으며 국사를 의논하였다.

"오호라, 짐의 나이가 벌써 망팔쇠년(望八衰年)이라. 세월이 사람의 죽음을 재촉하고 있는데, 동궁이 아직도 나이가 어리니 국사가 참으로 걱정이 되는구나."

갑자기 문제가 탄식을 하였다. 신하들은 황공해서 일제히 아뢰었다.

"흥망성쇠(興亡盛衰)는 임의로 못 하거늘 어찌 동궁의 나이 어리심을 근심하시옵니까?"

예부상서 정충이란 자가 출반(出班)해서 아뢰었다.

"폐하, 춘추 많으심과 동궁의 어리심을 어찌 근심하시나이까? 승상 이두병이 있사오니 국사는 근심을 마옵소서."

이에 모든 신하들이 이두병의 권세를 두려워하여 일시에 아뢰었다.

"승상 이두병은 한(漢)나라 소무(蘇武)[7]와 같은 신하이거늘 어찌 국사를 근심하시옵니까?"

문제는 그 말이 옳다 하였지만 정녕 믿지는 않았다.

이날 진시(辰時)에 경화문으로 백호(白虎) 한 마리가 들어와 궐내를 휘젓고 다녔다. 만조 백관과 삼천 궁졸이 놀라 어찌할 바를 모르는데, 백호는 이윽고 궁녀 하나를 물고 후원을 넘어 달아났다. 문제가 그 소식을 듣고 크게 놀라 여러 신하에게 사정을 물었지만 아는 신하가 없었다. 문제가 다가올 길흉화복을 몰라 밤낮으로 근심을 하자 신하들이 여쭈었다.

"폐하, 여러 날 동안 북풍이 몰아치고 백설이 산야를 덮는 바람에 굶주린 범이 배고픔을 견지지 못해 백주에 그러한 것인데 어찌하여 그토록 근심하시옵니까?"

이에 문제는 마음을 놓았지만 여전히 재변인 줄 짐작하였다. 이런 일이 있은 후, 어느 신하도 노골적으로 자기 의견을 드러내려는 자가 없었다.

한림학사 왕렬(王烈)은 왕씨 부인의 사촌으로 이 변을 보고 왕씨 부인께

---

[7]. **소무(蘇武)** 중국 전한 시대의 충신.

슬며시 편지를 보냈다.

"일전에 황제께옵서 명당에 앉으시고 조정 신하들을 모아 국사를 도모하고 계셨는데, 그날 경화문으로 난데없이 백호 한 마리가 들어와 궁녀 하나를 물고 가버렸소. 이는 극히 괴이한 일인지라 황제께서 무척 근심하시고 조정 또한 길흉을 알지 못하오니, 누님은 이를 해득하여 알게 하소서."

옹에게 독서를 권하며 고국사(古國事)를 이야기해 주던 왕부인은 편지를 보고 나서 대경 실색하여 한동안 생각에 잠겼다. 얼마 후 붓을 잡아 답서를 써서 시비에게 주어 보낸 후 옹에게 말하였다.

"국가에 이렇듯 변괴가 있으니, 네가 벼슬을 하면 간신의 망측지환(罔測之患)[8]을 어찌 면하겠느냐?"

"어머님은 염려 마소서."

옹은 고개를 들어 여전히 소년다운 자신을 가지고 대답했다.

"사람의 영욕은 임의로 할 수가 없는 데다, 대개가 이화(梨花), 도화(桃花)가 만발한 가운데 한 송이 계화(桂花)가 피어나 그 유에 섞이지 아니하옵니다. 이화는 이화요, 계화는 계화이옵니다. 그런 고로 소인이 무죄하온데 다른 사람들이 죄 없이 모해하겠습니까?"

"너는 하나만 알고 둘은 모른다. 형산(荊山)에 불이 나면 옥석구분지탄(玉石俱焚之嘆)[9]이라 하거늘, 앞으로 나라에 큰 변고가 생기면 원수들이 네가 무죄하다고 그저 두겠느냐?"

---

[8]. **망측지환(罔測之患)** 어이없어 차마 보지 못할 근심.
[9]. **옥석구분지탄(玉石俱焚之嘆)** 옥과 돌이 함께 탄다는 뜻으로 선인이나 악인이나 다같이 재앙을 당함.

"사람이 일을 당하여 근심을 깊이 하면 모든 일이 불리하옵니다. 따라서 함지사지(陷之死地)[10]라도 나중에 살아나고 치지망지(置之亡地) 이후에도 살아나옵니다. 하늘은 무심하지 않을 것입니다."

왕씨 부인은 내심 아들의 지혜와 학식이 어제와 오늘이 다르고, 아침과 저녁이 다른 것을 보고 흐뭇한 미소를 지으며 염려를 덜었다.

한편 왕씨 부인의 답서를 초조하게 기다리던 왕렬은,

놀랍고 놀랍도다. 머지 않아 소장지환(蕭墻之患)[11]이 날 것이니, 너는 벼슬을 탐하지 말고 일찍 해관고귀(解官告歸)하라.

이러한 부인의 편지에 마침내 병이 있다고 거짓으로 고하고, 벼슬을 사직하여 고향으로 돌아가 버렸다.

조정을 떠들썩하게 만들고, 민심을 흉흉하게 만들었던 백호의 괴변이 어느덧 잊혀 가는 정묘년 정월 십오일이었다. 만조의 신하들이 모두 모여 하례를 하는데 문제가 신하들에게 물었다.

"예전에 짐이 보았을 때 조웅이 충효를 함께 갖추었도다. 이제 동궁을 위해 조웅을 짐의 곁에 서동으로 두고 국사를 견습코자 하니, 경들의 뜻이 어떠한가?"

이렇듯 문제의 돌연한 물음에 신하들이 모두 묵묵부답이었으나 승상 이

---

10. **함지사지(陷之死地)** 죽을 처지에 빠짐.
11. **소장지환(蕭墻之患)** 내부에서 일어난 환란.

두병만이 서슴없이 아뢰었다.

"국체 자별하오니 벼슬 없는 아이를 조정에 둔다는 것은 극히 법도에 어긋나는 일이옵니다."

"충효를 갖춘 인재를 취하려 함이다. 어찌 연고 없이 취하겠는가?"

"인재를 보려 하시면 온 장안을 살펴보셔야 하옵거늘, 조웅보다 십 배나 더한 충효인재가 백여 인이요, 조웅과 같은 자는 거재두량(車載斗量)[12]이옵니다."

이에 문제는 다시 묻지 않았지만 조웅을 생각하는 마음은 조금도 변하지 않았다.

어전에서 물러 나온 이두병은 노골적으로 신하들을 위협하였다.

"만일 조웅을 벼슬길에 천거하는 자가 있으면 내 가만두지 않겠다."

이 말에 모든 백관이 겁을 집어먹었다. 이두병이 했던 위협의 말은 대궐 밖으로 새어나가 결국 조웅의 모자에게까지 전해졌다. 왕씨 부인은 공포에 떨었고, 조웅은 분격해서 주먹을 불끈 쥐었다.

세월이 다시 흘러 천운이 다한 문제가 문득 병을 얻어 병상에 누웠다. 한 달이 지나도 일어나지 못하고 병환이 점점 깊어가니, 장안의 백성들은 하나같이 황제의 환후평복(患候平復)[13]하심을 기원하였다. 이토록 온 백성이 근심하는데도 소인배들로 가득 찬 조정인지라, 황제를 회복시키는 데 아무도 도움을 줄 수가 없었다.

---

[12] **거재두량**(車載斗量) 너무나 많아 귀하지 않음.
[13] **환후평복**(患候平復) 병이 나아 회복됨.

정묘년 삼월 삼일에 문제가 마침내 붕어(崩御)하였다. 태자의 애통한 마음과 백성들의 곡성이 천지에 사무쳤다. 조웅 모자의 비탄도 말할 나위가 없었다. 어느 사이인가 국법과 권세는 이두병이 멋대로 움직였고 비굴한 벼슬아치들은 그런 이두병에게 노골적으로 아첨을 하였다.

하루는 신하들이 모두 모여 국사를 의논하는 자리에서 이두병이 노골적으로 역모의 뜻을 비추는데도 그 말에 반대하는 신하가 아무도 없었다.

시월 십삼일은 문제(文帝)의 탄일(誕日)이었다. 만조 백관이 시종대(侍從臺)에 모였을 때 이두병이 물었다.

"동궁의 나이 아직 팔 세에 불과하오. 국사가 극히 위중한데 동궁의 즉위가 위태한지라, 법령이 조금씩 쇠해지고 사직이 위태할 지경이면 여러분은 어찌하려 하오?"

이에 모든 신하가 이구동성(異口同聲)으로 말하였다.

"천하는 비일인지천하(非一人之天下)요, 조정은 무십대지조정(無十代之朝廷)[14]이옵니다. 이제 팔 세가 되신 동궁이 어찌 즉위를 하겠사옵니까? 또한 황제가 붕어하실 때 승상과 협정하라고 유언을 하셨사옵니다만, 국무이왕(國無二王)이요, 민무이천(民無二天)이오니 어찌 협정왕을 두겠사옵니까? 이제 국사를 폐한 지 여러 날이옵니다. 원하옵건대 승상은 옥새를 받으시고, 천하와 신민의 탄식이 없게 하소서."

조정 백관들이 일제히 일어서서 하당복지(下堂伏地)[15]했다. 한 사람도

---

[14] **무십대지조정(無十代之朝廷)** 십대가 되도록 계속되는 조정은 없다는 뜻.

[15] **하당복지(下堂伏地)** 방에서 내려와 땅에 엎드림.

반대하는 자가 없었다.

이두병이 갑자기 황제가 되는 바람에 궐 안은 뒤집히고, 장안은 변란이 일어난 것처럼 소동이 벌어졌다. 이두병은 황제로서의 위엄을 갖추어 국법을 새로 고치고, 각국(各國)과 열읍(列邑)에 행관(行關)[16]하였다. 동궁은 폐서인이 되어 멀리 외객관에 보내졌고, 따르는 내외궁의 노비들이 하늘과 땅에 고하며 애통해 하였다.

왕씨 부인이 이러한 변을 전해 듣고 크게 놀라,

"웅의 나이 이제 팔 세인데 장차 이 일을 어찌하면 좋을꼬?"

하고 통곡을 하자, 웅은 어머니를 위로하며 말하였다.

"어머니는 불효자를 생각하지 마시고 천금보다 귀한 옥체를 보전하소서. 한 번 죽는 것은 제왕도 면치 못하거늘, 어찌 소자가 죽기를 피할 수 있겠사옵니까? 생각하면 이두병은 우리의 원수요, 우리는 그의 원수가 아니오니, 어찌 조웅이 이두병의 칼에 죽겠사옵니까? 조금도 염려 마옵소서."

웅은 분기를 참지 못하였다.

황제에 오른 이두병은 큰아들 이관을 동궁에 봉하고, 국호를 고쳐 평순(平順) 황제라 하고, 기원을 건무(建武) 원년이라 했다. 또한 태자를 아직도 외객관에 두면 위험하다고 간언한 신하의 말을 따라, 태자를 다시 태산 계량도에 멀리 유배시켜 소식을 끊게 하였다.

왕씨 부인은 태자의 유배 소식을 듣자 망극하여 어찌할 바를 몰랐다.

---

[16]. **행관(行關)** 관청에 공문을 보냄.

"우리도 태자를 따라 사생을 같이하고 싶지만, 종적이 드러나면 지레 죽을 것이니 어찌하면 좋겠느냐?"

두 모자는 주야로 통곡하였다.

하루는 황혼이 어스름한 가운데 조웅이 복수를 생각하다가 답답함을 참을 수 없어 몰래 거리로 뛰쳐나갔다. 장안의 큰길을 두루 걸어 한곳에 다다르니 어린 아이들이 모여 노래를 부르고 있었다.

> 국파군망(國破君亡)하니 무부지자(無父之子) 나시도다.
> 문제(文帝)가 순제(順帝)되고 태평(太平)이 난세(亂世)로다.
> 천지가 불변하니 산천을 고칠쏘냐.
> 삼강(三綱)이 불퇴(不退)하니 오륜을 고칠쏘냐.
> 청천 백일 우소소(靑天白日雨蕭蕭)[17]는
> 충신 원루(忠臣怨淚) 아니시면 소인의 화시(花猜)로다.
> 슬프다 창생들아, 오호(五湖)에 편주 타고
> 사해에 노니다가 시절을 기다려라.

조웅은 이러한 노래를 들으며 분을 참지 못하고 바삐 걸어 경화문 앞에 섰다. 인적은 고요하고 달빛이 희미한데 대궐 안은 모두가 잠들어 있는 듯하였다. 문제와 태자를 생각하자 당장이라도 대궐을 넘어 들어가 이두병을 요절내고 싶었다. 하지만 미약한 자신의 힘을 깨닫고 이내 포기하였다. 웅은 품속에서 필낭을 꺼내 달빛에 의지하여 경화문에 큰 글씨로 이두병

---

[17] **청천백일우소소(靑天白日雨蕭蕭)** 맑고 밝은 하늘에서 비가 내림.

을 욕하는 글을 쓰고 집으로 돌아왔다.

한편 왕씨 부인은 아들을 기다리다 설핏 잠이 들었다. 꿈을 꾸는데 부인 앞에 조 승상이 나타났다.

"부인은 무슨 잠을 그렇게 깊이 자시오? 날이 새면 큰 변을 당할 것이니, 웅을 데리고 급히 도망가시오."

승상이 이렇게 말하자,

"이런 깊은 밤에 어디로 가야 합니까?"

부인이 물었다.

"수십 리를 걸어가면 구해 줄 사람이 있을 것이니, 어서 급히 떠나시오."

다시 승상이 대답하는 순간 부인은 깜짝 놀라 깨어났다. 촛불은 그대로 타고 있는데 웅이 없는지라, 부인은 대경실색하여 문 밖에 내달아 두루 살폈다. 정신이 아득한 가운데 중문을 바라보니 조웅이 급히 돌아오고 있었다.

왕씨 부인이 큰 소리로 꾸짖었다.

"이 깊은 밤에 어디를 갔었느냐?"

웅이 대답하였다.

"마음이 산란하여 거리를 배회하고 돌아왔사옵니다."

그러자 부인은 떨리는 목소리로 꿈에서 아버지를 보았다는 얘기를 들려주었다. 웅도 깜짝 놀라며 조금 전 있었던 일들을 모두 어머니에게 말하였다. 어머니는 아들의 경솔함을 꾸짖었다.

"일을 이리도 헛되이 하느냐? 그렇지 않아도 우물가에 어린애를 앉혀놓은 것 같았거늘, 어찌 그런 경솔한 짓을 했느냐? 내일 그 글을 보면 당장에 죽을 것이니 어서 도망치자."

왕씨 부인은 행장을 차리자마자 웅을 데리고 먼저 충렬묘로 달려갔다. 승상의 화상을 보니 얼굴이 붉고 땀을 흘리고 있었다. 모자는 소리를 죽여 흐느꼈다. 잠시 후 진정을 한 부인은 화상을 떼어 내어 행장에 꾸려 넣고, 아들과 함께 그 길로 도망을 쳤다. 몇 십 리를 달려 큰 강에 다다랐다. 빈 배가 물가에 매어 있었지만 사공은 보이지 않았다. 어느새 동녘 하늘이 희미하게 밝아오고 있는데 매어 있는 배를 움직여 줄 사공은 아무리 기다려도 오지 않았다. 공기는 차고, 강바람은 쉴 새 없이 강물을 흔들었다. 천지 사방을 둘러보아도 살 가망이 도저히 없을 것 같았다.

다시 한번 하늘을 우러러 보며 통곡하다 언뜻 물 위를 보니, 희미한 새 벽빛을 받은 조그만 배 한 척에 어린 아이가 타고 있었다. 부인은 다급한 마음에 정신없이 아이를 불렀다. 그러자 아이는 배를 이쪽으로 돌려 다가 왔다.

"누구이기에 바삐 가는 배를 붙드십니까?"

아이는 배를 대고 어서 타라고 재촉하였다. 배는 모자를 태우자마자 빠 르게 물 위를 나아갔다.

왕씨 부인이 물었다.

"선주는 무슨 급한 일로 만경 창파를 육지같이 다니는 거요?"

아이가 대답하였다.

"나는 남악선생(南岳先生)의 명을 받아 강호의 불쌍한 사람을 구원하기 위해서 사해 팔방을 두루 다니고 있사옵니다."

얼마 후에 아이는 육지에 배를 대고 모자에게 내리라고 했다. 부인은 아들의 손을 잡고 배에서 내리며 백배 사례를 하였다.

"큰 은혜를 입었는데 어찌 갚아야 할지 모르겠소. 황성에서는 얼마나 왔소?"

"지금 온 길이 수로로 일천삼백 리요, 육로로 삼천삼백 리이옵니다."

"어디로 가면 좋겠소?"

"이제 저 산을 넘어가면 인가가 많으니 그리로 가소서."

아이는 다시 배를 저어 사라졌다.

한편 이날 밤, 황제 이두병은 간밤 꿈이 극히 흉한지라 일찍부터 신하들을 불러모아 꿈 얘기를 들려 주고 그것을 풀어 보도록 하였다. 그때 경화문을 지키는 관원이 얼굴이 새파랗게 질려서 달려와 고하였다.

"폐하, 날이 밝아 경화문을 보니 전에 없던 글이 쓰여 있기에 그것을 그대로 베끼어 가져 왔사옵니다."

황제는 관원이 내미는 종이를 받아 읽었다.

"송실(宋室)이 쇠미하니 간신이 조정에 가득하고 만민이 불행하여 국상(國喪)이 나셨도다. 동궁이 나이 어리니 소인이 득세추(得勢秋)[18]라. 만고의 소인 이두병은 벼슬이 일품이거늘, 무슨 부족함으로 역적이 되었단 말인가. 천명이 완전하거늘 네놈이 어찌 장수하리요. 동궁을 어찌하고 옥새

---

[18] 득세추(得勢秋) 세력을 얻음.

를 전수하느냐? 진시황 날랜 사슴 임자 없이 다닐 적에 초패왕(楚覇王)[19]의 기세와 범증(范增)[20]의 힘으로도 임의로 못 잡아 임자를 주었지 않느냐? 어찌할꼬 저 반적을. 부귀도 좋지만 신명을 돌아보아 성업을 끊지 말라. 광대한 천지간에 용납 없는 네 죄목을 조목조목 생각하니 일필난기(一筆難記)로다. 전조 충신 조웅이 삼가 쓰노라."

황제의 얼굴이 새빨갛게 되었다. 황제는 마침내 분기가 탱천하여 용상을 탁 치고 일어나 종이를 내동댕이치며 무서운 호령을 내렸다. 우선 경화문 관원을 잡아들이라 하여 죄인을 잡지 못한 죄로 결곤방출(決棍放出)[21] 하게 하고, 조웅 모자를 결박하여 즉시 대궐로 잡아들이라 하였다.

조웅의 집을 에워싸고 들어가니 인적이 고요하고 조웅 모자가 없는지라, 금관(禁官)이 빈손으로 돌아왔다. 그러자 황제는 분노하여,

"당장 조정인의 화상을 가져오라."

하고 소리쳤으나 그것조차 있을 리가 없었다. 분기탱천한 황제는 다시 경화문 관원을 잡아들이라고 호령하고,

"불문곡직하고 그놈들을 소시(燒弑)[22]하라. 그리고 충렬묘와 조웅의 집을 불태워 버려라."

하고 엄명을 내렸다.

---

19. **초패왕(楚覇王)** 진나라 말엽 유방과 천하를 다투던 항우를 높여 부르는 말.
20. **범증(范增)** 항우의 모신으로 유방을 죽이려다 실패했음.
21. **결곤방출(決棍放出)** 곤장을 세게 때리고 밖으로 내침.
22. **소시(燒弑)** 불에 태워 죽임.

황제의 분노는 여전히 가라앉지 않았다. 이때 눈치 빠른 한 신하가 황제를 위로하며 말하였다.

"웅의 나이 겨우 팔 세요, 그 어미는 여인이옵니다. 멀리 가지 못했을 것이니 각도 열읍에 행관하시면, 우물에 든 고기를 잡듯 할 것이옵니다. 폐하는 더 이상 근심치 마소서."

황제는 옳게 여겨 즉시 명령을 내렸다. 조웅 모자를 잡아 바치는 자에게는 천금상(千金賞)에다 만호후(萬戶侯)를 봉하겠노라 하였다. 이에 각도 열읍의 벼슬아치들이 조웅 모자 잡기에 골몰하였다.

한편 조웅 모자는 사공이 가르쳐 준 험한 산을 넘어 어느 마을에 들어섰다. 두 모자는 길가에 숨어 잠시 마을의 형편을 살펴보았다. 소나무와 대나무가 곳곳에 울창한 마을이 인가도 많고 정결하였다.

모자는 우물가에서 물을 얻어 마신 후 마을 사람들에게 하룻밤을 묵게 해 달라고 사정하였다. 그중의 한 사람이 어느 집을 가리켰다. 그 집에 들어가니 적요하여 남정네(男丁)가 없고 다만 연만한 노파가 딸을 데리고 있거늘, 모자는 나아가 예를 표하고 방 안을 둘러보았다. 빙정옥결(氷貞玉潔)[23] 같아서 사람이 비칠 정도로 깨끗한 방이었다.

노파가 모자에게 물었다.

"부인은 어디 사는 누구이며 지금 어디로 가시오?"

왕씨 부인이 대답하였다.

---

[23] **빙정옥결(氷貞玉潔)** 아주 깨끗하여 조금도 흠이 없음을 비유.

"신수가 불길하여 일찍 남편을 여의고 또 집안에 화를 당하여 어린 자식을 데리고 정처 없이 다니고 있소이다. 여기는 어디이며 마을 이름은 어떠한가요?"

노파가 말하였다.

"여기는 계양성 백자촌이라 하오."

원래 백자촌이라 함은 그 이름대로 백 가지 약이 나서 촌민들이 약을 팔아 끼니를 이어가는 곳이라 하여 마을에 붙여진 이름이었다.

마침 딸이 저녁밥을 차려 왔다. 음식이 아주 정갈하게 차려져 두 모자는 모처럼 맛난 음식을 먹었다.

밥상을 물린 후 왕씨 부인은 적당한 말로 자신들의 곤란한 처지를 설명하였다. 그러자 노파도 긴 한숨을 내쉬며 자신들의 생활을 이야기했다.

"남편은 일찍 계양 태수로 있다가 나이 오십을 넘어 딸을 하나 얻었는데 그만 세상을 하직하셨소. 그래서 이렇게 딸과 함께 고향에 돌아가지도 못하고 이 땅의 백성이 되었소."

왕씨 부인도 한숨을 내쉬었다. 그 후 노파의 집에 머무니 일신은 편했지만 고향을 생각하면 애통한 마음이었다.

세월이 흘러 왕씨 부인의 나이 오십 여덟이요, 웅의 나이 구 세가 되었다. 하루는 저녁을 먹고 나니 노파가 부인에게 은근하게 말을 꺼냈다.

"꿈 같은 세상에 부평초 같은 인생이란 백 세를 살아도 여한이 남는 법이거늘, 부인의 나이 아직도 창창하나 곤궁이 막심하니 세상 궁박을 혼자서 어찌 감당하고 살려 하오?"

왕씨 부인은 빙그레 웃으며 말하였다.

"나도 부유건곤²⁴인 줄 알거니와 내 신세 이러하고, 남은 인생이 길지 않으니 앞으로 살아야 얼마나 살겠소? 자식이 있으니 후사나 이을까 하고 잔명을 보존하오이다."

노파가 다시 말하였다.

"부인의 말씀은 참으로 냉정하오. 천지가 생겼을 때, 청탁을 가려 사람과 만물로 하여금 각각 짝을 정하여 음양지락을 이루게 하였거늘, 부인은 무슨 일로 인연 끊긴 남편을 생각하며 무정세월을 재미없이 보내려 하시오? 그렇게 하다가 흐르는 세월을 재촉하면 후회하여도 갱소년하기 어려운 바 내 청하는 것은, 내 사촌이 방년에 상처하고 마땅한 곳을 정치 못하여 방구(訪求)²⁵하옵더니, 하늘이 인연을 보내사 부인을 만났으니 부인은 내 말을 욕되다 말고 빙설 같은 정절을 잠깐 굽히면 부귀 극진하고, 생전 무궁지락(無窮之樂)을 이룰 것이니, 깊이 생각해 보오."

이에 왕씨 부인은 이마가 서늘하고 노기등등하였으나 상대가 노인인지라 마음을 진정한 후 다시 말하였다.

"어찌 사람의 심정을 모르고 욕설로써 노류장화(路柳墻花)²⁶같이 대접하시오? 천성은 같을지언정 마음가짐은 서로 다르거늘, 욕설이 이러하면 어찌 살기를 바라리까?"

---

²⁴· **부유건곤** 하루살이 같은 덧없고 허무한 세상.
²⁵· **방구(訪求)** 널리 찾아서 구함.
²⁶· **노류장화(路柳墻花)** 누구든지 꺾을 수 있는 길가의 버들과 담 밑의 꽃.

노파가 놀라 입을 떼지 못하다가 다시 말문을 열었다.

"나는 부인의 곤궁한 신세를 생각하여 하는 말이거늘, 그리 노하면 도리어 이상하오."

하지만 왕씨 부인은 노기가 풀리지 않았고 도리어 화를 입을까 염려되었다. 그날 밤 사촌이 찾아오자 노파는 자세한 사정을 들려 주었다.

"마음이 빙설 같아 안 되겠다."

"아직 내버려두오. 그물에 든 고기니, 장차 무슨 도리가 있겠지."

사촌은 화가 나서 큰 소리를 질렀다. 노파의 사촌은 본래가 강포한 사람이었다. 왕씨 부인이 불안을 느끼고 어쩔 줄 몰라하고 있는데 때마침 조웅이 부인에게 여쭈었다.

"이런 심곡에 묻혀 있으면 사람이 우매해지고 심장이 상하오니, 소자 잠깐 나가 세상을 두루 다니며 공부를 하고 싶사옵니다."

그러자 왕씨 부인도 더 이상 이곳에 머물 뜻이 없었으므로 이내 허락하고, 자신도 따라가기로 결심했다. 모자는 다음날 당장 행장을 꾸려 노파에게 하직인사를 하고 재빨리 백자촌을 빠져 나왔다. 황성을 도망쳐 올 때와 똑같은 심정으로 그들 모자는 정신없이 길을 재촉했다.

수십 리를 정처 없이 떠돌다 보니 발이 붓고 기운이 빠졌다. 밥도 제대로 먹지 못하고 잠도 제대로 잘 수가 없었다. 길가에 주저앉은 두 모자는 배가 고파 꼼짝할 수가 없었다. 마침 말을 탄 나그네가 지나가자 웅은 반겨 요기를 청하였다. 나그네가 모자를 불쌍히 여겨 가지고 있던 과일을 내주자 두 모자는 급한 대로 요기를 하였다.

이러저러한 고생 끝에 두 사람은 삼 일만에 한곳에 다다랐다. 해산현 옥구역이라는 곳이었다. 발이 붓고 기운이 떨어진 모자는 머물 곳을 찾아 들어갔다. 하지만 역촌 사람들이 하나같이,

"신황제가 각도 열읍에 행관하여 조웅 모자를 잡아 바치면 천금상에 만호후를 봉한다 하니, 우리도 천행으로 모자를 잡기만 하면 벼슬을 할 것이오."

하고 행인을 살피는지라, 왕씨 부인은 깜짝 놀라 급히 역촌을 떠났다. 모자는 깊은 산중에 숨어들어 바위 아래서 서로 붙들고 대성통곡을 하였다.

"이제는 어디서 살아야 하나?"

모자는 다시 부둥켜안고 눈물을 쏟았다.

애통한 마음으로 밤을 지새고 나니 부인의 얼굴이 통통 부어 있었다. 어느새 일어난 웅이 꽃을 한 다발 꺾어 가지고 부인에게 바쳤다. 부인은 더욱 슬퍼,

"아무리 배가 고파도 이것이 요기가 되느냐?"

하며 힘없이 말했다.

그때 멀리서 느닷없이 사람 소리가 들려왔다. 부인이 깜짝 놀라 일순 긴장하는데 대여섯 명의 여승들이 골짜기를 내려오고 있었다. 부인은 안심하여 여승들에게 물었다.

"어느 절에 계시는 스님들이며 지금 어디로 가십니까?"

"부인은 어쩌다 이러한 깊은 산중에 오셨나이까?"

하고 그중 나이가 들어 보이는 여승이 부인의 질문에는 아랑곳하지 않고

부인에게 되물었다.

"길을 잃고 이곳에 들어와 배고픔을 견디지 못하여 오가지 못하고 여기 앉았소이다."

여승들은 모자를 가엾게 생각하여 가지고 있던 다과와 밥을 내놓았다. 부인과 웅은 허겁지겁 밥을 먹기 시작했다.

"죽게 된 인생을 구제하시니 은혜 난망이오. 그런데 절은 여기서 얼마나 가야 하오?"

왕씨 부인은 눈물을 흘리며 여승들에게 말하였다.

"이 산에는 절이 없고 우리가 있는 절은 여기서 백여 리나 되는데 험한 산길을 어찌 가겠나이까? 우리가 절로 가는 중이면 함께 모시고자 하오나, 고을 태수가 새로 부임하였기에 지금 문안 가는 중이오. 형편이 어쩔 수 없으니 이 길로 걸어 마을로 가오."

여승들은 그렇게 일러주고 나서 다시 산길을 더듬어 내려갔다. 웅은 다시 행장을 수습하며 어머니에게 가기를 재촉했다.

"어디로 간단 말이냐? 우리는 반드시 관원에게 잡힐 것이니 차라리 이 산중에서 굶어 죽는 게 낫다."

하고 왕씨 부인이 말하였다.

"사람의 목숨은 하늘에 달려 있으니 하늘이 죽이면 죽을 것이요, 살리면 살 것이옵니다. 어찌 사람을 두려워하여 이 산중에서 짐승의 밥이 되겠사옵니까? 조금도 염려 마시고 마을로 가시지요."

"이러한 행색에 마을에 가면 반드시 잡힐 것이니, 행색을 달리하면 어떻겠느냐? 나는 머리를 깎고 중이 되고 너는 상좌가 되면 누가 우리를 알아 보겠느냐?"

어머니의 말에 웅은 자신도 머리를 깎겠노라고 하며 슬피 울었다. 그러 자 부인은,

"너는 참으로 답답한 아이로구나. 어린 아이가 머리를 깎으면 다들 이상 하게 여겨 도리어 의심을 사게 되리라."

웅은 마지못해 가위를 들고 어머니의 머리를 잘랐다. 부인과 웅은 머리 를 만지며 무수히 통곡하였다.

"웅아, 울지 마라. 내 심사 둘 데 없다."

부인은 아들의 눈물을 닦아 주며 위로하였다.

왕씨 부인은 행장의 의복을 꺼내 장삼을 대충 만들어 입고 한 손에 지팡 이를 집은 채 웅을 앞세워 마을로 내려갔다. 모자는 마을에서 밥을 빌어 먹고 지냈다. 하루는 장이 서는 곳에 다다라 부인이 웅을 시켜 깎은 머리 를 팔게 하였다. 웅이 받아온 닷 냥을 가지고 두 모자는 요기를 한 뒤 나머 지 돈은 행장에 꾸려 넣었다.

밤이 깊어가자 모자는 주점에 찾아들었다. 주점에서 두 모자가 정신없 이 자고 있는데 별안간 요란스런 소리가 밖에서 났다. 왕씨 부인이 깜짝 놀라 나가 보니 무서운 도적들이 눈앞에 달려오고 있었다. 부인은 혼비백 산하여 혼자서 담을 뛰어넘어 줄달음질을 쳤다. 정신없이 달리다 보니 웅 을 두고 온 것이 생각났다. 마을은 이미 불에 타고 있었고 도적들은 여기 저기에서 고함을 지르며 날뛰고 있었다.

부인은 하늘을 우러러 통곡하며 아들의 이름을 불렀다. 도적의 말발굽 소리는 이미 가까이 다가오고 있었다. 그때 무슨 소리가 들려 내달아 보니 집이 보였다. 반겨 들어가니 비각(碑閣)이었다. 부인은 비각 안에 숨어 도적을 피하였다.

한편 조웅은 두 발목이 잡혀 문 밖에 내던져졌을 때 비로소 눈을 떴다. 눈을 떠 보니 도적들은 무서운 형상으로 앞뒤에 서 있고 어머니는 보이지 않았다. 황망한 생각에 어찌할 바를 모르는데 도적 중 한 놈이 행장보따리를 둘러메고 나오고 있었다. 조웅은 벌떡 일어나 그 도적을 붙들고 애원하였다.

"이 봇짐은 가져가도 땡전 한 푼 되지 않사오니 속에 든 돈만 가져가시고 짐은 남겨 주오."

그중에 가장 늙은 도적이 봇짐을 뒤지기 시작했다. 도적은 돈과 화상을 가지고 짐을 던져 주었다. 웅이 울면서 소리쳤다.

"나를 죽이고 화상을 가져가오."

"이 화상은 어떤 화상인가?"

"나는 대사의 상좌이오. 우리 대사는 원근 출입에 불상을 모시고 다니거늘, 오늘 스승을 모시고 주점에서 자다 스승도 없고 이제 불상도 잃게 되면 소생은 앞으로 스승을 대면하지 못하오. 또한 절에도 못 가게 되어 어린아이 굶주려 죽게 되오니 가져가도 쓸데없는 불상은 주고 가오."

늙은 도적은 말없이 웅을 훑어보다 화상을 넘겨 주었다. 웅은 그것을 받아들고 물었다.

"어디로 가면 스승을 만나리까?"

"저리로 담을 넘어간 듯하니, 그리로 가 보라."

"노인의 은덕이 백골난망이오, 나중에 만나 뵈올지 모르니 거주와 성명을 알려주오."

웅이 물었다.

"도적의 거주와 성명을 알아 무엇 하리요. 빨리 가라."

하고 늙은 도적이 말하였다.

조웅은 행장을 수습하여 도적이 가리킨 곳으로 걸어갔다.

왕씨 부인은 비각에 들어가 몸을 숨기고 있다가 깜박 잠이 들어 버렸다. 그때 남편이 꿈속에 나타났다.

"웅이 이 앞으로 지나가거늘 부인은 어찌 모르고 잠만 자오?"

부인은 깜짝 놀라 잠에서 깨어났다. 그때 비각 밖에서 우는 소리가 들려왔다. 잠시 후 두 모자는 부둥켜안고 감격의 눈물을 흘렸다. 웅은 도적의 화를 피해 여기까지 달려온 사정을 어머니께 자세하게 말하였다.

두 모자는 비각 안에서 밤을 지샜다. 멀리서 닭 우는 소리가 들리고, 어느새 날이 훤하게 밝아 왔다. 모자는 밖으로 나오다가 비문을 보고 깜짝 놀랐다. 비문에는 커다란 금자(金字)[27]로 대국충신(大國忠臣) 병부시랑(兵部侍郞) 겸 각도진무어사(各道鎭撫御史) 조정인(趙正仁)의 불망비(不忘碑)라 쓰여 있고 작은 글씨로 다음과 같이 씌어 있었다.

---

[27] 금자(金字) 금박을 올려 금빛이 나는 글자.

황상이 명감하여 위왕을 죄주시니 백성은 무슨 죄로 흉년을 만났는고. 살기를 도모하여 산지사방 흩어지니 황제가 인명하사 양신을 보내시니 만민의 부모 되어 적자를 살려 내니, 은덕을 이르건대 태산이 가볍다. 깊기를 생각하니 여천 지무궁이라. 우매한 창생 들아 만세를 잊을쏘냐.

조웅 모자는 비문을 보고 승상을 보는 듯 비를 붙들고 애통해 하였다. 산천 초목이 다 우는 듯하고 비금주수(飛禽走獸)[28]가 눈물을 짓고 있었다. 웅이 어머니를 위로하고 물었다.

"부친의 비각이 어찌 여기 와 있사옵니까?"

왕씨 부인이 대답하였다.

"이 비를 보니 위국지경(魏國之境)이로다. 네 선친이 병부시랑 시에 위왕(魏王) 두침이 포악한 사람으로 걸(桀), 주(紂)왕과 같은지라. 백성이 도탄 중에 동요를 지어 부르되, '우리 임금은 어느 해에 망할까. 하루가 여삼추라 언제나 망국할꼬' 하니, 동요하는 마음이 일국에 낭자하였도다. 이때에 위왕이 역모할 뜻을 두고 대국을 탈취하려 괴이한 도사의 말을 듣고, 십오 세 된 동남동녀를 잡아 각각 포육을 떠서 음양으로 천제(天祭)하고 기병하여 대국을 향해 나오다가 변양 땅에 다다르니, 하늘이 신병을 몰아 위왕을 죽이고, 삼 년을 비를 내려 주지 않아 흉년이 아주 심하여 백성이 산지사방(散之四方)[29]하거늘 황제 근심하사 네 부친을 택출(擇出)하시니, 마지못해 소와 염소를 잡아 천제하고 비를 얻어 창곡으로 백성을 구출하

---

[28]. **비금주수(飛禽走獸)** 나는 새와 기는 짐승.
[29]. **산지사방(散之四方)** 사방으로 흩어짐.

니, 백성이 비를 세우고 만세를 불렀다 하더니, 이제 와 다시 보게 될 줄은
몰랐구나."

부인은 필묵을 꺼내 비문을 정성스럽게 베껴 행장에 간수하고 아들과
함께 일어섰다. 그러나 갈 곳이 없었다. 웅이 말하였다.

"돈이 있다고 주점을 찾아다니다가는 무슨 환을 당할지 모르니 이제는
절이나 찾아 가시옵소서."

왕씨 부인도 옳게 여겨 만나는 사람마다 절을 물었다. 어떤 사람은 중이
절을 모르는데 속인이 어찌 안단 말인가 하기도 하고, 어떤 사람은 자세히
가르쳐 주었다.

세월은 쏜살같이 흘러 떠돌아다닌 지 어느덧 삼 년이 되어 웅의 나이 십
일 세가 되었다. 웅은 기골이 웅장하고 힘이 넘쳐 족히 어른도 당해 내지
못할 정도가 되었다.

하루는 종일토록 갔지만 사람은 보이지 않고 인가도 없어 배고픔에 지
친 모자가 길가에 주저앉았다. 그때 좁은 길에 늙은 중 하나가 지팡이를
짚고 나타났다. 노승은 사과를 꺼내 모자에게 주고 위로했다. 왕씨 부인은
고마워서 눈물을 흘리며,

"나다니는 사람이 없어 기갈이 심하였는데 활인지불(活人之佛)을 만나
기갈을 면하니 은혜 백골난망이오."하였다.

그러자 노승이 미소를 지으며 대답하였다.

"잠깐 요기하신 것을 은혜라 하오면 소승은 부인께 천금을 얻어 왔사오
니 그 은혜는 어찌하오리까?"

왕씨 부인은 깜짝 놀라 되물었다.

"소승은 본래 가난한 중이라 사방에 걸식을 면치 못하거늘 어찌 천금 재물을 주었다 하오?"

"대국 조 충공의 부인이 아니시옵니까? 일신을 감추어 변형한들 소승이야 모르리까?"

이 말에 모자는 깜짝 놀라 노승에게 애원하였다.

"우리 모자를 잡아 바치면 천금상에다 만호후를 봉하겠지만, 부귀는 세상의 일시 변화요. 광풍에 한 조각 구름과 같고 물 위의 거품과 같소. 일시 영귀만을 생각지 말고 가엾은 생명을 살려 주소서. 중은 또한 부처의 제자라 어진 도로써 인명을 구제하면 후세에 반드시 부처가 될 것이니, 바라건대 존사(尊師)는 생명을 구원하소서."

노승은 여전히 웃는 얼굴로 대답하였다.

"부인은 조금도 염려 마소서. 소승은 부인을 잡아갈 중이 아니오니, 진정하시고 소승의 말씀을 들으소서. 소승은 승상의 화상을 그리던 월경이로소이다. 그때 승상의 화상을 그리고 나니 천금재를 하사하셔서 가져갔사온데, 부인은 어찌 소승을 모르시나이까?"

그러자 왕씨 부인이,

"그때 화상을 그리던 중과 방불하나 세상일을 어찌 알리요. 천금재를 준 것은 확실하나 분명히 명심한 일이 아니라 기억하지 못하니, 존사는 숨기지 말고 바른 대로 일러 주오."

하고 간절하게 애걸하니 노승이 민망하여 위로하였다.

"어찌 이토록 의심하시옵니까? 그때 화상을 그릴 무렵 부인은 잉태하신 지 칠 삭이거늘, 부인의 상을 보고 그 전후사를 기록하여 화상 등에 넣었 사오니, 화상을 내어 그것을 보시면 소승의 허실을 쾌히 알 것이옵니다."

부인은 여전히 불안하였지만 마지못해 화상을 꺼내어 살펴보았다. 과연 노승의 말대로 화상의 등에 글씨가 쓰여 있었다.

만화여쟁(萬花如爭)[30] 왕부인이 삭발이 웬일인고? 파강 천경파에 거북을 만 났도다. 성주(城主)는 뉘신고. 굴삼려 충혼이라. 복중에 끼친 혈육 활달한 기 남자라. 공자로 상좌 삼고, 변형을 굳게 한들 화상이 불변하거늘 필법 조차 고 칠소냐. 위국 산양땅 강선암 월경이 근서 하노라. 경오 추칠월 십오일 상봉."

부인은 글을 읽고 나서 울음을 터뜨렸다. 부인은 떨리는 음성으로 전후 고생했던 사정을 들려주었다. 다 듣고 난 노승이 탄식하였다.

"대강 알겠사옵니다. 흥망성쇠와 존비귀천이 무내천수이오니 한탄한들 어찌 면하오리까? 소승은 오늘날 이리 만날 줄 이미 알았사오나, 절에 사 정이 있어 늦게 와 뵈니 극히 황공하옵니다."

노승은 모자를 데리고 산골짜기 길을 더듬어 들어갔다. 좁은 골짜기와 절벽을 지나자 별안간 넓은 호수가 나타났다. 푸른 물이 잔잔하며 깊은 것 같고, 사방은 층암 절벽이 까맣게 솟아 보이는 험준한 산이 병풍처럼 둘러 쳐져 있었다. 호수에 떠 있는 조그만 배에는 십여 명의 승려들이 타고 있

---

[30]. **만화여쟁(萬花如爭)** 온갖 꽃이 다투는 듯이 아름다움.

었다. 승려들이 배에서 내려 부인께 인사를 하자 모자는 배에 올랐다.

배에 오르니 좌우에 꽃들이 만발하고 무수한 기러기들이 오락가락하는 게 마치 선경에 있는 것 같았다. 배가 한참 동안 푸른 물을 헤치고 들어가 산문(山門) 앞에 멈추니 새로 지은 웅장한 절이 보였다.

"지금 존사(尊寺)를 구경하니 진실로 선경이오. 천한 세속객(世俗客)이 선경을 더럽히니 마음이 불안하오이다."

부인이 말하자 여러 승려가 한 목소리로 대답하였다.

"누추한 절에 존객(尊客)이 오시니 광채가 더욱 나옵니다. 중들이 가난 하여 수칸 암자가 풍우에 퇴락하여 전복되었지만, 연전에 월경대사께서 황성에 가셨다가 부인께 천금을 얻어와 절을 중수하였으니 빈승 등이 부인의 은혜를 어찌 다 갚겠사옵니까?"

승려들이 자신을 칭송하자 부인은 부끄러움에 고개를 숙였다. 승려들은 조웅 모자를 별당에 데리고 가서 머물게 하였다.

월경대사는 어린 조웅에게 글을 가르치고, 신통한 술법을 가르쳤다. 웅이 하나를 가르치면 열을 아는지라 왕씨 부인은 아들을 큰 자랑거리로 생각하였다. 이후 두 모자는 아무런 불편 없이 절에서 지냈다.

세월이 흘러 웅의 나이 벌써 열다섯이 되어 골격이 웅장하고 기운이 절륜(絕倫)[31]하였다.

---

[31] **절륜(絕倫)** 매우 두드러지게 뛰어남.

하루는 조웅이 어머니를 향해 이렇게 말했다.

"소자 나이 열다섯이옵니다. 남자가 처세를 함에 한곳에서 늙을 것이 아니옵고, 신선도 두루 박람하옵니다. 소자 잠깐 산 밖에 나가 세상을 구경하고 황성 소식도 듣고자 하옵니다."

부인은 깜짝 놀라 말하였다.

"천리 타향에서 나는 너를 믿고 너는 나를 믿고 살아가거늘, 네가 일시라도 떠나면 나는 어찌하랴. 가려면 같이 갈 것이다. 차후는 얘기를 꺼내지 마라."

조웅은 더 아뢰지 못하고 물러 나와 월경대사와 의논하였다. 대사는 크게 감동하여 말하였다.

"공자의 말은 반반한 장부의 말이로다."

월경대사는 부인을 찾아가 고금사(古今事)를 설화하다가 조웅의 출세코자 하는 뜻을 전하였다. 그러나 왕씨 부인은 고개를 가로 저었다.

"공자를 어리다 하시지만 천병만마(千兵萬馬) 시석(矢石)[32]이 비 오듯 하여 살기 충천한 중에 넣어도 일점 염려하실 필요가 없사옵니다. 부인은 어찌 사람의 신명을 의심하시나이까? 홍문연(鴻門宴)[33] 살기(殺氣) 중에도 패공(沛公)[34]이 살아나고, 파강산 천경파에도 부인이 살아났거늘 어찌 천명을 근심하시옵니까? 소승 또한 공자의 환란을 짐작하지 못하면 어찌 세

---

[32] **시석(矢石)** 옛날 전쟁 시에 쓰던 화살과 돌.
[33] **홍문연(鴻門宴)** 홍문은 진나라 말엽에 유방과 항우가 회견한 곳.
[34] **패공(沛公)** 한 고조가 제위(帝位)에 오르기 전의 칭호.

상에 나가 출세함을 권하오리까?"

하며 대사가 다시 설득을 하자 부인은 마지못해 허락하였다.

조웅은 그 다음날로 행장을 수습하고 길을 떠났다. 부인은 안타까운 심정에 빨리 돌아오기만을 몇 번이나 당부하였다. 월경대사는 산문(山門)에 따라와 악수상별(握手相別)하고 길을 가리켰다. 웅이 산을 내려와 세상에 나오니 심신이 광활하고 눈앞에 두려운 것이 없었다.

세상에 내려온 지 반년이 지나 하루는 강호 땅에 다다랐다. 천문만호에 인물이 번성한 곳이라, 웅은 큰 도로를 걸으며 백물(百物)을 두루 구경하였다. 이윽고 한곳에 이르니 반백 노인이 웅장한 삼척검 한 자루를 앞에 놓고 앉아 있었다. 웅은 칼을 보고 욕심이 났지만 행장에 돈이 한 푼도 없는지라 그저 멀리서 노인의 거동만 지켜보았다.

주점에 돌아온 웅은 다음날 주인에게 칼을 팔던 노인에 대해 물어보았다. 주인이 대답하였다.

"어디서 사는지는 몰라도 칼을 팔려고 벌써 달포 가량이나 왕래하고 있소이다. 그렇지만 값이 중한 데다 누가 혹 사고자 값을 물어보아도, 노인은 즐겨 팔지 아니하더이다."

주인의 이러한 대답을 듣고 웅은 더욱 욕심이 났다. 오늘도 노인이 삼척검을 앞에 두고 앉아 있는 걸 웅은 멀리서 지켜보았다. 저녁에 주점으로 돌아온 웅은 주인에게 그 노인에 대해 다시 물어보았다. 주인은 자신이 소년의 얘기를 했더니 노인도 소년에 대해 자세히 묻더란 얘기를 해주었다.

조웅은 이날 밤도 어젯밤과 같이 잠을 이루지 못하고 뜬눈으로 밤을 새웠다. 칼을 구할 방도를 아무리 찾아보아도 마땅히 떠오르는 생각이 없어 웅은 마침내 결심을 하였다.

"내일은 칼 값을 반드시 물어 월경대사에게 값을 취하리라."

이튿날 날이 밝자 웅은 노인을 찾아갔다. 노인은 똑같은 자리에, 똑같은 자세로 앉아 있었다. 무슨 글귀가 갓 위에 붙어 있어 웅은 가까이 가서 그 것을 읽었다.

화산도사 한 소매가 무거우니
행색이 칼 파는 선비 같도다.
사람마다 칼 값을 물은즉,
노인 왈, 내 기다리는 사람이 있노라.
분분한 저자에 몇 남자 모였는고.
앞으로 천인이 지나가되 팔기를 원치 아니 하노라.
웅의 소식을 뉘더러 물어 알리요.
앉으면 턱을 괴고 서면 멀리 보노라.

웅은 다 읽은 후 놀랍기도 하고 기쁘기도 하여 노인께 극진히 인사를 하고 나서 칼 값을 물었다. 노인은 웅의 손을 잡고 이름을 물었다.

"그대가 웅이냐?"

"웅이옵니다. 존공은 어찌 소자의 이름을 아시나이까?"

노인이 대답하였다.

"자연 알게 되노라. 하늘이 보검을 주시어 임자를 찾아주기 위해 사해 팔방을 찾아 다녔노라. 몇 달 전 장성(將星)이 강호에 비쳐 이곳에 와 달포 이상을 기다렸지만 종시 만나지 못하여 밤마다 천기를 보았노라. 장성이 강호를 떠나지 아니하여 그대의 행색이 곤박하여 분명 걸식하는 줄은 짐작하고 방을 붙여놓고 그대를 만나기를 기다리고 있었노라."

노인이 칼을 내주거늘 웅이 기뻐하며 칼을 받았다. 칼은 길이가 삼 척이요, 그 가운데 금자로 '조웅검'이라고 또박또박 새겨져 있었다. 보검을 얻은 웅이 노인에게 또 한 번 감사의 절을 올리며 말했다.

"중보(重寶)를 거저 주시니 은혜 백골난망이옵니다. 어찌 갚으리까?"

"그대의 보배라. 나는 전할 따름이니 어찌 은혜라 하리요."

노인은 말을 마치고 웅의 거처로 따라가 며칠을 함께 보낸 후 사흘째가 되자 작별인사를 하며 말하였다.

"그대의 갈 길이 바쁘니 부디 대명(大名)을 이루도록 하라."

"어디로 가면 어진 선생을 만나 뵈오리까?"

"이제 남방으로 칠백 리를 가면 관산이 있고, 그 산중에 천관도사가 있으니 정성이 지극하면 만나려니와 그렇지 아니하면 낭패할 것인즉, 각별 근성(謹省)하여 선생을 정하라."

하고 노인은 떠나 버렸다.

조웅은 노인이 말해 준 대로 남방으로 떠나 관산을 찾아갔다. 관산은 산세가 기이하고 경개가 절승이었다. 험준한 길을 겨우 더듬어 목적지에 당도하니 수칸 모옥에 석문이 열려 있었다. 들어가니 연못에 연화가 만발하고 층계에는 국화가 활짝 핀 가운데 몇몇 동자가 바둑을 두고 있었다.

조웅이 그들에게 선생의 유무를 물으니 그중 하나가 답하였다.

"선생은 사냥을 하기 위해 벗님과 함께 나갔사옵니다."

"어느 때 오시오?"

"황혼에 달을 띠고 돌아오시옵니다."

조웅은 할 수 없이 산을 내려가 촌간을 찾아서 밤을 보낸 뒤 이튿날 다시 선생을 찾아갔다. 동자에게 물으니 동자는,

"삼경에 돌아와 첫닭 울 때 나가셨나이다." 하였다.

웅이 낙심해서 또다시 촌락으로 내려갔다가 밤 삼경에 선생을 다시 찾아갔다.

"계명 초에 나가셨나이다."

동자가 말하였다. 웅이 길게 탄식을 하였다.

"십 년을 정성하여 선생을 찾아왔더니 뵈옵지 못하는구나. 바라옵건대 동자는 선생 가신 곳을 가르쳐주오."

동자는 가볍게 웃은 뒤 말하였다.

"초인(樵人)[35]이 기러기를 맞히지 못한 뒤 재주 부족함을 깨닫지 못하고 활을 꺾어 버리니 그대도 초인과 같소. 그대 정성이 부족함을 알지 못하고, 도리어 주인 없음을 원망하니 심히 우습소이다. 선생이 이 산중에 있지만 천봉이 높고, 만학이 깊으니 종적을 어찌 알리요."

웅이 더 이상 묻지 못하고 종이에 글을 써서 벽에 붙이고, 동자에게 하직인사를 하였다.

---

[35] 초인(樵人) 땔나무를 하는 사람.

이때 천관도사는 산중에 그윽이 앉아 그 거동을 보다 웅이 글을 써서 벽에 붙여놓고 가는 것을 보고 급히 달려와 글을 읽었다.

십 년을 지내온 객이 만 리 밖에서 찾도다. 흐린 연못에 용이 뛰놀다 날아오르건만 이 소리가 들리지 않는다.

도사는 다 읽은 뒤 급히 동자를 재촉해 웅을 찾아오게 하였다. 웅은 동자에게 도사의 소식을 듣고 무척 기뻐하였다. 웅이 돌아오자 도사는 웅의 손을 잡고 크게 웃으며,

"험한 산길에 여러 번 고생하도다."

하고 동자더러 어서 저녁밥을 차려 오라고 분부했다.

동자가 차려 온 밥을 서둘러 먹고 나서 웅은 고마움을 표하였다.

"여러 날 주린 뱃속에 선미를 많이 먹으니 그저 감사하나이다."

천관도사는 대답을 하지 않고 대신 책 두 권을 내밀었다. 『성경현전(聖經賢傳)』이란 책이었다. 조웅이 다 본 후에 다른 책을 달라고 하니, 도사는 빙긋 웃으며 다시 『육도삼략(六韜三略)』을 내밀었다. 조웅이 그것을 펼쳐 들고 큰 소리로 읽으니 도사는 더욱 기특하게 여겨 『천문도(天文圖)』 한 권도 주었다. 받아 보니 기묘한 법이 많았다. 조웅은 이것과 더불어 도사에게 술법을 배워 눈앞의 일을 모르는 게 없게 되었다.

그러던 어느 날, 해가 져서 어둠이 찾아들 때였다. 별안간 광풍이 일고 무슨 소리가 요란하게 났다. 조웅은 놀라 스승에게 무슨 일인가 하고 여쭈

었다.

도사가 대답하였다.

"다름이 아니라 내 집에 필마 한 필이 있었는데, 점점 몸이 수척하여 밝은 날에 산중에 놓아 방양(放養)[36]했더니, 하루는 뇌성이 천지를 진동하며 산중이 요란하여 얼른 찾아 마당에 두었더니 오색구름이 산에 가득하여 지척을 분별치 못하더니, 이윽고 뇌성이 그치고 구름이 걷히거늘 말을 이끌어 집에 와 여물과 죽을 먹여 두었더니 얼마 후 새끼를 낳았구나. 낳은 지 몇 달 못 가서 어미는 죽고 새끼만 살았으되, 어찌나 고집이 센지 사람이 이끌지를 못하여 점점 자라날수록 사람이 근처에 가지를 못하니 낮이면 산중에 숨고 밤이면 집으로 돌아오느니라."

조웅이 소리나는 곳을 조심스럽게 보니 한 필의 말이 산을 넘어오는데, 절벽이고 바위고 봉우리고 간에 발을 대는 것 같지 않고 제멋대로 날아서 왔다. 말이 다가오자 웅은 대담하게 그 앞으로 달려나가며 큰 소리로 말하였다.

"인마역동(人馬亦同)이라, 네놈은 임자를 모르느냐?"

그러자 말이 고개를 들고 냄새를 맡더니 꼬리를 치며 반기는지라 웅이 크게 기뻐하며 목을 안고 굴레를 씌워 조하에 매고 도사에게 물었다.

"이 말 값은 의논컨대 얼마나 하나이까?"

"이 말은 그대의 것이로다. 남의 보배를 가지고 어찌 값을 따지리요. 임

---

[36] **방양(放養)** 짐승 따위를 놓아서 기름.

자 없는 말이 행여 사람 상할까 염려하였는데, 오늘 그대에게 전하니 실로 다행한 일이로다."

"거두어 주신 은혜도 망극하옵거늘, 또 천금 준마(駿馬)를 주시니 은혜 더욱 난망이옵니다."

"곤궁함도 그대의 운수요, 영귀함도 그대의 운수니라."

그 후 웅은 도사를 더욱 공경하며 술법을 배우니, 얼마 안 가서 도사의 신통한 술법을 달통(達通)[37]하기에 이르렀다.

하루는 웅이 도사에게 아뢰었다.

"객지에 모친을 두고 왔사오니 잠깐 모친을 찾아뵙고 근심을 덜어 드리고 오겠사옵니다."

스승이 그 즉시 허락하니 조웅은 작별 인사를 한 뒤 말에 올랐다. 말은 순식간에 내달려 칠백 리 강호까지 금방 이르렀다. 날이 아직 밝으나 조웅은 피곤함을 이기지 못하여 객점을 찾아갔다. 마침 한 남자가 길가에 있다가 웅을 커다란 집으로 인도하였다.

원래 이 집은 위(魏)나라 장 진사의 집으로 진사는 일찍 죽고, 부인이 딸하나와 함께 존경을 받으며 지내고 있었다.

딸은 절세미인으로 시서(詩書)까지 통달하여 뭇 사람들의 칭송을 받았다. 그 모친 위 부인(魏夫人)은 딸이 혼인할 나이가 되자, 소저와 같은 배필을 얻고자 하여 화려한 객실을 지어 놓고 사방의 인물이 모여드는 이 강

---

37. **달통(達通)** 사물의 이치에 정통하는 것.

호의 땅에, 왕래하는 손을 자기의 객실로 청하여 묵게 한 후 인물을 고르고 있었다.

그러던 차에 웅이 묵기를 청하였다는 말을 듣고 위 부인은 시비에게 물었다. 그러자 시비가,

"어떤 아이 과객이옵니다."

하자 묵기는 허락하였지만 한탄을 하였다.

"세월이 흐르는 물과 같아 딸의 나이 이팔이거늘 배필을 볼 길이 없도다."

"불초녀를 생각지 마시고, 천금 같은 귀체를 안보하소서."

하고 어머니의 탄식을 보다못해 옆에 앉아 있던 딸이 이렇게 위로했다. 이때 조웅 또한 인재를 몰라보는 위 부인의 안목에 탄식하며 홀로 명월을 대하여 노래를 하는데 어디선가 금을 타는 소리가 들려왔다. 그것은 이내 멎었으나, 조웅은 그 유혹에 견딜 수가 없어서 밖으로 나와 귀를 기울였다.

잠시 후 안채에서 노랫소리가 들려왔다.

> 초산의 나무를 베어 객실을 지은 뜻은 인걸을 보려 하는 것인데
> 영웅은 아니 오고 걸객(乞客)만 흔히 온다.
> 석상의 오동 베어 금실을 만든 뜻은,
> 원앙을 보려 함인데 원앙은 아니 오고 오작(烏鵲)[38]만 지저귄다.
> 아이야, 잔 잡아 술 부어라.
> 만단수회(萬端愁懷)[39]나 풀어 볼까 하노라.

[38]. **오작(烏鵲)** 까마귀와 까치.
[39]. **만단수회(萬端愁懷)** 여러 가지 근심스러운 회포.

웅이 그 소리를 듣고 행장의 퉁소를 꺼내어 거문고 그치기를 기다려 초당에 높이 앉아 답하는 곡조로 불었다.

십 년을 공부하여 천문도를 배운 뜻은
월궁에 솟아올라 항아(姮娥)[40]를 보려 함이거늘,
세상의 인연이 없었던지 은하에 오작교가 없어 오르기 어렵도다.
소상(瀟湘)[41]의 대를 베어 퉁소를 만든 뜻은 옥섬을 보려 함이나,
월하에 슬피 부는 지음(知音)을 뉘 알리요.
관두어라, 알 사람 없으니 원객이 수회를 위로할까 하노라.

이에 위 부인과 장 소저는 후원 별당으로 소리 없이 내려가, 중문을 역시 조심스럽게 열어놓고 바깥 초당을 바라보았다. 조웅의 얼굴이 달빛에 반사되어 백옥처럼 빛나니 두 모녀의 눈에는 그야말로 이 세상 사람같이 보이지가 않았다. 위 부인은 크게 기뻐하며,

"성인(聖人)이 나시면 기린(麒麟)[42]이 나고, 경아(瓊兒) 나면 영웅이 나도다."

하니 장 소저 부끄러워하며 별당으로 들어가 마음을 진정시키다가 깜박 졸았다. 비몽사몽간에 부친이 나타나,

"네 평생 호구를 데려왔으니 오늘 밤 인연을 잃지 마라. 천지무가객(天

---

[40] **항아(姮娥)** 달 속에 있다는 선녀.
[41] **소상(瀟湘)** 중국 호남성 동정호의 남쪽에 있는 소수와 상강. 이곳에서 아롱진 무늬가 있는 대나무가 생산됨.
[42] **기린(麒麟)** 성인이 세상에 나면 나타난다는 전설상의 어진 동물.

地無家客)이니 한번 가면 만나기 어렵도다."

하니, 소저는 선친을 따라 초당으로 나갔다.

그러자 황룡이 오색구름에 싸여 칠성(七星)을 희롱하다 머리를 들어 소저를 보자, 소저는 놀라 안으로 도망쳤다. 그러나 용이 도망치는 소저를 따라와 치마를 물고 몸을 칭칭 감아드는 바람에, 깜짝 놀라 깨어 보니 꿈이었다. 소저는 마음을 평정하여 풍월을 읊었다.

한편 통소를 끝낸 조웅은 그 회답을 기다리며 달빛 아래를 배회하나 종시 소식이 없는지라 탄식만 하였다.

"다만 거문고 곡만 알 따름이요, 통소 곡조는 알지 못하고 예사 행객의 통소로만 아는구나."

그때 풍월을 읊는 여자의 소리가 아득하게 들려왔다. 조웅이 활달한 마음을 이기지 못하여 중문을 열고 안채로 들어갔다. 장 소저가 풍월을 멈추고 기성을 질렀다. 웅이 예를 갖춰 말하였다.

"소저는 놀라지 마소서. 나는 초당에 유하는 길손인데 풍월소리 들려 행여 귀댁의 공자인가 하고 시흥(詩興)을 탐하여 들어왔소. 이러한 심규(深閨)⁴³에 남녀가 봉착하였으니, 바라건대 진퇴 없는 자취를 인도하소서."

소저 아무리 생각해도 피할 길이 없는지라 마지못해,

"천지가 불변하고 예절이 끊기지 아니하였거늘, 신명을 불고하고 이렇듯 범죄하니 바삐 나가 잔명(殘命)을 보존하소서."

---

⁴³. **심규(深閨)** 아녀자가 기거하는 방.

하고 꾸짖으니 웅이 다시 말하였다.

"꽃을 본 나비가 불인 줄 어찌 알며, 물을 본 기러기가 뱃사람을 어찌 두려워하리요. 바라건대 소저는 빙설 같은 정절을 잠깐 굽혀 외로운 자취를 이웃 삼기 어떠하시오?"

웅이 말을 마치고 나아가 앉으니, 소저는 형세가 급하였다. 이윽고 가만히 생각하다가 애원하였다.

"요조숙녀는 군자호구(君子好逑)[44]라 하옵니다. 첩인들 공방독침(空房獨寢)[45]을 좋아하겠사옵니까마는, 선친을 생각하니 구대(九代) 진사의 후예이옵고, 부모의 명도 없는 데다 육례조차 치르지 못하였사오니 어찌 몸을 허락하여 선친께 죄인이 되고, 가문에 욕이 되어 살기를 바라겠사옵니까? 바라옵건대, 돌아가 후일을 기약하소서."

웅이 대답하였다.

"말은 당연하나 가득한 사랑이 염치를 가렸으니 어찌 예절을 분별하리요. 성현(聖賢) 문하에도 여자가 탐이 나면 몰래 담을 넘는다는 말도 있으니, 명령과 육례는 제왕과 귀부인의 호사이오. 나 같은 혈혈단신이 어찌 육례를 바라리요. 다만, 내 몸이 매파(媒婆)[46]되고, 상봉(相逢)으로 육례 삼아 백년가약을 정하오리다."

웅이 침소에 들어가니 소저는 더 이상 저항할 수 없는 우물 안의 고기

---

[44] 군자호구(君子好逑) 군자의 좋은 배필.
[45] 공방독침(空房獨寢) 빈 방에서 혼자 잠.
[46] 매파(媒婆) 혼인을 중매하는 할멈.

신세와 같았다. 이윽고 인연을 맺은 후 장 소저가 탄식하며,

"사부(士夫)의 후예로 이렇듯 죄인이 되어 가문에 욕을 끼쳤으니 살아 무엇하겠사옵니까?"

하고 슬피 우니 웅이 위로하였다.

"난들 어찌 죄인이 아니리까? 무작정 아내를 취하였으니 불효막심하오. 하지만 거문고 한 곡조에 퉁소로 화답했으니 그 어찌 하늘이 준 인연이 아니겠소. 어찌 내 마음으로 왔으리오."

두 사람은 은은한 정으로 밤을 새웠다. 삼경이 지나자 멀리서 닭 우는 소리가 들려왔다. 웅이 일어나 떠나겠다고 하자 소저는 눈물로써 어머니가 보고 싶어하실 것이니, 오늘 하루만 더 묵어 가라고 애원하였다. 그러나 일각이 여삼추 같은 조웅이 떠날 채비를 하자 소저는 훗날을 위해 글 몇 자를 남겨 달라고 하였다.

이에 웅은 자기의 부채에다 글 몇 구를 적어 소저에게 증표로 주었다. 소저는 얼른 읽었다.

> 퉁소로 옥녀의 거문고에 화답하고,
> 적막한 심규에 미친 흥이 들어갔으니.
> 오늘밤 아랑이 뉘집 아이인가.
> 장씨의 꽃다운 인연은 조웅이 틀림없다.
> 문장 취벽에 표주박을 걸고,
> 급한 인연에 아름다운 여인을 희롱하는도다.
> 새벽 바람에 두어 마디 말에 눈물로 하직하니,

소식이 망망하니 훗날을 어찌 기약하리.

조웅이 하직하고 말에 올라 채찍질을 하니, 소저는 문기둥에 의지하여 나는 듯 달려가는 조웅을 멍하니 지켜보았다.

이날 밤 위 부인은 기묘한 꿈을 꾸었다. 청룡이 초당에 들어가 딸을 업고 공중으로 오르거늘, 부인은 그것을 보고 발을 구르며 딸을 부르다가 깨어났다. 위 부인은 급히 일어나 후원 별당으로 가 딸의 방문을 급히 열었다. 소저가 아직도 깊이 잠들어 있어 위 부인이,

"날이 밝았는데 무슨 잠을 여태까지 자느냐?"

하고 꾸짖자, 소저는 놀라서 깨어났다.

"어찌 일찍 일어나셨사옵니까? 간밤에 월색을 구경하였더니 자연 피곤하였나 보옵니다."

"월색에 취하면 병이 아니 되느냐?"

이때 시비가 들어와 외당의 길손이 벌써 가고 없다고 말했다. 부인이 크게 놀라,

"어느 때에 갔느냐?"

하고 노기를 띤 음성으로 말하였다.

"너희들이 대접을 제대로 하지 않아 온다간다 말도 없이 갔도다. 어젯밤에도 너희들이 아이 과객이라고만 했기에, 나중에 내가 알고 나서 내 마음이 심히 불편했던 것을 너는 아느냐 모르느냐?"

부인은 급히 종을 시켜, 손이 멀리 가지 않았을 것이니 어서 가서 모셔

오라고 분부를 내렸다.

종은 얼마 후 이마의 땀을 닦으며 돌아와 길손이 어디로 갔는지 알 수 없다고 아뢰었다.

그러자 위 부인은 낙심하여,

"몇 해 동안 걱정하다 겨우 영자(英資)⁴⁷를 만났는데 그 즉시 잃어버렸으니 이내 팔자 참으로 무상하도다."

하고 슬퍼하니 소저가 위로하였다.

"어머님은 근심하지 마시옵소서. 그 사람이 내 집에 인연이 있으면 어찌 소식이 없겠사옵니까? 세상만사는 임의로 못 하오니 슬퍼 마옵소서."

한편 아들을 떠나 보낸 왕씨 부인이 주야로 웅을 생각하여 침식이 불안하니 하루는 월경대사가 길몽을 꾸었다며 부인을 위로하였다. 부인은 월경대사의 말에 조금 안심이 되었다. 하루는 왕씨 부인이 꿈을 꾸었는데, 무서운 범을 품에 안고도 조금도 무서워하지 않는 신기한 꿈이었다.

월경대사는 부인의 꿈 얘기를 듣고,

"공자가 이제 곧 오는 꿈이옵니다. 흉즉길(凶卽吉)이라. 범 호(虎)자는 좋은 호(好)자이니 이제 부인께 좋은 일이 있을 것이옵니다. 분명 공자를 만날 꿈이오니 어찌 즐겁지 아니하겠사옵니까?"

"그러면 언제 만나보리까?"

⁴⁷· **영자(英資)** 영특한 자질을 갖춘 사람.

"공자의 걸음이 백 리 안에 있사오니, 오늘 진시에 만나 볼 것이옵니다."

부인은 월경대사와 함께 산문에 나가 기다리는데 월경대사의 예언처럼 말을 탄 웅이 구름을 헤치고 들어오고 있었다.

웅이 말에서 내려 부인에게 절을 하니 부인은 웅을 붙들고 한동안 말을 못하였다. 대사가 위로하자 부인은 그제야 정신을 수습하고 물었다.

"그동안 어디에 있었으며 저 말과 칼은 어디서 얻었느냐?"

웅은 부인에게 그 동안의 일에 대해 전부 다 아뢰었다. 부인과 대사는 크게 기뻐하며,

"이는 하늘이 내리신 은혜로다." 하였다.

여러 승려들은 큰 잔치를 열어 두 모자를 위로하였다.

세월이 흘러 어느덧 웅의 나이 십육 세가 되었다. 하루는 부인이 웅을 보며 근심하여,

"네가 이토록 장성하였으나 만리 타국에 살고 친척이 없으니, 네 짝을 누가 찾아 주리요. 이, 슬프다. 세월이 늙은 사람의 나이를 재촉하니 내 생전에 네 짝을 못 볼까 하노라."

하고 눈물 지으며 말하였다. 조웅은 어머니를 위로하며 강호에서 장 소저를 취한 일을 소상하게 말하였다. 그제야 왕씨 부인이 안심하였다.

그 후 세월이 흘러 삼 년이 지났다.

하루는 조웅이 어머니에게 여쭈었다.

"소자 선생과 기약을 정하고 왔사오니, 이제 슬하를 떠나 선생을 뵈러 가겠으니 허락하여 주옵소서."

부인은 아들과의 이별을 슬퍼하였으나 월경대사의 간곡한 말에 조웅을 다시 보내 주기로 하였다.

조웅은 말을 타고 수일 만에 관산에 이르렀다. 석문을 지나 선생에게 인사를 여쭈오니 도사가 반겨 말하였다.

"기약을 잊지 않으니 과연 군자로다. 자당은 별일 없느냐?"

조웅은 스승에게 공손히 절을 올렸다. 도사는 웃으며 말하였다.

"그대 거동을 보니 분명 배필을 정한 듯하도다."

조웅은 깜짝 놀라 얼굴이 새빨개지며 죄를 용서해 달라고 하였다. 도사는 웅의 손을 잡고, 하늘이 인도한 것이니 조금도 부끄러워하지 말라고 위로하였다.

웅은 다시 스승을 따라 술법공부를 계속하였다. 하루는 도사가 조웅의 상을 보고 별안간,

"그대 처가(妻家)에 사망지환(死亡之患)이 있으니 이걸 가지고 빨리 가서 구하라."

하며 환약 세 알을 내놓았다.

웅은 그것을 받아들고 준마를 잡아타고 쏜살같이 산을 내려가 장 진사 집에 이르니 온 집안에 곡성이 가득하였다. 조웅은 말에서 내리기가 무섭게 시비를 붙잡아 곡성의 원인을 물었다.

시비는 자다 벌떡 일어나 반기며,

"장 소저의 병환이 깊어 지금 사경을 헤매고 있사옵니다." 하였다.

조웅은 시비를 들여보내 병록(病錄)을 적어 오게 하여 도사의 환약을 내

놓으며,

"이 약을 먹이면 차도가 있을 것이니 음식을 자주 들여 권하라."

하니 시비는 환약을 들고 급히 안으로 들어갔다.

위 부인이 약을 갈아 소저에게 먹이니 잠시 후 깨어난 소저가 밥을 찾았다. 크게 기뻐한 위 부인은 초당으로 달려나와 웅을 찾았다.

"그대가 집안의 급한 때를 알아보고 달려와 죽을 목숨을 살려냈으니 우리집 은인이로다. 이제 공자를 다시 만나 여식(女息)[48]의 일생을 부탁코자 하니 공자는 거절하지 말고 허락하오."

웅이 대답하였다.

"걸객을 더럽다 아니하시고 도리어 부탁하시니 감사하옵니다. 감히 사양하지 못하오니 돌아가 즉시 소식을 아뢰겠사옵니다."

이튿날 웅이 떠나려 하자 위 부인은 못내 아쉬운 생각에 무공주(無孔珠)[49] 한 쌍을 내주며,

"사람의 연고를 알 수 없으니 나의 일신도 그대에게 맡기나니, 나의 소중지물을 줄 터이니 소중하게 간직하오."하였다.

조웅은 그것을 받아 가지고 관산으로 돌아왔다. 웅이 돌아와 자세하게 아뢰자 도사는 제자를 칭찬하였다.

그런 후 며칠이 지났다. 천관도사는 웅을 데리고 산꼭대기 큰 바위로 올라갔다. 거기서 천기를 보다 커다란 변란을 예견한 도사는 웅에게 일러주

---

[48]. **여식(女息)** 남에게 자기 딸을 이르는 말.
[49]. **무공주(無孔珠)** 구멍이 뚫려 있지 않은 진주.

었다.

"각성(角星)⁵⁰ 방위가 두성(斗星)⁵¹을 정치 못하니 시절이 크게 요란하도다. 지금 서번(西蕃)이 강성하여 대국을 취하려 하니 네가 대공(大功)을 이루되 먼저 위국을 도운 뒤 나중에 대송을 회복하라."

"소자의 재주로 어찌 공을 이루오리까?"

다시 도사가 대답하였다.

"조금도 염려 말고 나아가 중원을 회복하라."

조웅은 즉시 행장을 차려 스승과 하직하고 산을 내려왔다. 천리 준마에 앉아 순식간에 강선암으로 달려 수일 만에 이르러 부인을 찾았다. 웅이 강호의 장 소저를 고쳐준 얘기를 하자, 부인은 도사의 신기함에 더욱 경탄하였다.

그러나 웅은 어머니와 또다시 이별을 하지 않으면 안 되었다. 천관도사의 명을 전하자 왕씨 부인은 눈물을 흘리며,

"선생의 뜻이 그러하면 할 수 없는 일이다. 하지만 가긴 가되, 위왕(魏王)은 네 부친과 동렬이요, 이름은 신광(申光)이니 먼저 위왕을 도와 대공을 이루고 돌아와 얼굴을 다시 보게 하라."하였다.

웅은 부인에게 다시 하직하고 삼척검을 지니고 천리 준마에 올라탔다. 하루 종일 달렸지만 인가가 보이지 않아 머무를 곳이 없었다. 멀리서 개 짖는 소리가 들려 달려가니 조그만 집 한 채가 보였다. 안에서 솔불을 밝

---

⁵⁰. **각성(角星)** 이십팔 수의 하나로 동쪽에 있는 별.
⁵¹. **두성(斗星)** 이십팔 수의 여덟 번째 별.

히고 무언가를 의논하는 소리가 들려 웅은 문을 두드려 주인을 찾았다. 한 노인이 나와 맞이하여 웅은 객실로 들어갔다.

웅이 예를 나눈 뒤 그 집을 살펴보니 아무리 보아도 빈 집이어서 노인에게 물었다.

"이 집은 어찌하여 비었소?"

"지나가는 손이 오시면 유숙할 데 없어 이 집을 지어 과객을 머물게 하오이다."

노인은 그렇게 대답하고, 급히 저녁밥을 지어 가져왔다. 조웅이 그것을 먹고 등불을 의지하여 병서를 보는데, 삼경이 채 못 되어 문이 살며시 열렸다. 조웅이 깜짝 놀라 고개를 드니 빼어난 미인이 방으로 들어오고 있었다.

"네 어인 계집이 깊은 밤에 남자를 찾아다니느냐?"

웅이 버럭 소리를 지르자 그 미인이,

"첩은 이 마을에 사는데 장군 행차가 적막하옵기에 위로코자 왔나이다."

하였다.

웅은 미인이 분명 귀신인 줄 알고 축귀문(逐鬼文)[52]을 외웠다. 그러자 미인이 울고 나가자 웅은 마음이 혼란해 더 이상 글을 읽을 수가 없었다.

삼경이 넘어서야 조웅은 겨우 마음을 진정하고 병서에 열중하였다. 그때 갑자기 광풍이 불어 모래와 돌이 날리고 나뭇가지가 꺾이고, 방문이 떨

---

52. **축귀문(逐鬼文)** 잡귀신을 쫓는 글.

어져 나갈 듯하며 천지가 뒤흔들리니 웅은 마음을 진정할 수 없었다.

그때 난데없이 큰 소리가 나더니 팔척 장신의 대장 하나가 방 안으로 들어섰다. 두꺼운 갑옷을 입고 삼척검을 높이 든 태도가 대단한 장군이었다. 조웅은 눈을 부릅뜨고 칼을 뽑아, 책상을 탁 치며 하늘이 무너질 듯한 소리를 내질렀다.

"사불범정(邪不犯正)[53]이라 하거늘, 네 어떤 흉한 귀신이어서 당돌하게 대장부 앞에 들어왔느냐?"

장군은 깜짝 놀라 뒤로 물러앉았다. 조웅이 다시 칼을 들어 내리치려고 하자 장군은 재빨리 문을 나가 도망쳐 버렸다. 웅의 마음은 다시 심란하여 병서를 읽을 수가 없었다. 그런데 잠시 후 한 사람이 정관도복에 흑대를 띠고 점잖게 들어와 조웅에게 예를 표하였다. 조웅도 마주 예를 표하며 물었다.

"야심한 밤에 무슨 일로 찾아왔사옵니까?"

"나는 본래 호연(浩然)한 사람으로 관서에서 약간 지략이 있어 전장에 다녔는데 마침내 뜻을 이루지 못하고 황량지객(荒凉之客)[54]이 되었사오니 어찌 원한이 없겠사옵니까? 아까 갑주 입고 뵌 것은 장군의 지략을 살펴보려 한 것인데 의외의 장군 행차를 만나오니, 이는 나의 원한을 풀 좋은 기회가 온 것이니 어찌 즐겁지 아니하리까? 조금 전 미인은 나의 사랑하는 첩이옵니다."

---

53. **사불범정(邪不犯正)** 바르지 못한 것이 바른 것을 침범하지 못함.
54. **황량지객(荒凉之客)** 죽어서 저승에 있는 사람. 귀신.

정관도복의 남자는 그렇게 말하고 문을 열어 여자를 불렀다. 미인은 갑주와 삼척검을 안고 들어와 남자의 옆에 앉았다. 남자는 계속해서 말하였다.

"이 갑주와 칼로 성공하여 소장의 원한을 씻어 주시면 은혜 난망이옵니다. 부디 이 옷과 칼은 돌아오시는 길에 무덤 앞에 묻어 주소서."

남자는 말을 마치자 미인과 함께 나가 버렸다.

다음날 잠에서 깨어난 조웅은 옆에 순금 갑주와 삼척검이 동그마니 놓여 있는 것을 보고 주인을 불러 물었다. 노인이 대답하였다.

"마을 뒤에 옛 장수의 무덤이 있사옵니다."

웅은 노인의 말을 듣고 즉시 무덤에 가 보았다. '관서장군 황달지묘(關西將軍 黃達之墓)'라는 비석이 있었다. 그 아래로 또 자그만 무덤이 있는데, 그 무덤의 비석에는 위부인 월랑지묘(魏夫人 月娘之墓)라고 새겨 있었다. 측은한 생각이 든 웅은 그 앞에서 맹세한 후 갑주와 칼을 가지고 다시 위국을 향해 달렸다.

수일 만에 조웅은 위국에 다다랐다. 이때 서번의 군사는 위국에 진을 치고 날마다 승전고를 울리고 있었다. 안개 자욱한 가운데 다시 양진이 대결하는데 어느새 위나라 장수 하나의 목이 떨어졌다. 서번 장수는 위국 진영을 밟고 달리면서 닥치는 대로 목을 베며, 위왕은 얼른 나와 항복을 하라며 소리치고 있었다.

이에 위나라에서 한 장군이 항복문서를 들고 달려왔으나 서번 장수는 크게 화를 내며,

"네 왕이 당돌하게 앉아서 항서를 보내고 목을 들이지 않으니 우선 네놈 목부터 베어야겠다."

하며 단칼에 위나라 장군의 목을 내리쳤다.

위왕은 더 이상 어쩌지 못하고 자결하려고 하였다. 이에 분기충천한 조웅이 삼척검을 단단히 잡고 천리 준마에 채찍질을 하여 나는 듯이 적진으로 달려갔다. 조웅의 날카로운 칼이 허공에서 번쩍 빛나자 서번 군사의 머리가 땅에 떨어졌다.

조웅은 그 머리를 칼끝에 꿰어 들고 위나라 진영으로 달렸다. 위왕은 자결하려다 말고 놀라서 보고 있다가, 젊은 장군이 말에서 내려 덥석 무릎을 꿇자, 그제야 황망히 장대를 내려갔다.

"소장이 영외지인으로 당돌하게 진중에 들어와 적장의 목을 베었으니 소장의 죄를 벌하여 주소서."

이에 위왕은 치사하며 말하였다.

"과인이 지각이 없어 장군을 멀리 맞지 못하였도다. 과인의 목숨이 오늘 다하게 되었는데 천만 의외에 장군이 와 과인의 목숨을 보존케 하니, 바라건대 장군의 거주와 존호를 아뢰어라."

조웅이 자기의 자초 근본을 자세히 아뢰니 위왕이 또다시 놀라며 조웅의 손을 잡고 한탄하였다.

"장군의 부친은 곧 과인의 죽마고우라. 이제 그대를 보니 오랜 친구를 대한 듯하니 어찌 슬프지 아니하리요. 그대는 대국 소식도 아는가?"

조웅은 자기가 아는 대로 송나라의 정세를 설명했다. 만고역적 이두병이 송나라를 멸하고 천자가 되어 태자를 멀리 귀양보낸 사연과 이로 말미암아 망명길에 오르게 된 자신과 어머니의 사연을 위왕에게 고하였다. 위왕은 대국을 향해 사배를 한 뒤 대성통곡을 하였다.

조웅은 왕을 위로하며 말하였다.

"지금은 큰일을 당하여 피하지 못하였사오니 평국(平國)[55]하신 연후에 끝맺어야 할 일이 많사옵니다. 너무 슬퍼 마옵소서."

이에 위왕이 정신을 진정하여 적을 칠 궁리를 의논하였다.

서번 진영에서는 적진에 난데없이 나타난 장수 때문에 의견이 분분하였다. 서번왕의 근심도 이만저만이 아니었다. 이때 서번 장수 맹상이 앞에 나서,

"그 장수의 목을 베어 전하에게 바치겠사옵니다."

하고 말을 타고 위국 진영으로 달렸다.

맹상이 우레 같은 소리를 지르며 조웅과 겨루었으나, 십합(十合)이 못되어 조웅의 칼에 머리가 말 아래로 굴러 떨어졌다.

웅이 본진으로 돌아오자, 위왕은 웅을 대원수(大元帥)로 삼고 대장기(大將旗)에 금자로, '대국충신 위국대원수(大國忠臣 魏國大元帥)'라 쓰게 하였다. 대장기를 진 밖에 높이 달아 매놓으니 바람에 펄럭일 때마다 서번 진영까지 보였다.

이황를 비롯한 서번의 여러 장수들이 차례로 조웅에게 달려들었으나 전

---

[55] 평국(平國) 나라를 평정함.

부 조웅의 삼척도에 목이 달아나고 말았다. 이를 계기로 위국의 군사는 승전고를 울리며 일제히 서번의 진영을 향해 돌진하였다. 서번의 장졸들이 더 이상 견디지 못하고 모조리 도망가자 번왕도 변복을 하고 도망쳤다.

조웅이 번왕 대신 장수 십여 명을 결박하여 본진으로 돌아오니, 위왕은 진문에 나와 웅의 손을 잡고 무수히 칭송하였다. 물러난 조웅은 생포해 온 적장들을 훈계한 뒤 각각의 이마에 '패군장(敗軍將)'이란 글자를 새겨 적진으로 돌려보냈다.

조웅은 큰 잔치를 열어 군사를 위로하였다. 잔치를 마친 뒤 위왕을 모시고 본국으로 향하는 조웅의 위엄은 추상 같았다. 번양 땅에 이르러 군사를 편히 쉬게 한 뒤, 조웅은 총독장(總督將)과 유진장(留陣將)을 데리고 경치를 즐기기 위해 산중으로 들어갔다. 이윽고 날이 저물자 멀리서 불빛이 보이고 사람 소리가 들렸다. 가만히 수풀에 숨어 살펴보니 서번의 장졸들이 모여 있었다. 서번왕이 말하였다.

"위군이 곤핍하여 반드시 깊은 잠에 들 것이니, 잠든 후에 바로 장대에 들어가면 위왕과 조 원수 잡기는 그야말로 우물에 든 고기와 같도다."

분기 탱천한 조웅이 군사들과 더불어 일시에 달려들어 순식간에 그들을 잡아들였다. 번왕과 여러 장수들을 결박하여 본진으로 돌아오니, 군사들이 다시 환호성을 지르며 기뻐하였다. 진중에서 깊이 잠들어 있던 위왕도 놀라 잠에서 깨어났다. 위왕은 조웅에게서 사정을 들은 뒤 번왕과 적장들을 꿇어앉혀 당장 목을 베라고 소리쳤다.

이에 번왕이 공포에 떨며 애걸하였다.

"이두병이 대국을 찬역(簒逆)[56]하여 천자(天子) 되었사오니 공분지심(公憤之心)[57]은 천하 일반이옵니다. 대왕께서 중원을 회복코자 하시고 소신도 과연 이두병을 멸하고 대국을 회복코자 하오니, 바라옵건대 소신을 살려 주시면 다시 군사를 모아 대왕과 더불어 대국을 회복함에 진력을 다하겠나이다."

이에 위왕과 조웅은 번왕을 용서하기로 하여, 항복문서를 받아놓고 적당히 훈계해서 돌려보냈다. 번왕이 기뻐 수없이 머리를 조아리며 돌아갔다.

위왕이 다시 궁으로 돌아오니 백성들이 기뻐 길가에서 만세를 부르며 조웅을 칭송하였다. 환궁한 위왕은 먼저 잔치를 열어 군사들을 위로하고 상금을 내리고 조웅의 공을 다시 치하하였다. 위왕은 자신의 노쇠를 이유로 위국의 옥새를 조웅에게 전하겠다고 말하였다. 이에 깜짝 놀란 조웅은 엎드려 아뢰었다.

"소장이 재둔질박(才鈍質樸)[58]하지만 하늘이 도우사 대왕의 덕택으로 다행히 평정하옵고, 망친의 옛 벗을 만났사오니 부형을 뵙듯 하옵니다. 그러나 편모를 객지에 두고 그 존망(存亡)을 알지 못하오니 답답하기 이를 데 없사옵니다. 이에 태자를 찾아가 태자를 모신 연후에 다시 모친을 뵈려 하오니 다시 뵈올 기약을 정하지 못하겠사옵니다."

---

56. **찬역(簒逆)** 왕의 자리를 빼앗으려는 반역.
57. **공분지심(公憤之心)** 함께 느끼는 분노.
58. **재둔질박(才鈍質樸)** 재주가 무디고 꾸밈이 없이 수수함.

위왕이 그 말을 듣고 더욱 놀라,

"과인도 또한 한(恨)이 있도다. 함께 가 태자를 모셔오리라."

라고 하자 제신과 옹이,

"국내를 어찌 일시라도 비우겠사옵니까?"

하고 간곡하게 만류하였다.

왕은 할 수 없이 뜻을 거두며 조웅에게 말하였다.

"과인이 동행하지 못하나 생전에 태자를 뵈면 죽어서도 문제 폐하께 군신지의(君臣之義)를 다하는 셈이요, 그렇지 아니하면 어찌 신하라 하겠는가? 슬프다, 과인이 어찌 황명을 받아 군신지의를 모르고 있단 말인가."

위왕이 대성통곡을 하니 조웅과 제신이 위로하였다. 왕이 다시 원수에게 부탁하였다.

"태자 이제 가실 곳이 없사오니 이리 모시고 오너라. 대국을 다시 일으킬 의논을 할 것이니 부디 기약을 저버리지 마라. 원수는 과인의 천지간 용납지 못할 불충지적(不忠之迹)을 면케 하라."

왕은 조웅에게 군사 일천 명을 주었다. 감격한 조웅은 위왕에게 하직하고 곧 송 태자의 적소를 향해 떠났다.

이때 장 소저는 조웅과 이별한 후 조웅의 소식이 망연하여 주야로 근심하다가, 위국과 서번이 전쟁을 벌였다는 소문을 듣고 병란에 죽어 소식이 없는가 하고 더욱 근심을 하였다. 그러다가 조웅이 위국의 원수가 되어 위국을 구원하였다는 얘기를 듣고 아주 기뻐하였다.

이즈음 위국(魏國)의 동쪽 변두리인 강호(江湖)를 다스리는 강호자사(江

湖刺史)는 상처를 하고 후처가 될 여자를 찾고 있었다. 주위에서 장 소저를 권하자 자사(刺史)는 지체 없이 유모를 장 진사 댁으로 보냈다.

유모가 장 진사 댁으로 가서 부인에게 여식을 구경함을 여쭈었다. 이에 부인이,

"여식이 있지만은 여식이 포병지인(抱炳之人)[59]이라 오래 앉아 접객을 못하오."하였다.

그러나 유모가 자꾸 간청을 하자 부인은 시비를 시켜 유모를 별당에 데리고 가라 명하였다. 별당에 누워 있던 장 소저는 깜짝 놀라 유모를 보지 않으려 하였다. 하지만 유모가 하도 간청을 하자 할 수 없이 누운 채로 유모를 만났다.

유모는 아무 말도 못하고 무료하게 앉아 있었지만, 소저가 틀림없는 절세가인이며 목소리 또한 옥과 같은지라 조용히 물러 나왔다. 다시 부인께 사연을 여쭈니, 처음에 냉대했으나 부인은 주찬을 대접하여 유모를 돌려보냈다.

유모는 돌아와 강호자사에게 자세한 사정을 아뢰었다. 자사는 크게 기뻐하며 즉시 청혼을 하였다. 이에 위 부인이 크게 놀라 근심을 하니 소저가 위로하였다.

"다른 곳에 이미 정혼을 했으니 할 수 없는 일이라고 하소서."

그러나 자사는 납폐 여부를 다시 부인에게 묻게 하여, 납폐일과 길일을

---

[59]. **포병지인(抱炳之人)** 몸에 늘 병을 지니고 사는 사람.

이미 정해 놓았다는 말을 듣고는 아주 기뻐하였다.

"납폐를 먼저 하면 임자로다. 납폐 전의 규수는 임자가 없으니 내가 먼저 납폐하노라."

하고 자사는 납폐일과 길일을 정해 장 진사 댁에 통보하였다.

위 부인이 어떻게 해야 할지 모르고 그저 울기만 하자, 소저는 분연히 거절하는 글을 써서 자사에게 보냈다.

자사는 분기탱천하여 장 소저를 잡아들여 목을 베리라 결심하였다. 하지만 유모의 청을 받아들여 예정대로 납폐를 갖추어 보냈다. 이를 거부하면 모녀를 함께 잡아다 장하(杖下)에 죽이리라 하는 말을 함께 전하였다.

장 진사 댁은 별안간 초상난 집 같았다. 위 부인과 장 소저는 주야로 통곡 하며, 이 일을 어찌할꼬 하면서 근심하였다. 이러는 동안 무정한 세월이 흘러 일방적으로 정해 버린 길일이 내일로 다가오자, 자사의 하인들은 벌써부터 행례 준비를 한다고 야단법석이었다.

이날 밤 장 소저는 자결을 결심하고 하늘을 우러러 통곡하였다. 그러다가 홀연히 생각하니 문득 선친의 유서 생각이 났다. 선친께서 임종시에 유서를 내주며, 전도에 급한 일이 있을 것이니 그때를 당하거든 이것을 떼어 보라고 하신 일이 생각났다.

"네 분명 강호자사의 형세를 당하지 못할 것이니, 서강으로 가면 배가 있을 것이다. 그 배를 타고 산양 땅 강선암으로 가면 구원할 사람이 기다리고 있으리라."

장 소저는 유서를 몇 번이나 읽어 보고 마침내 마음속으로 결심하였다.

그리곤 시비를 불러 행장을 차리게 하여, 급히 후원의 담을 넘어 서강으로 내달렸다. 서강에서 값을 후하게 주고 배 하나를 잡아타 수백 리나 되는 수로를 달려 아침이 되어서야 배에서 내렸다. 촌락을 지나 깊은 산중을 다다르니 기암이 첩첩이 둘러쳐 있고 간수는 골마다 잔잔히 흐르고 있었다. 장 소저는 시비를 데리고 험한 산중을 찾아 헤매었다.

그때 문득 골짜기에서 석경(石磬)[60] 소리가 잔잔히 들려왔다. 두 여자는 절인 줄 알고 반가운 마음에 석문으로 다가갔다. 법당은 규연하고 좌우의 익랑(翼廊)은 웅장하고, 단청이 매우 아름다운 절이었다.

두 여자가 경내를 이리저리 거닐고 있자, 여러 승려들이 나와 소저의 거동과 인물을 보고 놀라,

"어디 계시는 누구이며, 이렇게 험한 산길을 약한 몸으로 어찌 왔사옵니까?"하였다.

장 소저가 간곡한 사연을 이르자 승려들은 그 길로 월경대사와 부인에게 여쭈었다.

"위국 강호 땅에 있노라 하고 여인 둘이 왔사온데, 얼굴이 만고 절색이옵니다. 소승들이 열국을 다니며 인물을 보았으나 이러한 인물은 처음이옵니다."

"이리로 데리고 오라."

왕씨 부인이 말하였다.

---

[60]. **석경(石磬)** 옥돌로 만들어 달아, 뿔망치로 쳐서 소리를 내는 악기.

승려가 즉시 소저를 데려오자, 왕씨 부인은 과연 경국지색(傾國之色)[61]
이라 여기며 장 소저의 손을 잡고 위로하였다.

"어찌 이곳을 찾아왔는가? 위국 땅에 있다 하니 묻노니, 이번 병란의 소
식을 아느냐?"

이에 장 소저는 절을 하며 말하였다.

"오다가 들으니 서번이 패하고 위국이 승전하였다 하옵니다."

부인과 월경대사는 이 말을 듣고 공자가 살아서 돌아올까 하고 근심을
덜었다. 잠시 후 장 소저가 물러가자 월경대사가 부인에게 말하였다.

"거동을 보니 분명 장 소저이옵니다."

부인이 놀라며,

"장 소저는 보지 못하였으나 저리 다닐 사람은 아닌 듯하오이다."
하고 말하자 월경대사는 웃으며,

"사람의 팔자를 어찌 알리요, 부인은 어찌 여기 와 계시옵니까?"
하고 말하였다. 그러자 부인도 웃고 말았다.

이날부터 장 소저는 왕씨 부인과 같이 지내게 되었으나 때때로 두고 온
어머니 생각에 눈물 짓는 날이 많았다. 하루는 장 소저가 수심이 가득한
얼굴로 먼 하늘을 바라보고 있는데 왕씨 부인이 다가와 위로의 말을 하였
다.

"내 들으니 강호 장 소저가 천하의 미인이라 하지만, 내 소견에는 그대

---

[61] **경국지색(傾國之色)** 빼어난 미인.

에게 미치지 못할까 하노라."

"어찌 장 소저를 아시옵니까?"

부인이 대답하였다.

"내 들었거니와 그대는 장 소저를 아는가?"

장 소저는,

"규중 여자가 어찌 남의 집 처자를 알겠사옵니까?"

하고 시치미를 떼었다.

며칠이 지난 어느 날, 명월(明月)을 대하고 돌아온 장 소저가 행장에서 무엇인가 꺼내 불전(佛前)에 놓고 축원을 하였다. 왕씨 부인은 소저 모르게 문틈에 서서 엿보았다. 소저는 불전에 분향 재배하고 축원을 하였다.

"부모와 낭군을 이곳에서 만나보게 산령지하(山靈之下)에 아뢰옵니다."

왕씨 부인은 깜짝 놀라 이 일을 월경대사에게 말하였다. 월경대사는 잠시 무엇을 생각하다 신중하게 대답하였다.

"그 여자는 분명 낭군이 있으되, 행장을 보면 가고(可考)[62]할 것이 있을 것이옵니다."

어느 날 장 소저가 시비와 함께 목욕탕으로 목욕을 하러 갔다. 이 틈에 월경대사와 왕씨 부인은 몰래 행장을 뒤졌다. 다른 것은 고사하고 한 자루 부채만 들어 있었다.

대사가 부채에 적힌 글을 왕씨 부인에게 보여 주었다. 이는 틀림없이 조

---

[62] **가고(可考)** 참고할 만함.

웅의 글이었다. 부인이 놀라서,

"대사의 예감은 귀신도 측량치 못하리라. 한데 두 사람이 무슨 연고로 이리 되었는지 참으로 기이한 일이로다."하고 말하였다.

이때 장 소저가 목욕을 끝내고 돌아오다 부인이 기뻐하는 표정을 짓고 있자 부인에게 물었다.

"부인의 얼굴에 희색이 만연하오니 무슨 좋은 일이 있사옵니까?"

부인이 대답하였다.

"자식을 난중에 보내고 소식을 알지 못하다가, 아까 대사와 불전에 정성으로 발원하여 소식을 들었으니 과연 즐거운 마음이 있노라."

"어찌 소식을 알았사옵니까?"

다시 부인이 대답하였다.

"이 절 불상은 각별히 신령하여 정성이 지극하면 소원을 가르쳐 주나니, 소저는 무슨 소원이 있거든 대사를 모시고 불전에 가 정성으로 발원하라."

장 소저는 즉시 행장을 꺼내 살피다 신물(信物)이 없어졌음을 알고 깜짝 놀랐다. 그러자 부인이 거짓으로 놀라며 물었다.

"잃은 것이 부모의 신물이냐?"

시비가 옆에 있다가 주인을 대신해서,

"소저께서 낭군을 처음 만났다가 곧장 이별하게 되었을 때, 낭군이 주고 가신 신물이옵니다."

하니 왕씨 부인은 장 소저의 손을 잡고,

"네가 정녕 장 소저이더냐? 장 소저는 내 자부(子婦)라."

하며 부채를 즉시 내어 주었다.

"이 부채는 자식 웅의 부채이니라. 연전에 강호 왕래할 때 장 진사 댁의 서랑(壻郎)[63]이 되었노라 하면서, 네 말을 자주 하였건만 생전에 보지 못하고 죽을까 염려하였는데 오늘날 이리 만날 줄을 꿈에나 생각했으리요."

하고 왕씨 부인이 말을 하니, 소저 또한 그제야 시어머니 앞에 재배하며,

"객지에 모친을 두셨단 말씀을 들었지만 이곳에 계실 줄은 정녕 몰랐사옵니다."

하고 목이 메어 말하였다.

"나는 팔자가 기박하여 이리 와서 머물고 있지만 너는 무슨 연고로 이리로 왔느냐?"

하고 왕씨 부인이 묻자 장 소저는 그간 겪었던 일을 모두 고하였다. 그러자 부인과 여러 승려들이 못내 기특해 하며 눈물을 흘렸다. 이날부터 장소저는 왕씨 부인에게 며느리로서의 소임을 다하였다.

한편 위왕이 내어 준 장졸들을 이끌고 조웅이 태자의 적소로 향하자, 열읍(列邑)의 자사며 수령들이 길가에 나열하여 최대의 경의를 표하며 영송(迎送)[64]하였다. 이윽고 관서에 다다른 조웅은 장졸들을 성중에다 두고 친히 제문(祭文)을 지어 황 장군 무덤에 제를 지냈다. 그때 약속했던 갑주와 칼을 석함(石函)에 넣어 묘 밑에 묻고, 분묘를 정히 소쇄(掃灑)하였다. 다

---

[63]. **서랑(壻郎)** 사위를 높여 부르는 말.
[64]. **영송(迎送)** 맞아들이는 일과 보내는 일.

시 숙소로 돌아온 조웅이 밤늦게까지 병서를 읽고 있는데, 갑자기 찬바람이 불어오더니 황 장군이 문 밖에 와 납명(納名)하고 들어왔다. 황 장군은 혼백을 위로하여 준 데 대해서 은혜 백골난망이라고 거듭 치하하고 이윽고 어둠 속으로 사라졌다.

조웅은 장졸들을 이끌고 다시 길을 떠나 여러 날 만에 관산에 당도하였다. 장졸들을 산밑에 포진시켜 놓고 산중에 홀로 들어갔으나, 어찌 된 일인지 초당이 적막하고 사람이 보이지 않아 괴이한 심정으로 사방을 둘러보았다. 조웅은 무수히 탄식하며 다시 쓸쓸히 산을 내려왔다. 다시 장졸들을 거느리고 행군에 올라 급히 강호로 향했다.

이때 조웅이 미리 보낸 선문(先文)[65]을 받아 쥔 강호자사(江湖刺史)는 겁에 질려 있었다. 조웅이 자사더러 장 진사 댁에 사처(私處)를 정하라고 명령하였기 때문이었다. 마침내 자사는 간계(奸計)를 꾸며 장군이 들어오는 중로에 하인을 미리 보냈다.

하인은 조웅과 장졸들이 보이자 얼른 조웅 앞에 엎드려 절하며,

"진사 댁이 살인을 하여 소저는 도망을 갔고, 부인은 잡아 가두었기에 그 댁에 사처를 정하지 못하고 객사(客舍)에 사처를 정하였사옵니다."

조웅은 하인의 말에 크게 격분하여 서둘러 객사로 향하였다. 무엇인가 계략이 있음을 눈치채고 반드시 이 사건을 밝혀 내리라 결심한 조웅은, 우선 객사에 들자마자 옥에 가두어 둔 죄수는 누구를 막론하고 죄다 올리라

---

[65] **선문(先文)** 벼슬아치가 지방 출정할 때에 도착할 날짜를 미리 통지하는 공문.

고 엄명을 내렸다. 이 때문에 성중이 발칵 뒤집혔다.

죄수를 모두 올리니 백여 명이었다. 조웅은 이들의 죄목을 하나하나 묻다가 모두가 억울하게 하옥되어 있었음에 분기가 탱천하였다. 자세히 살피니 큰 칼을 쓴 위 부인이 죄수 중에 앉아 있었다.

조웅이 모른 척하며 죄목을 물으니 대답도 못 하는 처지였다. 조웅은 분노가 치밀어 즉시 부인의 칼을 풀게 하여 댁으로 모시도록 한 뒤 다른 죄수들도 무죄를 선언하고 모두 방면해 주었다. 백여 명의 죄수들은 모두 일어나 춤을 추고 기뻐하였다.

조웅은 군사를 호령하여 강호자사를 지체 없이 묶어 들이도록 명하였다. 이에 군사들이 일시에 내달아 자사를 결박하여 잡아들이니 조웅은,

"네놈이 국록지신(國祿之臣)으로 불측한 죄를 많이 지었으니 아무리 살리고자 하여도 어찌할 수가 없도다."

하고 추상같이 호령하고 장졸에 명을 내려 즉시 자사를 효수하라고 말하였다. 소문을 들은 백성들은 하나같이 조웅을 칭송하였다.

조웅은 이러한 사정을 낱낱이 위왕에게 주달하고 곧장 진사 댁으로 나아갔다. 위 부인은 처음에는 조웅을 알아보지 못하다가 조웅이 부인의 손을 잡으며,

"부인이 오랫동안 옥중에서 고생하시어 정신이 없어서 소생을 몰라 보시옵니다. 소생은 부인 댁의 은혜를 입은 조웅이라 하옵니다."

위 부인은 그제야 누구인지 알아보고 조웅의 손을 마주 잡고 통곡하였다. 얼마 후 차차 마음을 진정시킨 위 부인이 그간의 억울한 사정을 낱낱

이 설명하니 조웅이 부인을 위로하였다.

"장 소저를 만나볼 날이 분명 있을 터이니 너무 서러워 마옵소서. 소생이 부인의 원을 풀게 할 것이니, 소생과 함께 모친이 계신 강선암으로 가시옵소서."

조웅은 선문을 미리 보낸 뒤 위 부인을 모시고 강선암으로 향했다.

선문에는, '대국충신(大國忠臣) 위국대원수(魏國大元帥) 겸 각도안찰어사(各道按察御史) 조웅(趙雄)' 이라고 쓰여 있었다.

한편 왕씨 부인과 장 소저, 그리고 월경대사와 모든 승려들은 선문을 받아보고 크게 기뻐하였다. 월경대사의 선도로 모두가 산정에 올라 장대한 행렬을 구경한 뒤 산문 밖으로 나가 조웅 일행을 맞이하였다.

마침내 황금갑주에 삼척검을 들고 준마에 앉은 조웅이 당도하자 모두들 감격하여 말을 잇지 못했다. 장 소저는 어머니를 만난 기쁨에 말을 잇지 못하다가 어머니를 안고 대성통곡을 하였다. 조웅은 어머니와 위 부인을 별당에 모셔 그간 있었던 일을 모두 아뢰었다. 왕씨 부인은 크게 기뻐하며 눈물을 흘렸다.

다음날 조웅이 군사를 편히 쉬게 하고 열읍에서 받은 예단과 보화를 들이라고 분부하니 자그마치 열두 수레나 되었다. 조웅이 월경대사에게,

"대사의 은혜 실로 바다같이 깊사오나 갚을 길이 없사옵니다. 우선 이것으로 약간의 정을 표하나니 사중(寺中)에 두고 쓰시옵소서."

하며 예단과 보화를 내미니 월경대사는 무수히 치사하였다.

며칠이 지나자 조웅은 두 부인과 장 소저을 남겨두고 다시 길을 떠나 태

자의 적소로 향하였다. 태산부 계양도로 길을 정하니 서번 땅을 지나게 되었다. 조웅은 미리 노문(路文)⁶⁶을 보낸 뒤 계속 나아갔다.

번왕은 조웅이 오고 있다는 말을 듣고 지레 겁을 집어먹고 여러 신하와 어찌 할 것인지 의논하였다. 여러 신하들이 번왕에게 아뢰었다.

"조웅은 탐재호색(貪財好色)⁶⁷한다 하옵니다. 그러니 대접을 잘한 뒤 일색방비(一色房婢)를 보내어 천금지재(千金之財)로 만호후(萬戶侯)를 봉하여 유인하시옵소서."

번왕은 신하의 뜻에 따르기로 하고 조웅을 맞을 준비를 하였다. 조웅이 성문을 들어서기 전에는 사신을 보내 인사를 여쭈게 하고, 성문을 들어선 뒤에는 번왕 자신이 백미 일백 석과 우양(牛羊)을 잡아 직접 맞이하였다. 조웅은 번왕을 치하하며 말하였다.

"지난 일은 서로가 나라를 위해 행한 것이니 어찌 허물이라 하리요. 한 번 이별하고 다시 번왕을 보니 반갑기 그지없소."

번왕도 화답하였다.

"원수께서 본래부터 위국 사람은 아니옵니다. 과인에게 소원이 있어 감히 청하건대 번국이 작다 하지만 지방이 천 리요, 대갑(帶甲)⁶⁸이 백만이옵니다. 양읍(兩邑)이 있사온대 명승지지(名勝之地)요, 하수(河水)가 많은 곳이라 원수를 양남후를 봉할 것이니 거절하지 마시어 패국을 회복하여 주

---

⁶⁶· **노문(路文)** 관리가 공무로 지방에 갈 때 관리가 이를 곳에 날짜와 규모를 미리 알리는 문서.
⁶⁷· **탐재호색(貪財好色)** 재물을 탐내고 여자를 밝힘.
⁶⁸· **대갑(帶甲)** 갑옷을 입은 병사.

심을 바라옵나이다."

"용둔지재(庸鈍之才)⁶⁹로 어찌 소욕지심(所欲之心)을 감당하며, 또한 고국으로 돌아가는 길이 아니니 극히 난처하오."

조웅이 번왕의 제의를 거절하자 번왕이 낙심하여 돌아갔다.

이에 여러 신하가 말하였다.

"절대가인(絕代佳人)으로 달래면 원수인들 어찌 듣지 아니하오리까?"

번왕이 옳다 여겨 천하의 명기(名妓)인 월대에게 그 일을 맡겼다. 월대는 인물이 뛰어나고 노래와 춤을 겸비한 천하제일의 기생이었다. 월대는 단장을 곱게 하고 조웅을 찾아왔다.

조웅이 보니 과연 천하일색이었다.

조웅이,

"어찌 왔는가?"

하고 묻자 월대가,

"장군이 적막하시기에 소인이 위로코자 국왕의 명을 받들어 왔사옵니다."

하니, 조웅이 기특히 여겨 노래를 청하였다.

월대의 청아한 목소리는 저문 날 백학이 우짖는 듯하였다.

월대가 노래 한 곡조를 끝내자 조웅은 마음속으로 분한 생각이 들고 월대의 간교한 속셈을 알아차렸지만, 짐짓 거짓 칭찬을 하고 다른 노래를 청

⁶⁹ **용둔지재(庸鈍之才)** 어리석은 재주.

하였다.

천금재상 만호후(萬戶侯)를 싫다 하여 가지 마오.
오강(烏江) 연월(烟月)에 초패왕(楚霸王)을 생각하면,
평생의 적취지한(積聚之恨)을 못 잊을까 하노라.

조웅은 월대의 노래를 듣고 분기를 더 이상 참지 못하고 그 자리에서 칼을 빼 목을 베어 문 밖에 내쳐. 번왕은 이 소식을 듣고 크게 근심하여 모든 궁녀들을 불러모아,

"너희 중 누가 원수의 마음을 돌려놓을 수 있겠느냐?"
하고 다그쳤지만 아무도 나서는 궁녀가 없었다.

이때 금련이라 하는 여인이 거문고를 안고 스스로 청하였다. 번왕은 크게 기뻐하며 말하였다.

"너는 반드시 성사케 하라."

금련이 번왕의 명을 받아 조웅의 침소에 와 인사하니 과연 천하 제일의 미인이라 조웅의 마음이 순간적으로 금련에게 이끌렸다. 조웅이 물었다.

"네 나이 몇이냐?"

"십구 세이옵니다."

금련이 대답하자 조웅은 기특히 여겨 가까이 앉히고 거문고를 연주하라고 명하였다.

월대월대 만월대(滿月臺)야,

일월 같이 빛난 충(忠)을
청가일곡(清歌一曲)으로 네가 어찌 굽힐쏘냐.
미재(微才)라, 송실 지보혜(宋室之寶兮)여,
송실 지보혜(宋室之寶兮)로다.

금련이 노래를 끝내고 눈물을 흘리며 말하였다.

"소첩은 본래 번국 사람이 아니오라 위국 땅 서강에 살고 있는 유성의 여식이옵니다. 일찍 아비가 죽은 뒤 노모를 모시고 근근히 살다가 난 중에 어머니와 함께 피난길에 나섰다가 어미와도 헤어지고 말았습니다. 그 뒤 번국에 잡혀와 죽지도 못하고 노모의 소식도 몰라 주야로 눈물만 흘리고 있었사옵니다. 그런데 천우신조하사 장군을 맞게 되었으니 어찌 즐겁지 아니하겠사옵니까? 바라건대 첩이 원수를 따라가 어미의 존망을 알게 하여 주시면 더 바랄 게 없사옵니다."

조웅은 금련의 처지를 딱하게 여겨 위로의 말을 건네며 침소로 건너오게 하였다. 다음날 아침 조웅은 금련을 데리고 떠나면서,

"번왕의 관대함을 입어 지극감사를 드리오. 보내 주신 궁녀는 위국 사람이며 또 제 어미를 보고자 하니 내가 데려가오. 부디 탓하지 마오."하고 말하였다.

조웅이 떠나자 번왕은 통분을 이기지 못하고 제신들을 불러모았다. 번왕은,

"다시 돌아올 터이니 그때 잡아들이라."

하고 신하들과 계책을 의논하였다.

조웅이 여러 날 만에 태산부 근처에 이르니 날이 저물었다. 그곳에 진을 치고 밤을 보내기로 하는데, 뜻밖에 태산부 자사(刺史)가 태자를 죽이러 갔다는 말을 전해 들었다. 깜짝 놀란 조웅은 장졸들을 그대로 머물러 있게 한 뒤 홀로 계양도로 말을 재촉해 달려갔다.

밤이 깊어 사방이 어두운 데다 경계가 심하고, 장원 밖으로는 수직 군사가 부산하게 움직이고 있어 태자의 적소에 좀처럼 접근하기 어려웠다. 조웅이 몸을 숨겨 안을 살피니, 등불은 훤하게 밝혀져 있고 그 아래로 태자를 따르는 충신들이 무수히 모여 있는데, 구석에서 한 미인이 거문고로 상별곡(相別曲)[70]을 타고 있었다.

잠시 후 미인이 거문고를 놓고 눈물을 흘리기 시작하자 충신들도 함께 눈물을 흘리며 일시에 일어나 사배를 하고 물러갔다.

조웅은 재빨리 담을 뛰어넘어 나는 듯이 달려가 태자 앞에 엎드렸다.

"소신은 전조(前朝) 충신 조정인의 아들이옵니다. 태자께서는 그간 옥체(玉體) 별고 없었사옵니까?"

태자는 깜짝 놀라,

"그대가 귀신이 아니라면 어찌 이곳에 왔는가?"

하고 조웅의 손을 잡고 묵묵히 눈물만 흘렸다.

"진정 하옵소서."

조웅이 위로하자 그제야 태자가 말하였다.

---

[70] **상별곡(相別曲)** 이별을 서러워하는 노래.

"어찌 사지에 왔느냐? 과인은 신운(身運)이 불길하여 명재금일(命在今日)[71]이로다. 생전에 다시 만나기 꿈 밖이요, 옛일을 생각하면 또한 꿈이로다. 팔 세에 상면하고 이제야 다시 대면하니 반갑기 그지없지만 슬픔 또한 측량할 수 없도다."

조웅이 태자에게 여쭈었다.

"저 여인은 뉘라 하옵니까?"

"관비(官婢)로다. 이도 별장(別將)이 보내 주어 저와 더불어 세월을 보내노라."

조웅이 다시 여쭈었다.

"이도 별장의 성명이 무엇이라 하옵니까?"

"백성취라 하는데 그 또한 충신이다. 이리 온 후로 별장의 관대함에 힘입어 숙식이 편함에 실로 난망(難忘)이로다."

태자는 또한 고국 충신이 따라와 있는 일이며, 내일 진시에 사약을 받는 일이며 충신들을 잡아들이는 일이, 전부 태산부 자사가 장문(狀聞)을 올려 이리 되었다는 말을 하며 눈물을 흘렸다. 조웅도 슬프기 이루 말할 수 없었으나 태자를 위로하며,

"지금 일이 급하옵니다. 소신이 백 리 안에 군사를 머물게 하여 놓고 태자의 존망(存亡)을 몰라 머뭇거리고 있었사온대, 소신이 이제 군사를 거느리고 다시 태자를 모시러 올 것이니 부디 옥체(玉體)를 보중하옵소서."

[71] 명재금일(命在今日) 목숨이 언제 달아날지 모른다는 뜻.

하고 말하며 급히 하직하고 돌아섰다.

　이날 밤 오경에 계명성이 나니 모든 충신들이 태자전에 하직하기 위해 제각기 모여들었다. 태자가 기쁜 표정으로 맞이하니 충신들은 놀라 엎드려 아뢰었다.

　"무슨 좋은 일이 있었사옵니까?"

　태자는 매화에게 대신 말하라고 명하였다. 매화는 청아한 노래로 대답을 대신하였다.

　　　산중 작야우(昨夜雨)에
　　　봄소식을 들어 보랴.
　　　아직 오지 않음은
　　　설중매(雪中梅)가 알리라.
　　　매화야 알지 마는
　　　버드나무는 모를까 하노라.

　모든 충신은 그 노래를 듣고 크게 기뻐하였다.

　조웅은 군사를 몰아 급히 계양도로 돌아왔다. 진시에 접어들자 봉명사신(奉命使臣)이 약그릇을 내어 오고 충신들은 이미 결박을 당하여 있었다. 조웅은 급한 마음에 칼을 들고 별궁에 뛰어들었다. 조웅이 칼을 한번 휘두르니 약사발이 굴러가고 봉명사신의 머리가 땅에 떨어졌다.

　군사를 시켜 결박당한 충신들을 풀어준 후 조웅은 태자에게 사배를 하였다. 정신을 겨우 차린 태자가 조웅의 손을 잡고,

"꿈인들 이러하랴? 행여 꿈이 깰까 염려하노라."

하니, 조웅은 태자를 위로하였다.

조웅의 명령으로 군사들은 제각기 자사와 각읍 수령들을 잡아 별당으로 끌고 왔다. 조웅은 자사와 수령들을 모두 꿇어 엎드리게 하고 죄를 낱낱이 물은 뒤 처참하도록 명하였다.

태자와 충신들은 조웅을 무수히 치하하며,

"원수의 공은 여천여해(如天如海)라. 만고에 이런 충신이 있으리오. 원수가 한걸음에 태자의 목숨을 구하고 백여 명을 살리니, 그 은혜를 어찌 다 갚으리오."하였다.

조웅은 태평연을 열었다. 잔치가 삼 일이나 계속되니 충신들은 춤을 추고 백성들도 노래를 부르며 크게 기뻐하였다. 더군다나 창고에 보관하고 있던 곡식까지 골고루 나누어 주니 백성들의 기쁨은 더욱 컸다.

조웅은 춘삼월 망일이 되자 태자와 여러 충신들을 모시고 다시 길을 떠났다. 조웅은 원문과 양문을 거쳐 곧장 번국으로 향하였다.

한편 번왕은 많은 재물과 절세가인 두 사람을 잃고 난 뒤 복수할 날만 기다리고 있다가, 마침 조웅이 태자를 모시고 번국으로 오고 있다는 말을 듣고 신하들을 불러모았다. 여러 신하들이 조웅을 잡을 수 있는 두 가지 방책을 내놓았다. 먼저 태자를 궁중으로 유혹하여 가둬 놓자는 것이었고, 다음은 그것이 실패로 돌아가면 조웅과 태자가 돌아가는 길목에 군사를 매복시켜 놓고 몰래 급습하여 조웅과 태자를 죽여 버리자는 것이었다. 번왕은 그 말이 옳다 하여 그대로 시행하라고 명하였다.

조웅이 여러 날 만에 번국에 이르니 번왕이 예의를 갖추어 몸소 십 리 밖까지 나와 영접하였다. 조웅이 번왕을 보자 말하였다.

"번왕이 옛일을 생각지 아니하고 왕래 간에 이렇듯 관대하게 나를 대해 주니 오히려 미안하오."

번왕이 이에 화답하였다.

"병가지분(兵家之憤)[72]은 일시 전장(戰場) 때의 일이옵니다. 내 집에 오신 손님을 어찌 박대하리까? 원수는 치하하지 마옵소서. 또한 부족한 것이 있으면 언제라도 청하옵소서. 번국이 비록 가난하오나 족히 당할 수 있사옵고, 군병지강(軍兵之强)은 열국(列國) 중에서 최상이오니 무슨 염려가 있겠사옵니까? 하여야 할 일이 있을 때 번국과 힘을 합치면 어찌 성사치 못하리까? 바라건대 원수는 관대한 마음으로 깊이 생각하여 과인의 원을 풀게 하옵소서."

조웅이 크게 웃으며 말하였다.

"번왕의 욕심이 과하오. 왕래 간에 번국 성세를 보니 번국은 부국강병지방(富國强兵之邦)이오. 대왕의 평생 동안은 부족함이 없고 게다가 이웃 나라의 위협도 없소. 번왕은 무엇이 부족하여 그리 말씀하시오?"

번왕이 다시 말하였다.

"원수의 말씀은 당연하오나, 자고로 전쟁은 나라를 위하여 있는 법이니 원수의 말씀대로라면 군병은 어느 때에 써야 하옵니까?"

---

[72] **병가지분(兵家之憤)** 군사에 종사하는 사람이 품은 분노.

조웅이 다시 웃으며 말하였다.

"번왕의 말씀을 들으니 심중에 욕심이 가득하오. 자고로 나라가 불행하여 역적이 난을 일으키면 전쟁이 있는 법이거늘, 번왕은 부국강병의 기세만 믿고 임자 있는 나라를 탈취코자 하오?"

"번국의 가난함은 어제 오늘 일이 아니옵니다. 포원(抱冤)[73]도 적년(積年)[74]이요, 적년도 적년이라. 군사장졸이 다 포원이옵니다."

조웅이 큰 소리로 말하였다.

"하늘이 나라의 빈부(貧富)와 시기의 장단(長短)을 미리 정하여 두었거늘, 이제 번왕은 빈부와 시기를 마음대로 하려 하시니 임의로 할 바 아니오. 어찌 번왕은 불의지사(不義之事)[75]를 하려 하시오? 나는 번왕 같은 인생을 없애고자 하는 사람이니 다시는 그런 불의지사를 말하지 마오."

번왕은 더 이상 말을 하지 못하고 돌아서 물러나왔다. 조웅은 군사들에게 경계를 갖추게 하고 태자의 숙소를 찾아가 태자에게 모든 사정을 아뢰었다. 태자가 웃으며 말하였다.

"그런 반적의 말을 어찌 취사(取捨)하리오."

번왕은 신하들의 간언을 받아들여, 예정대로 태자를 궁중으로 유인하기로 하였다.

그리하여 신하를 시켜 태자를 궁중 잔치에 참석하도록 만들었다.

---

[73] **포원(抱冤)** 원한을 품고 있음.
[74] **적년(積年)** 여러 해.
[75] **불의지사(不義之事)** 정의에 어긋나는 일.

번왕이 태자에게 아뢰었다.

"소왕이 태자 저하를 모신 바는 다름이 아니옵니다. 소왕에게는 여식이 있사온대 인물이 절색(絶色)이요, 시서(詩書)에 능통하옵니다. 이제 태자께 바치오니 저하께서는 소왕의 말을 거절하지 마시고 특별히 허락하옵소서."

태자는 비로소 자신이 간계에 빠진 것을 깨달았다. 더욱이 조웅도 보이지 않아 더욱 불안해진 태자는 완강하게 버텼다. 번왕은 태자를 모신 방을 밖에서 잠가 버린 후 신하들을 모아놓고 의논을 하였다. 어떤 신하는 없애 버리자 하고, 어떤 신하는 내보내자고 하여 의론이 분분하였다.

한편 행군에 지쳐 일찍 잠자리에 들었던 조웅은 무언가 불길한 생각에 별안간 눈을 떴다. 그 길로 태자의 숙소로 갔으나 태자가 보이지 않자 조웅은 깜짝 놀라 매화에게 자초지종을 물었다. 태자가 궁중에 갔음을 매화로부터 전해 들은 조웅은 칼을 뽑아들고 궁중으로 달려갔다.

조웅은 분기탱천하여,

"벌써 죽여 버렸어야 할 놈을 이때까지 살려두었도다."

하며 번왕에게 소리쳤다.

크게 놀란 번왕이 비틀대며 뒷걸음질 치다가 이내 벽에 부딪혀 힘없이 주저앉아 버렸다. 신하들은 일제히 도망쳤다. 번왕은,

"원수는 진정하옵소서. 태자는 별궁으로 모셨나이다."

하며 즉시 조웅을 별궁으로 인도하였다. 하지만 번왕의 흉심(凶心)은 여전하여 마치 미궁을 더듬는 듯이 이쪽으로 갔다, 저쪽으로 갔다 하면서 우왕

좌왕할 뿐 쉽게 태자가 있는 곳으로 인도하지 않았다. 번왕이 태자의 처소를 알 수 없다고 버티자 분기탱천한 조웅은 칼을 들어 번왕의 목을 내리쳤다. 번왕이 비명을 지르며 쓰러졌다.

겁에 질린 궁인이 태자의 처소를 알려 주었다. 조웅은 급히 달려가 태자를 모시고 사처(私處)로 향했다. 그러자 신하들이 번왕의 시체 곁으로 모여들었다. 한 신하가 시체를 손으로 더듬다가 말하였다.

"대왕, 상투만 없나이다."

번왕은 소스라쳐 재빨리 일어나 앉았다. 다행히 목숨은 건졌지만 손가락이 이미 두 개나 달아난 후였고, 피가 용포(龍袍)를 벌겋게 물들이고 있었다. 번왕의 분노는 하늘까지 치솟았다.

이때 번왕의 명을 받아 도사(道師)를 찾아갔던 주홍달이 돌아왔다. 주홍달은 급히 번왕에게 아뢰었다.

"도사가 말하기를, 모일(某日) 모야(某夜)에 조웅이 천하 험관인 연주땅 함곡(函谷)을 통과할 것이니, 그때 미리 군사를 숨겨 놓았다가 조웅이 지나갈 때 불을 질러 죽여 버려라. 제아무리 조웅이라 하여도 불에는 어쩔 수 없도다. 그렇게 되면 번왕이 천하를 차지할 수 있으니 그런 연후에 내가 나가서 번왕의 천하경륜을 도우리라, 하였사옵니다."

번왕은 이 말을 듣고 크게 기뻐하며 즉각 시행하라 명하였다.

한편 조웅과 태자는 당장이라도 길을 떠나려 하였으나 사십여 명이나 되는 장졸이 노독(路毒)[76]으로 한 걸음도 걸을 수 없게 되어 할 수 없이 며칠을 더 묵기로 하였다. 회복을 기다리려면 아직도 많은 날이 필요할 것 같아 조웅은 번왕에게 군마(軍馬) 삼십 필을 요구하였다.

화가 치민 번왕은 아무런 대답을 하지 않았다. 격분한 조웅이 군사를 시켜서 번왕을 잡아들이라고 호령했다. 그러자 번왕이 할 수 없이 군마 삼십 필을 제공하니, 조웅은 노독으로 걷지 못하는 장졸들을 모두 말에 태워 출발하였다.

조웅이 천하 험관(險關) 함곡에 도착하니 이미 날이 저물어 사방이 어두웠다. 지형이 험하고 한적해서 불안함을 느낀 조웅은 선봉을 재촉하여 빨리 군사를 몰라고 명령하였다. 이때 갈건야복(葛巾野服)[77]을 한 노인이 길을 가로막았다. 노인은 급히 백우선(白羽扇)[78]으로 조웅을 만류하며 소매 속에서 편지를 꺼내 건네 주었다. 조웅이 편지를 읽어 보았다.

불입 함곡(不入函谷) 선입 성중(先入城中) 하여 방포일성(放砲一聲) 하라.

조웅이 눈을 들어 노인을 찾았으나 어느새 노인이 사라지고 없어 조웅은 문득 불길한 생각을 하였다.

조웅은 즉각, 함곡으로 들어간 선봉은 소리 없이 물러 나오라고 명하였다. 다시 우군장 유연태에게, 함곡 성중에 들어가 방포일성을 하고 급히 도망오라고 명하였다.

---

[76]. **노독(路毒)** 먼 길을 오랫동안 걸어 생긴 병.
[77]. **갈건야복(葛巾野服)** 갈포로 만든 두건과 베옷. 처사들이 입는 옷.
[78]. **백우선(白羽扇)** 하얀 새의 깃으로 만든 부채.

잠시 후, 우군장 유연태의 방포일성으로 인하여 성중은 대번에 수라장으로 변하였다. 불길이 치솟자 성중에 함성이 진동하더니 수많은 장졸들이 성중에서 뛰어나왔다. 이때 성문의 좌우에서 지키고 있던 군사들이 수백 명을 잡아들였다. 조웅은 번국 군사들을 보고 훈계하였다.

"너희를 다 죽여야 하지만 특별히 용서하여 줄 것이니 돌아가라."

조웅은 촌간에서 사흘을 묵고, 민심을 위로한 뒤 다시 위국으로 향하였다. 계양에 이르니 계양 태수가 멀리까지 마중 나와 위왕의 서찰을 조웅에게 전해 주었다. 계양은 위국 땅이었다. 위왕은 서찰에서, 태자의 안부를 우선 물은 뒤 조웅의 모친을 잘 모시고 있으니 안심하라고 썼다.

이윽고 위국에 당도하니 위왕 자신이 친히 멀리까지 나와 환대하였다. 위왕은 태자를 보자 엎드려 사배를 하고 통곡하였다. 태자는 위왕을 위로하여 잔치를 베풀었다.

며칠이 지나 위왕이 조웅에게 말하였다.

"방금 태자를 모셨사오니 즐겁기 무궁하오나, 한 가지 한이 있사옵니다. 태자 춘추(春秋) 성덕(成德)하시나 아직 혼처가 없사옵니다. 노왕(老王)이 다만 여식 둘을 두었으되, 장녀의 나이는 십육 세요, 차녀의 나이는 십삼 세이온대 여러 해를 간택하되 지금까지 정하지 못하였사옵니다. 태자께서 아직 미혼이옵시고, 원수 또한 정하였으나 육례를 갖추지 못하였으니, 노왕의 마음에 장녀는 태자께 부탁하옵고, 차녀는 원수에게 부탁코자 하오니 어떠하시옵니까?"

모두가 옳다고 찬의를 표시하였으나,

"소장은 이미 아내를 두었으니 의논하지 마시고 다만 태자의 혼인이나 정하소서."

하고 조웅은 단박에 거절하였다.

조웅은 이날 밤 집으로 돌아가 어머니와 위 부인에게 조정에서 있었던 일을 전하였다. 이에 왕씨 부인은 아무런 말을 하지 않고 위 부인은 안색이 새파랗게 변하였다.

"위왕이 무례하도다."

하고 위 부인이 말하니 장 소저가 위로하였다.

"위왕 말씀은 괴이한 일이 아니오니 어찌 무례하겠사옵니까? 화를 참으소서."

장 소저가 다시 조웅에게,

"상공이 첩을 위하여 처첩 두기 사양하였사오나, 대장부 처세함에 유처무첩(有妻無妾)하오리까? 위왕 차녀를 첩이 직접 보아 정하오리다."

하고 즉시 시비를 데리고 위국 궁중으로 들어가 두 공주를 만나보았다.

다시 집으로 돌아온 장 소저는 공주의 덕행을 칭송하며 실로 적합한 배필이라고 죽기로써 권하였다. 조웅은 마지못해 장 소저의 뜻에 따라 위왕에게 이 사실을 알렸다. 위왕이 크게 기뻐하며 태자와 같은 날로 길일을 잡았다.

궐내에 대연(大宴)을 열어 두 사람의 화촉을 밝히니 모두가 기뻐하였다. 공주가 십 일 만에 왕씨 부인께 예로써 찾아뵈니, 부인과 장씨는 공주의 손을 잡고 못내 사랑하였다. 태자는 일처(一妻) 이첩(二妾)이요, 조웅은 이처 일첩이었다. 조웅의 첩이 된 금련 또한 진력으로 왕씨 부인을 섬겼다.

하루는 조웅이 스승을 만나보기 위해 필마단창(匹馬單槍)[79]으로 강선암을 향해 달려갔다. 강선암은 빈 절터만 남아 있었다. 조웅은 낙망해서 옛 기억을 더듬으며 이쪽 저쪽을 살폈다.

그때 절벽 바위 위에서 난데없이 여동(女童)이 약을 캐어 담은 바구니를 들고 노래를 부르고 있었다.

> 석경(夕徑) 쫓는 손이 속객(俗客)이 분명하다.
> 팔천 병사 어디 두고 독행(獨行) 천 리 하는가.
> 구은(舊恩)을 생각하고 선생을 찾아온들
> 백운(白雲)을 잡아 타고 소행(所行)이 망망하다.
> 암상에 저 장군은 갈 길이 바쁜지라,
> 학산(鶴山)에 유사하니 그리로 갈지어다.

조웅이 자세한 사정을 알고 싶어 여동에게 다가갔으나 노래를 마친 여동은 순식간에 어디론가 사라지고 말았다. 조웅은 재빨리 말에 올라 채찍질을 하며 학산으로 달려갔다. 학산은 대국 변양 땅에 있었다.

변양을 향해 천리 준마를 몰아 가다 한곳에 다다랐다. 그때 삼척검을 허리춤에 차고, 필마단기로 이쪽으로 달려오는 한 사람이 있었다. 조웅은 말을 천천히 몰아 옆으로 대고 물었다.

"여기서 변양이 얼마나 되오?"

---

[79] 필마단창(匹馬單槍) 한 필의 말을 타고 가벼운 무장을 함.

"아직도 몇 백 리를 더 가야 변양 땅이오."

하고 그 사람이 대답하자 조웅은 다시,

"그대는 어디 가는 누구인가?"

하고 그 사람의 행방을 물었다.

"태산부 계양도로 급히 가나이다."

조웅은 짐짓 아무것도 모르는 듯이 다시 물었다.

"무슨 일로 가오?"

그 사람이 대답하였다.

"계양도에 적거한 송 태자께 사약을 가지고 내려간 사신이 서너 달이 지났건만 소식이 없어, 천자(天子)께서 나로 하여금 태자를 사약하고 사신은 잡아 오라 하시어 가는 길이오."

이에 조웅이 노기를 띠며,

"나는 전조충신 조 공의 아들 조웅이로다. 역적 이두병과 같은 당류를 어찌 살려두리요."

하고 칼을 들어 사신의 목을 내리쳤다.

조웅은 사신의 머리를 말에 매어 달고 다시 변양을 향해 천리 준마를 채찍질하였다. 변양 땅에 다다르자 조웅은 촌로(村老)에게 학산을 물었다. 천수동 산골로 가라는 촌로의 말을 듣고 조웅은 다시 말을 몰았다.

학산은 길이 험하고 천하 절경이었다. 산길을 달려 큰 바위 틈에 다다르자 소나무 밑에 앉아 책을 보는 노승이 있었다. 조웅이 말을 걸어도 못 들은 척하고 계속 책만 읽자, 조웅은 화가 치밀어 칼을 뽑아 노승을 내리치려고 하였다. 그제야 깜짝 놀란 노승이 쪽지 하나를 던지고 바람처럼 사라졌다. 절벽을 평지처럼 달리는 날랜 걸음이었다.

조웅은 잠시 쫓다 되돌아와 쪽지를 펼쳤다. 쪽지에는 바위 뒤에 집이 있다고 쓰여 있었다. 조웅이 집을 발견하자 동자가 나와 석문을 열어 주며 안으로 인도하였다.

동자가, 여기는 천명도사(天命道師)가 왕래하는 집이라고 말하더니, 편지를 내놓았다.

편지에는, '급히 학산으로 가 이두병을 베라' 고 쓰여 있었다.

조웅은 분노를 느끼고 동자에게 물었다.

"어디로 가면 학산으로 가고 도사는 어디로 가셨느냐?"

동자가 대답하였다.

"이 길로 가면 도사 계신 데로 가고, 저 길로 가면 학산으로 가나이다."

조웅은 먼저 도사를 만나보기 위해 절벽 위로 올라갔다. 그때 난데없이 백호 두 마리가 내달았다. 조웅이 피할 도리가 없어 말에 매단 사신의 머리를 백호들에게 던져 주었다. 두 마리가 그것을 가지고 싸우는 동안 조웅은 재빨리 돌아서 학산으로 달려갔다.

깊이 들어갈수록 사면의 산이 뾰족하게 솟아 매우 험준하였다. 골짜기를 넘어서자 별안간 넓은 평야가 눈앞에 펼쳐졌다. 조웅은 얼른 바위 뒤에 몸을 숨겨 살폈다. 넓은 평야에는 수천의 병사와 말이 까맣게 열을 지어 늘어서 있었다. 병사들이 모인 가운데에는 결박당한 죄인이 꿇어 엎드려 있었다.

죄인의 가슴에는 '역적 이두병'이라는 명패가 붙어 있었다. 병사들은 죄인을 심문하다 다시 수레에 실어 명패를 높이 추켜들며 북쪽으로 향하였다. 분기 탱천한 조웅은 천리 준마에 채찍질을 하여 일거에 달려 내려갔다. 조웅의 칼이 번쩍하기가 무섭게 만고 역적 이두병의 머리가 허공으로 날아올랐다. 그런데 자세히 보니 그것은 진짜가 아닌 허수아비였다.

조웅은 말에서 뛰어내려,

"소장은 전조(前朝) 충신 조정인의 아들 조웅이오. 국외지인(國外之人)으로 불고이참석(不告而參席)[80]하였으니 죄사무석(罪死無惜)[81]이오." 하였다.

그제야 망연자실한 상태에서 깨어난 병사들이 조웅을 단상으로 모셔 정중히 좌정하게 하였다. 병사들은 조웅을 통해 태자가 무사하다는 말을 전해 듣고, 엎드려 사배를 하며 일제히 소리쳤다.

"오늘날 우리 대왕이 무사함을 들으니 이제 죽은들 무슨 한이 있으리오."

조웅은 좌중을 둘러보며 사람들이 왜 이곳에 모여 있는지 물었다. 그러자 노인 하나가 앞으로 뛰어나와 조웅의 손을 잡고 눈물을 뿌리며,

"너는 나를 알지 못하리라. 나는 네 모친의 사촌이요, 내 성명은 왕렬(王烈)이니라. 네가 어려서 이별하였으니 어찌 알리요. 여기 모여 있는 사람들은 이두병의 난을 만나 각기 도망하였다가 몇 달 전에 여기로 모였도다.

---

80. **불고이참석(不告而參席)** 미리 알리지 않고 모임에 참가함.
81. **죄사무석(罪死無惜)** 죄가 무거워 죽어도 아깝지 않음.

그 후 백성들이 우리 소식을 듣고 모여드니 이미 오천 인이로다. 옛적 주무왕(周武王)이 벌주(伐紂)할 때와 다름이 없는지라 어찌 반갑지 아니하리요. 그러나 아직 용병지장(用兵之將)을 만나지 못하여 천시만 기다리고 있도다. 금일의 일은 모든 충신이 밤낮으로 분을 이기지 못해 거짓 두병의 형용으로 허수아비를 만들어 우선 분을 덜고자 함이다. 다시 묻나니 너는 어디서 장성하였으며, 태자와 네 모친은 어디 계시며, 두병의 환을 어찌 면하였으며, 태자를 어찌 구원하였느냐?" 하였다.

조웅은 감격하여 노인에게 절을 하며 말하였다.

"소질(小姪)[82]이 살아 만나뵈오니 이제 죽은들 무슨 한이 있사오리까?"

조웅은 노인에게 그간 겪었던 일을 하나하나 아뢰었다. 이두병을 피해 어머니와 단둘이 황성을 빠져나간 일이며, 월경대사와 천관도사를 만나 공부를 한 일이며, 삼척검과 준마를 얻어 위국을 도와 서번을 정벌한 일이며, 위왕의 충성심이며, 계량도에 가서 태자를 구하여 위국으로 모셔온 일이며, 우연히 천명도사를 만나 이곳에 오게 된 일 등을 고하니, 모든 사람들이 감동하여 송실(宋室)을 구할 영웅이 왔다며 만세를 불렀다.

이때 능주에서 조웅의 칼에 죽은 황성사신(皇城使臣)을 수행하였던 하졸 하나가, 숲속에 숨어 있다 급히 황성에 되돌아가 사신이 죽은 사연을 주달하였다. 이두병은 대경하여 서안을 치며 조신들을 꾸짖었다.

"불과 수백 리 밖에 있는 조웅을 잡지 못하고, 게다가 사신(使臣)까지 제

[82] 소질(小姪) 조카.

임의로 죽였으니 어찌 분을 참으리요. 이제 조웅을 잡지 못하면 조신들을 모두 처참하리라."

이두병의 다섯 아들도 양호유환(養虎遺患)[83]이 되었다고 후회하고 있었다. 조웅이 일곱 살이었을 때 미리 없애 버리지 못함을 후회할 뿐이었다. 신하들이 벌벌 떨기만 하자 좌승상 최식이 나서 아뢰었다.

"바라옵건대 폐하께서는 조금도 염려 마옵소서. 조그마한 조웅 잡기를 어찌 근심하리까? 이제 무예에 능한 무사를 택하여 조웅을 잡게 하소서."

이두병은 즉시 중랑장 이황에게 일천 병을 주어 조웅을 지체 없이 잡아 올리라고 엄명하였다.

학산 충신들은 조웅을 대사마(大司馬) 대원수(大元帥)로 봉하여, 날을 정해 대국을 향해 행군을 개시하였다. 조웅은 머리에 봉천(奉天) 투구를 쓰고, 몸에는 쇄금전포(鎖金戰袍)[84]를 입고, 허리에 보조궁(寶彫弓)을 차고, 천리 용총마를 타고, 좌수에 비수(匕首)를 들고, 우수에 장창(長槍)을 들어 선봉을 재촉하는데 호령과 위엄이 추상 같았다.

노소 충신이 크게 칭송하여 말하였다.

"원수가 행군하는 법은 한신(韓信)과 팽월(彭越) 같도다."

조웅의 군사가 황성을 향해 행군하는 동안, 거치는 마을마다 이에 동조하는 무리가 뒤따라 대열에 참가하는 자들의 수가 헤아릴 수 없을 정도였다.

---

[83]. **양호유환(養虎遺患)** 범을 길러 화를 자초함.
[84]. **쇄금전포(鎖金戰袍)** 쇳조각을 붙여 만든 갑옷.

조웅의 군사가 동관을 거쳐 변양에 들어서자, 태수가 군사를 조발(調發)하여 길을 막아섰다.

　"태수 태원은 빨리 나와 내 칼을 받아라. 나는 송조(宋朝) 충신 조웅이로다. 역적 이두병을 치러 가니, 내 앞을 막는 자는 죽음을 맞으리라."

하고 조웅이 큰 소리로 호통을 치니, 겁에 질린 태수가 칼을 버리고 말에서 뛰어내려 조웅에게 무릎을 꿇었다.

　"소장이 알지 못해 대군에 항거하였사오니 죄를 용서하여 진중에 두게 하시면 진력을 다해 원수의 뒤를 돕고자 하나이다."

하고 태수가 엎드려 애걸을 하니 조웅이 더욱 노하여,

　"너는 음흉한 흉적이로다. 두병과 더불어 다름이 없는 자이니 내 어찌 살려 두리오."

하고 칼을 빼들어 태수의 목을 쳤다. 그러자 백성과 군사들은 일제히 함성을 지르며 만세를 불렀다.

　다시 행군을 재촉하여 한곳에 다다라 군사 천여 명을 이끌고 제도로 가는 사신(使臣)을 만났다. 황제의 근심을 덜어 주리라 하며 사신이 조웅에게 달려드니, 조웅은 삼척검을 휘둘러 단번에 사신의 목을 벴다. 조웅은 사신의 머리를 칼끝에 꿰어 본진에 돌아왔다.

　이두병이 조웅 때문에 근심에 빠져 있는데 서관장(西關長) 채탐이 급하게 이두병에게 아뢰었다.

　"조웅이 군사 팔십만을 거느리고 광등을 치고 서주를 범하오니, 바라건대 황상께서는 급히 군병을 보내어 도적을 막으소서."

이두병이 놀라 신하들에게,

"이를 어찌하리오."

하니, 좌장군(左將軍) 장덕이 출반상주(出班上奏)[85]하였다.

"소신이 비록 재주 없사오나 조웅을 사로잡아 폐하께 바치겠사옵니다."

이두병이 기뻐,

"경은 힘을 다하여 조웅을 잡아서 짐의 분을 덜라."

하니, 장덕은 물러나 급히 군사를 조발(調發)하여 길을 떠났다.

조웅이 서주 땅 계양산 밑에 이르자 갑자기 골짜기에서 엄신갑을 입고 장창을 높이 든 장수 하나가 군사 삼백을 거느리고 달려왔다. 장수는 조웅 앞에 엎드려,

"소장은 전조 충신 강걸의 아들 강백이옵니다. 이두병의 난을 만나 부친을 잃고 주야로 슬퍼하다가, 약간 용맹이 있기에 병서를 보아 군사 수백을 얻어 때를 기다렸사옵니다. 천행으로 오늘 원수를 상봉하오니 어찌 반갑지 아니하겠사옵니까? 바라옵건대 진중에 합류하기를 원하오니 이두병을 몰아내고 송실을 회복하고 부친 원수를 갚을 수 있게 하여 주시옵소서."

하였다.

조웅은 말에서 뛰어내려 강백의 손을 잡았다.

"그대 부친이 계량도에서 태자를 모시고 있다가 내가 태자를 모셔오는 길에 같이 모시고 위국에 왔으니 그대는 조금도 염려치 말라."

---

[85] **출반상주(出班上奏)** 여러 신하 가운데 혼자 나아가 아룀.

강백이 눈물을 흘리며 감격하였다. 강백은 부친이 죽은 줄로만 알고 있었다.

조웅은 강백을 선봉장(先鋒將)으로 삼아 서주로 쳐들어갔다. 서주 자사(刺史) 위길대는 삼천 군사를 이끌고 항거하였다. 조웅은 강백의 재주를 시험하기 위해, 강백으로 하여금 적을 물리치라고 명하였다. 강백은 장창(長槍)을 높이 들고 곧바로 적진을 향해서 달려갔다.

"나는 선봉당 강백이다. 적장은 빨리 나와 목을 높여 내 칼을 받아라."

위길대도 분을 참지 못하고 달려 나왔다. 두 사람은 성난 범처럼 서로 맞붙었다. 멀리 진중에서 이것을 구경하고 있던 조웅이 본즉, 검술(劍術)에 있어서는 강백이 월등하게 나았지만 몸이 크고 힘이 센 위길대를 강백이 당해 내지 못할 것 같았다. 싸움이 십여 합(合)에 이르도록 승부가 나지 않자, 조웅이 몸소 달려나가 눈 깜짝할 사이에 위길대의 목을 베어 머리를 문기에 달아 놓으니 날램이 비호 같았다.

아버지를 잃고 크게 분노한 위길대의 아들 위영이 칼을 들고 뛰어나왔다. 위영은 신장이 팔 척이고, 눈은 방울 같고, 얼굴이 먹장 같았다. 조웅은 위영을 보고 노한 음성으로 강백을 찾았다.

"나아가 대적하라."

강백이 위영을 맞아 싸우니 먼저 위영이 강백의 말을 칼로 찔러 거꾸러뜨렸다. 이에 격분한 강백이 몸을 솟구쳐 위영의 머리를 순시간에 베어 버리고, 자기 말 대신 위영의 말을 잡아타고 본진에 돌아왔다. 자사 부자를 모두 잃은 군사들은 제각기 달아났다. 조웅은 강백의 용맹을 극구 칭찬하였다. 조웅과 군사들은 승전고를 울리며 다시 황성을 향하여 행군하였다.

관산(關山)에 도착하자 이번에는 조정의 대군이 진을 치고 앞을 가로막고 있었다. 조웅이 적진을 살핀 후, 산을 등지고 진을 치게 하고 중군에 분부하였다.

"아직 군사를 요동하지 마라."

그때 적진에서 큰 소리를 치며 달려왔다.

"반적 조웅은 빨리 나와 내 칼을 받아라."

조웅은 크게 노하여 강백을 내보냈다. 강백과 적장이 거의 십여 합에 이르도록 싸우다가 마침내 강백의 창이 번득하자 적장의 머리가 말 밑에 굴렀다. 강백은 그것을 칼끝에 꿰어 들고 본진으로 돌아왔다. 황성 대진은 강백의 용맹을 보고 크게 근심하였다.

이튿날 적진에서 한 장수가 용감하게 달려 나와,

"반적 조웅은 빨리 나와 내 칼을 받아라. 어제는 우리 진의 조그만 장수를 죽이고 승전을 자랑하였지만 오늘은 맹세코 네 목을 베어 천하를 평정하고, 우리 황상(皇上)의 근심을 덜리라."

하거늘 조웅은 다시 강백을 내보냈다.

두 사람이 서로 맞아 싸우는데 서로가 호적수(好敵手)[86]였다. 하지만 강백의 창이 번득하자 적장의 투구가 땅으로 떨어졌다. 적장은 당황해서 본진으로 급히 달아났다.

---

[86]. **호적수(好敵手)** 뛰어난 재주와 실력을 가진 사람에게 대등한 경쟁이나 싸움을 할 수 있는 사람.

그러자 다시 다른 장수가,

"조웅아. 너는 망명 죄인이다. 여태까지 살려 두었거늘 이렇듯 득죄(得罪)하니 용서할 수가 없다. 빨리 나와 내 칼을 받아라. 또한 네 아비와 한 가지로 목숨을 바쳐라."

하고 달려나오는데 다름 아닌 적진의 대원수 장덕이었다.

조웅이 이번에는 자신이 몸소 달려나가려고 하였지만, 강백이 다시 자청을 하여 달려나갔다. 적장은 과연 대원수답게 뛰어난 재주를 부려 시간이 갈수록 강백의 형세가 급해졌다. 노기 충천한 조웅이 천리 준마를 잡아타고 한달음에 달려나가 강백을 물리치고 장창(長槍)으로 장덕을 쳤다.

조웅의 기세에 몰린 장덕이 말머리를 돌려 본진으로 도망쳤다. 조웅은 장덕을 쫓아 적진에 뛰어들어 닥치는 대로 밟고 죽였다. 기겁을 한 장덕이 정신없이 달아나자 조웅이 그 뒤를 쫓으며 큰 소리로 호통을 쳤다. 장덕이 넋이 빠져 달아나는데 문득 백호(白虎)가 장덕의 길을 막았다. 진퇴양난에 빠진 장덕이 마침내 말에서 뛰어내려 조웅 앞에 엎드려,

"소장이 일시 황명(皇命)으로 전장(戰將)이 되었사온대, 병가지분(兵家之憤)은 일시뿐이라 하오니 바라건대 원수께서는 인후(仁厚)하오신 마음으로 소장의 죄를 용서하여 주시옵소서."

하며 애원하였다.

이에 더욱 노한 조웅이,

"네 형상을 보니 가긍하나, 흉적(凶賊) 두병의 죄를 생각하면 너를 어찌 살려 두리오."

하며 칼을 휘두르니 장덕의 머리가 땅에 졌다. 조웅이 칼끝에 머리를 꿰어 본진으로 돌아왔다. 본진 군사들 모두가 조웅의 용맹을 칭송하였다.

한편, 황제 이두병이 장덕을 보내고 날마다 소식을 기다리는데 문득 채탐이 급히 어전에 들어와,

"조웅이 서주 칠십여 성을 쳐서 항복 받고, 관산(關山)에 이르러 대진과 합전(合戰)하여 대원수 장덕을 베고 물밀 듯이 들어오나이다."

하고 보고하니, 이두병은 크게 놀라 신하들을 돌아보고 말하였다.

"이 일을 또 어찌하리오?"

그러자 사마장군 주천이 출반(出班)하여 아뢰었다.

"장덕이 본래 우직한지라 어찌 조웅을 당하겠사옵니까? 소장이 비록 재주가 없사오나 인검(印劍)[87]을 주시면 전장에 나가 조웅을 사로잡아 폐하께 바치겠사옵니다."

황제가 크게 기뻐하며 즉시 시행하라 명하였다. 황제는 다시 좌승상(左丞相) 최식을 대원수에 봉하고 장수 천여 명과 군사 팔십만을 사급(賜給)[88]하였다.

대원수 최식이 사은하고 물러 나와 군사를 발행하니 그 위엄이 추상 같았다. 황제가 친히 나와 대원수를 전송하니 군사들의 함성소리가 천지에 진동하였다.

한편, 조웅이 군사를 몰아 무인지경(無人之境) 같이 황성으로 향하다가,

---

[87]. **인검(印劍)** 임금이 병마를 통솔하는 장수에게 주는 검.
[88]. **사급(賜給)** 나라에서 내려주는 것.

오산 동관(東關)에 이르러 대원수 최식이 이끄는 팔십만 대병과 마주치게 되었다. 조웅은 적과 대진을 해놓고 적의 형세를 살폈다.

그때 돌연 적진에서 한 장수가 뛰어나와,

"반적 조웅은 빨리 나와 내 창을 받아라."

하며 우레 같은 소리로 외쳤다.

조웅은 크게 노하여 즉시 강백을 내보냈다. 하지만 두 사람이 합전(合戰)을 하여 날이 저물도록 승부를 가리지 못하자, 조웅은 징을 쳐 강백을 돌아오게 하였다. 강백은 분에 못 이겨 본진으로 돌아왔다. 그때 대원수 최식이 간계(奸計)를 생각해 내었다.

"조웅이 수풀을 의지하여 진을 쳤으니 제 어찌 병법을 안다 하리오. 너희는 오늘 밤 화약과 염초(焰硝)를 준비하여 삼경에 적진에 나아가라. 그리고 고요한 때를 기다려 불을 놓아 적진을 함몰하고 조웅을 사로잡아 천하를 평정하라."

군사들이 그 계략에 크게 기뻐하였다.

한편 조웅은 최식이 화공법(火攻法)으로 공격해 오리라는 것을 미리 알아차리고, 강백을 불러 진을 옮기도록 명하였다. 이날 밤 적진 장졸이 산림에 몰래 숨어 있다 삼경이 되어 좌우 수풀에 일시에 불을 놓았다. 화광(火光)이 충천하자 황진(皇陣) 장졸들은 조웅이 죽었다고 생각하여 크게 기뻐하였다.

이때 수풀에 은신하고 있던 조웅이 필마로 적진에 내달아 장졸들을 무수히 죽이고 본진으로 돌아왔다.

적의 군사 중 겨우 몇 명만이 본진에 살아 돌아가 울며 고하였다.

"무섭고 두렵사옵니다. 분명 죽은 조웅이 다시 살아와 장졸을 다 죽이고 온데간데없이 사라지니 어찌 두렵지 아니하오리까?"

대원수 최식과 선봉대장 주천은 이 말을 듣고 대경실색하여,

"조웅이 분명 명장이로다. 죽은 혼백도 장졸을 죽이니, 만일 살았더라면 큰 환(患)을 당할 뻔하였도다."하였다.

최식은 그 즉시 소식을 기다리는 황제에게 주문(奏文)을 보내며 승전고를 울리게 하였다. 이윽고 진중에서는 술잔치가 벌어지고 만세 소리가 퍼져 나갔다.

다음날 아침 대원수 최식이 군사를 정비하여 돌아가고자 하는데, 문득 일성방포(一聲放砲)에 고각과 함성 소리가 천지에 요란하였다. 그와 동시에 상림 동편에서 한 장수가 천리 준마를 타고,

"황진은 가지 말고 내 칼을 받아라. 오늘 너희들 씨를 말리리라."

하며 칼춤을 추며 달려드니, 황진 장졸들이 모두 크게 놀라 진문을 닫았다. 주천이 최식에게 말하였다.

"조웅을 잡았다 하고 주문을 올렸더니 이제 조웅이 살아 있으니 우리는 기군망상지죄(欺君罔上之罪)[89]를 면치 못할 것이옵니다. 다시 주문을 하시옵소서."

이에 최식이 다시 주문을 하였다.

---

[89] **기군망상지죄(欺君罔上之罪)** 임금을 속인 죄.

한편 조웅이 다시 황진에 뛰어들어 군사들을 죽이자, 겁에 질린 최식이 주천에게 말하였다.

"이제 조웅을 당할 장수가 없으니 차라리 항복하여 목숨을 구하는 게 어떠오?"

그러자 주천이 불같이 화를 내며 최식을 향해 칼을 겨누었다.

"원수는 국지중신(國之重臣)이오. 그런데 어찌 그런 구차한 말씀을 하시오?"

주천은 끓어오르는 분노를 참지 못하여 진문 밖으로 나가 큰 소리로 외쳤다.

"반적 조웅은 빨리 나와 내 칼을 받아라. 어제는 천행으로 살았지만 네 목숨은 오늘뿐이로다."

이에 조웅 또한 격분하여 말을 몰고 내달아 십여 합 만에 주천의 머리를 잘랐다. 황진 장졸들은 이 광경을 보고 대경실색하여 저마다 도망치기에 바빴다. 마침내 최식이 항복문서를 써서 조웅 앞에 꿇어 엎드려,

"망발(妄發)하였사오니 죄사무석(罪死無惜)이옵니다. 하지만 바라옵건대 원수께서는 관후(寬厚)한 마음으로 소장의 목숨을 살려 주시옵소서."

하고 애걸하였다.

조웅은 최식의 간사함을 꾸짖으며,

"너는 만고 간신이요, 이두병은 만고 역적이로다. 내 어이 너를 살려 두리오."

하고 그 즉시 최식의 머리를 잘라 도망치는 적병들을 향해 던져 주었다.

한편 이때 황성에서는 이두병이 대군을 전장에 보내고 날로 소식을 기다리고 있었다. 어느 날 문득 승전을 알리는 격서가 어전에 올라왔다.

"승상(丞相) 겸 대원수 최식이 폐하전에 아뢰옵니다. 신이 모월 모일에 오산 동관에서 적군을 만나 조웅을 죽이고 승전하여, 평국(平國)한 사정을 올리오니 바라옵건대 황상(皇上)은 염려 마옵소서."

황제는 다 읽고 난 뒤 크게 기뻐하여 신하들을 돌아보며 말하였다.

"원수가 전장에 나아가 반적 조웅을 잡고 짐의 근심을 덜어주니 어찌 기쁘지 아니하리오."

그리고 즉시 태평연(太平宴)을 열게 하였다. 황제가 신하들과 기쁨에 취해 한창 즐기고 있는데, 다시 주문(奏文)이 날아들었다.

"승상 겸 대원수 최식이 아뢰옵니다. 신(臣)이 기군망상지죄(欺君罔上之罪)를 지었사오니 죽어 마땅하오나, 삼가 황궁이 위태함을 알리옵니다. 일전 상림에서 조웅을 죽이고 승전하였다는 격서를 올렸사온대, 이튿날 회군(回軍)할 때 보니 뜻밖에 죽었던 조웅이 살아와 다시 대전하였사옵니다. 황공무지로소이다."

황제가 대경실색하여 아무런 말을 못하고 있는데 다시 채탐이 급히 들어와 고하였다.

"조웅이 대원수 최식과 주천을 죽인 후 팔십만 대병을 이끌고 물밀 듯 들어오니 급히 명장을 보내 막으소서."

황제가 신하를 돌아보며 한탄만 하고 있거늘, 누구 하나 자신 있게 대답하는 신하가 없었다.

그때 수문장(守門將)이 급히 들어와 출처를 알 수 없는 장수 세 명이 인견을 원하고 있다고 아뢰었다. 황제가 곧 인견하여 연유를 묻자 세 장수가 엎드려 아뢰었다.

"신(臣)들은 동해 땅에 살고 있사온대, 신들의 아재비가 태산부 자사로 갔다가 반적 조웅의 손에 죽었사옵니다. 삼촌과 조카 사이에 어찌 놀랍지 아니하리까? 또한 국가 위태함을 듣고 신하 된 도리로 어찌 가만히 있겠사옵니까? 신 삼형제 이름은 각각 일대, 이대, 삼대라 하옵니다. 비록 재주 없으나 조웅이 두렵지 아니하오니, 바라건대 황상께서 소수의 군사를 하사하여 주시면 반적 조웅을 사로잡아 폐하전에 바치겠사옵니다."

황제는 이 말을 듣고 크게 기뻐하여 즉시 세 장수에게 군사 오십만을 주어 일대는 대원수, 이대는 부원수, 삼대는 선봉장(先鋒將)으로 각각 삼았다. 그리고 인검(印劍)을 주며 하교하였다.

"경들이 힘을 다하여 천하를 평정하고 조웅을 잡아 바치면 장차 강산을 반분(半分)하리라."

황제가 친히 잔을 들고 세 장수를 전송하니, 삼형제는 황제에게 복지 사은하고 물러 나와 전군을 호령하고 진격하였다. 여러 날 만에 곡강에 다다르자 갑자기 도사 하나가 찾아왔다. 세 장수는 도사를 보자 깜짝 놀라 땅에 엎드려 아뢰었다.

"소자들이 선생께 하직인사도 여쭈지 않고 임의로 출세하였으니 어찌 사제 간의 정을 안다고 하오리까?"

도사가 깊이 탄식하며 말하였다.

"그대들은 지금 큰 잘못을 저지르고 있도다. 하늘이 그대 삼형제를 내심은 반드시 대사(大事)를 치르고자 함이거늘, 그대들은 어찌 내 말을 듣지 아니하고 다만 출세하려 하는가? 어서 군병들을 이끌고 산중으로 돌아가자."

세 장수가 도사에게 다시,

"선생은 너무 염려 마시옵고, 진중에 동행하여 지모(智謀)를 가르쳐 주옵소서."

하고 행군을 계속하니 도사는 마지못해 세 장수를 따라 나섰다.

하지만 주야로 세 장수에게 다시 산으로 돌아갈 것을 권하였다. 허나 세 장수 중 도사의 권유를 진지하게 경청하는 이는 아무도 없었다. 도사는 자기가 아끼는 제자들을 단념하기로 하고,

"그대들은 다시는 나를 보지 못하리라."

하는 말을 남기고 곧장 동창에 진을 치고 있던 조웅을 찾아갔다.

조웅이 도사의 고매함을 알아차리고 예를 갖추어 인사를 하니, 도사가 소매 속에서 봉서(封書) 한 통을 내놓으며,

"이대로 행하라. 나는 세상에 머무를 사람이 아니로다."

하고 홀연히 사라졌다.

조웅은 하늘을 향해 무수히 사례한 뒤 도사가 남겨 놓고 간 봉서를 급히 뜯어보았다.

일대(一代) 진에는 불입 진중(不入陣中)하고,

이대(二代) 진에는 용백 마혈 인검(用白馬血印劍) 하며

송축귀문(頌逐鬼文) 하고,

삼대(三代) 진에는 불근 삼대 지좌(不近三大之左) 하라.

조웅은 도사가 남긴 글을 읽고 한편으로는 의심하였지만 결국 도사의 뜻에 따르기로 하였다.

일대와 겨룰 때는 일대가 꾸민 함정에 빠지지 않기 위해 일대의 진중(陣中)에 난입하지 않고, 오히려 일대가 자승자박이 되도록 하여 승리를 이루었다. 이대와 겨룰 때는 백마의 피를 칼에 바르고 축귀문(逐鬼文)을 읽은 뒤 비로소 이대를 죽일 수 있었다. 마지막으로 삼대와 겨룰 때는 삼대의 약점인 오른편을 파고들어 삼대의 목을 벨 수 있었다.

조웅이 삼대를 다 물리치고 황성으로 향하니 이르는 곳마다 주검이 무수하였다. 이때 채탐이 급히 황제에게 아뢰었다.

"조웅이 일대, 이대, 삼대를 다 죽이고 물밀 듯이 쳐들어오니, 황상은 이 위급한 환(患)을 급히 막으소서."

황제가 어찌할 바를 몰라 황망해 하다,

"경 등은 비계(秘計)를 써서 나의 근심을 덜라."

하였으나 신하 누구도 말을 꺼내는 사람이 없었다. 그때 한 신하가 앞에 나서 고하였다.

"일대, 이대, 삼대 등 세 장수가 비록 출천지장(出天之將)[90]이었지만 조

---

[90] 출천지장(出天之將) 하늘이 낸 장수.

웅의 손에 죽었사옵니다. 이제는 조웅을 당할 장수가 없사오니 항복하시는 게 나을 듯하옵니다."

문득 서관장이 또 다른 격서를 급히 올렸다. 황제가 부들부들 떨리는 손으로 그것을 읽었다.

"대원수 조웅은 격서를 이두병에게 부치노라. 하늘이 나를 명하사 너를 죽여 만민을 안정하고 송실을 회복코자, 병사 팔십만을 거느리고 반적에게 격서를 전하나니 빨리 나와 대적하라. 만일 두렵거든 항복하여 목숨을 보존하라."

태자 이관이 옆에 있다가 황제에게 아뢰었다.

"폐하는 근심하지 마옵시고 지략(智略) 있는 장수를 택출하여 선봉을 삼고 몸소 군사를 지휘하소서. 신하들은 이러한 난국에도 위국충정(爲國忠情)을 아는 이가 없으니 어찌 절통치 아니하오리까? 우선 천하부터 평정한 뒤 후일 엄한 법률로 다스리옵소서."

황제가 이관의 뜻에 따라 장수를 택출하여 몸소 행하여 하였으나 감히 응하는 신하가 없었다.

이날 밤 승상 황덕이 신하들을 모아 의논하며 말하였다.

"국가 존망이 비조즉석(非朝卽夕)[91]이로다. 이제는 아무리 하여도 살 길이 없으니 그대들은 어찌하려 하시오?"

"우리 생각은 도망하면 좋을까 하오. 승상은 무슨 계책이 있나이까?"

---

[91] **비조즉석(非朝卽夕)** 아침이 아니면 저녁이라는 의미로 행할 시기가 임박했음을 이름.

황덕이 칼을 뽑아 책상 위에 꽂으며 말하였다.

"그대들은 정녕 내 말을 좇겠소?"

신하들이 한 목소리로 대답하였다.

"이제 와서 무슨 일인들 못하겠사옵니까?"

황덕이 다시 말하였다.

"우리 중에 용맹스러운 무반(武班) 장수 육십 명을 뽑고, 그 장수들이 몰래 궐내에 들어가 황제와 황자 오형제를 다 결박한 뒤 조웅에게 바치면, 우리들은 일등공신(一等功臣)이 될 것이니 그대들의 생각은 어떠하오?"

모든 신하가 고개를 끄덕였다.

"실로 상책이옵니다."

이날 밤 장수들이 몰래 궐내로 들어가 황제와 황자들을 결박하여 거사를 성공하니 어느새 날이 밝아왔다. 조웅을 맞이하러 나왔던 백성들은 이 두병을 잡았다는 말을 듣고 남녀노소 할 것 없이 크게 기뻐하였다.

조웅이 팔십만 대군을 이끌고 황성을 향해 계속 진군하니 모든 백성들이 길을 막고 조웅을 칭송하였다. 조웅은 백성들을 위로한 뒤 다시 행군을 재촉하였다. 수일이 지나 황성관(皇城關) 어귀에 이르니, 이두병과 이관 등을 수레에 싣고 조웅을 기다리던 신하들이 조웅을 보자마자 엎드려 아뢰었다.

"소신들은 폐하를 속인 죄인들이라 죽어 마땅하옵니다. 그때를 당하여 도망치 못하옵고 두병의 반역에 참여하였사오나, 매일 태자 저하를 생각하면 흉중(胸中)이 막히어 일신인들 완전하겠사옵니까? 천행으로 원수께서 오신다 하여 이두병 부자를 결박하여 바치오니, 바라옵건대 원수께 소신들의 목숨을 살려 주시길 바라나이다."

이에 조웅이 군사를 호령하여 죄인을 끌어오라고 호령하였다. 군사들이 두병을 진중에 꿇어앉히자, 조웅은 분기탱천하여 두병과 그 아들들을 심문하였다. 조웅은 후일 태자가 돌아온 뒤에 죄인들을 처형하기로 마음을 정하고, 죄인들을 다시 수레에 싣고 황성으로 끌고 갔다.

황성에 들어온 조웅은 먼저 백성을 위로하고 여러 충신들로 하여금 도성(都城)을 지키게 한 뒤, 바로 위국으로 떠나 태자와 위왕을 찾아뵈었다. 이에 태자와 위왕이 몹시 기뻐하며 조웅을 칭송하였다. 조웅은 다시 모친과 부인 장씨를 만나 그간의 회포를 풀었다.

다음날 조웅은 태자와 황후, 모부인 왕씨와 빙부인(聘夫人), 그리고 부인 장씨와 금련 모녀와 함께 대국으로 향하였다. 황성에 다다르니 장안 백성들이 남녀노소 불구하고 모두가 도성 백 리 밖에 나와 격양가(擊壤歌)를 부르며 기뻐하였다. 태자는 환국하자마자 곧 황제로 즉위하여 먼저 이두병과 이관 등을 친문(親問)하고 이들을 효시하였다.

새로운 황제는 황극전(皇極殿)에 전좌하여 태평연을 베풀며 여러 장수들의 공(功)을 논하였다. 먼저 조웅을 번왕(蕃王)에 봉하고 부인 장씨를 정숙왕비(貞淑王妃)로 봉하였다. 나머지 장수들도 공평하게 그 공을 논하니 누구도 불만을 가지는 자가 없었다.

드디어 조웅이 번국으로 떠나게 되자 황제는 조웅의 손을 잡고,

"짐이 경을 만 리 밖에 보내고 어찌 잊으리오. 일 년 일 차씩 조회하라."

하며 옥루(玉淚)를 흘렸다.

　조웅은 감격하여 황제께 눈물로 하직한 뒤 가솔을 거느리고 번국으로 향하였다. 조웅이 번국을 다스리며 태평성대를 여니 모든 백성들이 조웅의 성덕(聖德)을 칭송하였다.

조웅전 끝

작 품 해 설

『조웅전』은 작자와 연대가 미상인 고전소설로『춘향전』·『심청전』등과
함께 널리 읽힌 작품이다. 이른바 '군담소설(軍談小說)'이라는 소설 유형
의 대표적인 작품으로 거론된다. 이러한 인기를 반영하듯 많은 이본들이
전해지는데 지금까지 알려진 바로는 필사본 160여 종을 비롯하여 방각본
으로는 경판·완판·안성판으로 골고루 간행된 바 있으며, 활자본 역시
약 20여 종이나 알려져 있다. 이렇듯 다양한 이본들은 대체로 단편의 경판
계(약 20장, 혹은 30장)와 장편의 완판계(전 3책, 각 책 약 30장) 두 가지
로 분류될 수 있다.

  하지만 내용을 비교해 보면, 분량의 차이 외에는 이들 사이에 근본적인
차이는 별로 발견되지 않으며, 다만 송 왕실에 대한 충성심의 표현, 남녀
결연담의 확대, 천상계와의 접촉 과정 등에 다소간 차이가 날 뿐이다. 작
품의 전체적 구성은 세 부분으로 나누어진다. 그 순서는 조웅과 이두병의
대립, 조웅과 번왕의 대립, 조웅과 이두병의 대립순으로 전개되는데, 이야
기의 대강은 다음과 같다.

  중국 송나라 문제 때 승상 조정인이 이두병의 참소를 당하여 음독자살

하자, 외아들 조웅도 이두병의 모략을 피하여 어머니와 함께 도망간다. 온 갖 고생을 하며 유랑하던 조웅 모자는 다행히 월경도사를 만나 강선암으 로 들어가 지내게 된다.

그곳에서 법술과 글을 배운 뒤, 강호의 화산도사에게 조웅검을 얻고, 천 관도사에게 병법과 무술을 전수받은 조웅은 강선암으로 돌아가던 도중 장 진사 댁에서 유숙하게 되었는데, 우연히 장 소저를 만나 사랑을 나누고 혼 인을 기약한다. 이즈음 서번이 침입하여 나라가 혼란하자 조웅이 나아가 이를 물리친다.

한편, 스스로 천자라고 칭하며 권세를 휘두르던 이두병이 조웅을 잡기 위한 군대를 일으켰으나 도리어 조웅에게 연패한 끝에 사로잡히고 만다. 천자는 이두병 일파를 처단한 뒤 조웅을 제후로 봉한다.

『조웅전』은 흔히 '영웅의 일생' 형식을 거의 그대로 따르고 있지만 주인 공의 탄생에 있어 아들 낳기를 기원하는 정성이나 태몽, 혹은 천상인의 하 강과 같은 모티프가 나타나지 않는다는 점이 독특하다.

그러나 자세히 분석하면 작가가 확고한 신념과 주제의식 아래 이 작품 을 썼다는 것을 알 수 있다. 우선 조웅이 영웅적인 면모를 갖추는 데에는 여러 도사들의 결정적 도움도 기여했지만, 그보다 조웅 자신의 적극적인 노력이 이룬 결과임을 간과해서는 안 된다.

물론 다른 영웅들처럼 출생 시부터 이미 영웅적 자질을 갖춘 것이 아니 기 때문에, 후에 이어지는 영웅적 · 초인적 능력을 발휘하기 위해서는 그 런 소설적 장치가 필요했을 수도 있으나, 다른 한편으로는 민중의 노력에

의한 민중영웅의 탄생 가능성이라는 보다 큰 의미를 지닌다고 볼 수 있다. 아울러 조웅을 따르는 많은 의병들과 충신 '강굴'의 아들인 '강백'이 조웅의 막하에서 대활약한다는 점과 대적 상대인 이두병의 군사들마저도 조웅의 편을 든다는 점은 이른바 '정통성'의 있고 없음이라는 문제마저도 훌륭히 극복하는 것이라 할 수 있다.

강압적으로 정권을 탈취해 정통성이 결한 정권을 민중의 힘으로 무너뜨린다는 이야기 설정은 당대의 정치현실 혹은 권력집단에 대한 불만을 반영한다. 그리고 이런 설정은 이른바 '군담소설'의 주요한 특징으로 거론되기도 한다.

그러나 『조웅전』은 민중의식의 부각, 사실적이고 대담한 애정담, 전대의 소설양식인 '전기소설(傳奇小說)'에서 봄직한 유려한 한시의 차용 등을 통해 나름대로 독특한 미의식을 구현하고 있다는 점이 특색이라면 특색이다.

∽ 생각하는 갈대

첫째, 『조웅전』은 조선 후기에 쓰여져 많은 독자들에 의해 향유되었던
    영웅소설, 군담소설로서 경판본·완판본·안성판본 등의 방각본
    과 활자본으로 꾸준히 유통되었을 만큼 인기 있는 소설이었다. 하
    지만 아직까지는 다른 군담소설과 마찬가지로 작자가 뚜렷하게

밝혀지지 않고 있다. 작품의 내용과 표현방법 등을 고려해서 『조웅전』의 작자(계층)를 생각해 보자.

둘째, 『조웅전』에서는 이른바 영웅소설 혹은 군담소설이라고 일컬어지는 다른 작품들과는 조금 다른 서사구조를 보인다. 우선 부모가 아이를 간절히 바라는 대목이나 천상계의 특별한 인물이 지상에 내려온다는 설정이 없을 뿐만 아니라 주인공과 장 소저의 애절한 사랑이 대담하게 그려지는가 하면, 전투장면을 묘사한 부분에서도 다소 비현실적이고 황당한 도술담 같은 것들이 주종을 이룬다는 점이 그것이다. 이러한 『조웅전』만의 이채로운 설정과 전개에는 어떤 목적이 있는지, 또 독서 후에 생기는 느낌이 어떻게 다를지 다른 작품들과의 비교를 통해 정리해 보자.

셋째, 널리 알려진 많은 영웅소설·군담소설들은 배경과 인물을 중국의 것을 차용하는 경우가 많다. 그런 이유로 등장인물과 지명 등이 중복되는 경우가 많은데, 그중에서도 특별히 빈번하게 등장하는 인명이나 지명 등에 얽힌 고사나 일화 등을 찾아서 정리해 보자.

흥부전

연 생원의 두 아들

충청도와 전라도와 경상도의 삼도가 서로 맞닿은 어느 마을에 연 생원이라는 양반이 살았다. 밑으로 아들 형제를 두었는데 형의 이름은 놀부요, 동생 이름은 흥부였다. 둘은 한 어머니 뱃속에서 태어난 형제가 틀림없었지만 성품은 아주 달랐다. 흥부는 마음씨가 착하여 지극한 정성으로 부모를 섬기며 또한 동기간의 우애도 극진하였다.

하지만 뱃속이 배배 꼬여 있는 놀부는 부모께는 불효를 저지르고 동기간의 우애는 찾아볼 길 없었다.

모든 사람이 오장(五臟)과 육부(六腑)[1]를 지녔지만 놀부는 애초부터 오장에 칠부였다. 심술부 하나가 뱃속에 덧붙어 있었는데 그 심술부가 한번 뒤집히면 심사를 고약하게 부렸다.

---

[1] **오장(五臟)과 육부(六腑)** 오장은 간장 · 심장 · 폐장 · 신장 · 비장이고, 육부는 대장 · 소장 · 위 · 쓸개 · 방광 · 삼초를 말함.

술 잘 먹고, 욕 잘하고, 거드름 빼고, 게다가 싸움 잘하기, 초상난 데 춤 추고 불난 데 부채질, 해산한 데 개를 잡고, 장에 가면 억지 흥정, 우는 아이 똥 먹이기, 죄 없는 놈 뺨 치기, 빚 대신 계집 뺏기, 늙은 영감 덜미 잡기, 아이 밴 아낙네 배 차기, 우물 곁에 똥 누어 놓기, 올벼 논에 물 터놓기, 다 된밥에 흙 퍼붓기, 패는 곡식에 이삭 뽑기, 논두렁에 구멍 뚫기, 애호박에 말뚝 박기, 곱사등을 엎어놓고 밟아 주기, 똥 누는 놈 주저앉히기, 앉은 뱅이 턱살 치기, 옹기장수 작대 치기, 면례(緬禮)[2]하는 데 뼈 감추기, 남의 부부 잠자는 데 소리지르기, 수절(守節) 과부 겁탈하기, 통혼(通婚)하는 데 이간질하기, 만경창파(萬頃蒼波)에 배 밑 뚫기, 닫는 말의 앞발 치기, 목욕 하는 데 흙 뿌리기, 담 붙은 놈 코침 주기, 종기 난 얼굴에 쥐어박기, 눈 앓 는 놈 고춧가루 넣기, 이 앓는 놈 뺨 치기, 어린 아이 꼬집기, 다 된 흥정 때 려치우기, 남의 제사에 닭 울리기, 큰길에 땅 파놓기, 비 오는 날에 장독 열 기 등이었다. 놀부의 심사가 이처럼 모과나무같이 뒤틀리고, 동풍 안개 속 의 수숫잎처럼 배배 꼬여 있어 흉측하기 이를 데 없었지만 흥부는 딴판이 었다. 충직하고 인자한 마음을 가진 흥부는 형이 벌이는 짓거리를 탄식하 여, 때로는 좋은 말로 설득해 보려고도 하였지만 다 소용없었다. 아무 말 없이 그저 주면 주는 대로 먹고, 시키면 시키는 대로 일만 묵묵히 하였다.

무도한 놀부가 부모가 물려준 많은 재산과 남전북답(南田北畓)[3], 노비와 우마(牛馬)를 혼자 다 차지하고 자신을 구박하여도 흥부의 어진 마음은 조

---

[2] **면례(緬禮)** 무덤을 옮겨 장사를 다시 지냄.
[3] **남전북답(南田北畓)** 논밭이 여기저기 흩어져 있음.

금도 변함이 없었다.

놀부는 세간과 논밭을 다 차지하여 홀로 잘 입고 잘 먹었다. 하지만 부모 제삿날이 돌아오면 제물(祭物)을 장만할 생각은 조금도 하지 않고, 떡 값이면 떡 값, 과일 값이면 과일 값이라 하여 돈으로 대신 놓고 제사 흉내만 내기 일쑤였다. 그러고 나서 제삿상을 물린 뒤, 이번 제사에도 안 쓴다 안 쓴다 하는데도 황초⁴ 값으로 닷푼이나 온데간데없이 사라졌다고 투덜거리니 기가 찰 노릇이었다.

놀부에게 쫓겨난 흥부

놀부가 하루는 마누라와 궁리한 끝에, 양식도 아끼고 돈 나가는 쓰임새도 줄이기 위해 흥부네 식구들을 내쫓기로 하였다. 놀부는 그 즉시 흥부를 불러 말하였다.

"본디 형제라 함은 어려서는 같이 살지만 처자식을 갖춘 다음에는 각기 따로 생활하는 게 떳떳한 법이다. 그러니 너는 처자를 데리고 나가거라."

흥부는 깜짝 놀라 울면서 애걸하였다.

"형제란 수족과 같은데 우리 두 형제가 흩어져 살면 돈목지의(敦睦之誼)⁵가 없게 될 것입니다. 형님은 다시 생각해 주십시오."

---

⁴ **황초** 밀랍으로 만든 초.
⁵ **돈목지의(敦睦之誼)** 두텁고 화목한 정.

집 한 칸이라도 마련해 주고 흥부더러 나가라는 것이 아니라, 맨손으로 내쫓으려 했던 놀부는 애원하는 아우의 말을 듣자 못된 심사가 더 도졌다.

"네 이놈 흥부야, 잘 살아도 자기 팔자요 못 살아도 자기 팔자이거늘 어찌하여 허구한 날 형에게 빌붙어 살려는 게냐? 잔말 말고 냉큼 나가거라."

놀부는 두 눈을 부릅뜨고 삿대질까지 하였다. 흥부는 속으로, 형님의 말투가 벌써 저러한데 내가 소란스럽게 굴어 남들이 들으면 형님의 흉이 더 드러나리라 짐작하고 잠자코 방으로 돌아왔다.

흥부의 아내는 정숙한 부인이라 남편의 뜻을 알고 한 마디의 원망도 하지 않고 그저 눈물만 흘렸다.

"몸을 누일 방 한 칸이 없는데 시아주버니께서 저토록 나가라고만 하시니 어린 자식들을 어디로 데리고 나갑니까?"

이런 저런 걱정에 밤을 꼬박 새우니 어느새 동녘이 밝아왔다. 날이 밝기가 무섭게 놀부가 방 앞에서 호통쳤다.

"이놈 흥부야, 내가 어제 그토록 일렀는데 어쩌자고 아직 안 나갔느냐? 당장 나가지 않으면 두들겨 패서라도 내쫓고 말 것이다."

이렇게 구박을 해대니 견디지 못한 흥부는 말없이 아내와 어린것들을 이끌고 대문을 나섰다. 하지만 무작정 나선 걸음에 반기는 사람이나 갈 곳이 있을 리 만무했다. 생각다 못해 맞은편 산자락에 가서 움을 파고 온 식구가 첫날밤을 지냈다. 밤새 곰곰이 생각해도 갈 곳이 전혀 없어 이곳에다 몇 칸짜리 초가집이라도 얼기설기 짓고 사는 수밖에 다른 방도가 없었다. 집을 짓는다고 하지만 깊은 산중에 들어가 큰 나무를 베어내 안방, 대청,

중채, 사랑채를 네모 반듯하게 입 구(口) 자로 짓고, 선자(扇子) 추녀, 굽도리, 바리받침, 내외 분합(分閤), 물림퇴, 살미 살창 가로닫이, 분벽주란(粉壁朱欄) 등을 갖춘 고대광실(高臺廣室)[6]을 짓는 것은 아니었다.

낫 한 자루를 지게에 꽂아 묵은 밭을 찾아다니며 수숫대와 뺑대를 베어 지게에 짊어지고 돌아온 뒤, 비스듬한 언덕 위에 괭이로 집터를 깎아 다져서 집 한 채를 지으려는 것이었다. 안방, 대청, 행랑의 몸체를 수숫대와 뺑대로 얼기설기 엮어 한나절에 다 지어놓고 땀 씻으며 돌아보니, 모자란다고 생각했던 수숫대가 반 짐이나 남아 있었다.

집은 어찌나 좁은지 안방에 누워 발을 뻗으면 발목은 벽 밖으로 나가고, 멋모르고 방에서 일어서면 모가지가 지붕 밖으로 나갔다. 잠결에 기지개라도 켤 양이면 발은 마당 밖으로 나가고, 두 주먹은 벽을 통해 밖으로 나가고, 엉덩이는 엉덩이대로 울타리 밖으로 나가는지라 오가는 마을 사람들이 출입할 때마다 거치적거린다며,

"이 궁둥이 얼른 불러들여라."

하고 소리를 지르곤 하였다.

그러면 깜짝 놀란 흥부는 벌떡 일어나 대성통곡을 하며 한탄하였다.

"아이고 서럽고 답답하구나. 이 노릇을 어찌하면 좋을까? 어느 누구는 팔자가 좋아 높은 벼슬아치가 되어 고대광실 좋은 집에서 부귀공명과 금의옥식(錦衣玉食)[7]을 누리고, 이내 팔자는 어찌 이리도 곤궁하여 쓰러져

---

6. **고대광실(高臺廣室)** 굉장히 넓고 좋은 집.
7. **금의옥식(錦衣玉食)** 비단옷과 흰쌀밥, 곧 호화로운 생활.

가는 오막살이에 이 한 몸조차 못 담는단 말이냐. 지붕 사이로 별은 보이고 문 밖에 가랑비가 내리면 방 안에는 굵은 비요, 앞문은 살이 없고 뒷문은 기둥만 남아 동지섣달 눈바람이 살 쏘듯이 들어오는구나. 어린 자식은 젖 달라고 보채고 큰자식은 밥 달라고 징징대니 서러워 더 이상 못 살겠다."

이토록 가난한 집안이건만 밤일은 수월하여 해마다 새로운 자식들이 태어나 층층이 나잇살을 먹어 가고 있었다. 떼거지 같은 자식들은, 제대로 입히지도 못하여 큰놈 작은놈 할 것 없이 엉덩이를 내놓고 한쪽에서 우물거리고 있으니, 방문을 열어보면 마치 미역을 감는 냇가에 온 것 같았다.

아이 어른 할 것 없이 모두들 벗고 지내는 꼴을 더 이상 견디지 못한 흥부는 어떻게 해서든 옷장만을 하려 했지만, 백척간두(百尺竿頭)에 매달린 신세요, 사흘에 한 끼니도 때우지 못하는 처지인지라 그저 꿈 같은 일이었다.

밤낮으로 궁리해도 별다른 방도가 없다가 어느 날 좋은 생각이 떠올랐다. 자식들 모두 한 방 속에 집어넣고 큰 멍석 한 닢을 얻어다 자식 숫자대로 구멍을 뚫어 머리 위로 덮어씌웠다. 머리는 콩나물 대가리처럼 솟아났지만 그래도 아랫도리는 가렸다고 좋아하였다. 그렇지만 한 녀석이 똥을 누러 가면 여러 녀석들이 줄줄이 뒤따라 가야 하니 그 꼴이 가관이었다.

그런 중에도 어린 자식들은 맛있는 음식은 눈을 켜고 찾았다. 한 녀석이 달려들어,

"어머니, 고깃국에 국수 좀 말아먹었으면 소원이 없겠네."

하면 또 한 녀석이 나와,

"나는 고기를 지지고 달달 좀 풀어 먹었으면."

하고, 그러면 또 다른 한 녀석이,

"개장국에 흰 쌀밥 좀 말아먹었으면 좋겠는데."

하는데, 다시 다른 녀석이,

"어머니, 나는 대추 시루떡에 검정콩 좀 놓아서 배 터지게 먹었으면 좋으련만."

이러기가 일쑤였다. 흥부 아내는 그저 기가 막힐 뿐이었다.

"아이고 이 녀석들아, 호박국 한 그릇을 얻어먹지 못하면서 온갖 맛있는 음식을 골고루 먹자 하면 어쩌란 말이냐?"

그때 한 녀석이 벌떡 일어서며 더 기가 막힌 말을 하였다.

"나는 봄부터 왜 그리 아랫도리가 간질간질 가려운지 이젠 장가 좀 들었으면 원이 없겠네."

이렇듯 여러 자식들이 시도 때도 보채는데도 집 안에 먹을 것이라고는 싸라기 한 줌조차 없었다. 개다리소반은 하늘을 향해 네 발이 춤추고 있고, 이 빠진 사발대접들은 시렁에서 사나흘 엎어져 있고, 밥을 지어 먹으려 해도 솥에 들어갈 쌀이 없고, 이 집에서 쌀 알갱이를 얻으려고 열사흘을 쏘다니던 생쥐는 가래톳이 생기는 바람에 종기 터져 앓는 소리를 온 동네가 떠나도록 해대고 있었다.

흥부는 마음이 본래 어질어, 청산에 흐르는 물과 같고 곤륜산(崑崙山)의 백옥과도 같아, 성인의 덕을 본받아 악한 일 멀리하고, 재물에 욕심이 없고 주색(酒色)에는 더더욱 관심이 없었다.

"아가야, 젖을 달라 한들 내가 먹은 게 없는데 어떻게 젖이 나오며, 밥을 아무리 달라 한들 쌀이 없는데 어떻게 주겠느냐?"

흥부 아내는 우는 아이를 달래다가 더 이상 참다 못해 흥부에게 하소연하였다.

"여보, 아이 아버지. 내 말 좀 들어봐요. 부질없이 청렴한 체하지 마시구려. 안자(顏子)[8]는 삼십에 일찍 죽고, 백이(伯夷)와 숙제(叔齊)[9]는 수양산에서 굶어 죽었으니, 부질없이 청렴한 체 말고 저 자식들이나 살려 보세요. 저 건너 시아주버님댁에 가서 쌀이 되든 돈이 되든 무엇이든 얻어 오세요."

그런데 흥부가,

"흥, 형님댁에 갔다가 보리나 타고 오라고?"

하자, 흥부 아내는 보리라 하니까 먹는 보리로 알아들어,

"여보, 배부른 소리 작작 하시구려. 보리는 흉년 곡식이라 오래 먹기는 쌀보다 훨씬 나아요."

흥부는 어이없어,

"마누라, 보리라 하니까 갈보리, 봄보리, 늦보리로 아나 보네. 우리 형님은 음식을 앞에 두면 사촌을 몰라보고, 가사목이나 물푸레 몽둥이로 함부

---

[8] **안자(顏子)** 공자가 가장 사랑한 제자. 평생 가난하게 살다 요절함.
[9] **백이(伯夷)와 숙제(叔齊)** 중국 은나라의 형제 왕자. 주나라의 음식을 거절하고 수양산에서 고사리로 연명하다 굶어 죽음.

로 치는 성품인데 그런 보리를 어떤 놈이 탄단 말이오?"하고 말하였다.

"아이고 그 말이 무슨 말입니까? 속담에 이르기를 '동냥은 아니 줄망정 쪽박마저 깨진 마소' 라는 말이 있잖아요. 맞거나 안 맞거나 해보고 나서 그만두더라도 그만두세요."

기가 막힌 흥부 아내는 눈물을 쏟았다.

놀부의 구박

흥부는 마지못해 놀부의 집으로 찾아갔다. 양반 체면에 의관은 갖추었지만 흥부의 차림은 거지꼴이나 진배없었다. 앞 살 터진 헌 망건은 물렛줄로 달아 썼고, 모자 빠진 헌 갓은 실로 총총 얽어 죽령(竹鈴)을 달았고, 깃만 남은 중치막에 동강동강 이은 술띠를 매었고, 떨어진 고의 적삼에, 청올치를 대님 대신 매었다. 헌 짚신은 끈으로 조여 신었고, 손에는 살만 남은 부채가 들렸고, 세 홉짜리 오망자루를 꽁무니에 비뚤게 찼다.

흥부는 중풍 맞은 병자처럼 비슬비슬 걸어 놀부집에 다다랐다. 집 안으로 들어가며 전후 좌우 살펴보니 여기저기 노적(露積)10이 가득 쌓여 있어 흥부는 기분이 좋았다. 하지만 심사가 고약한 놀부가 구박부터 할 게 틀림없어 형을 보기도 전에 겁이 더럭 났다. 흥부는 온몸을 부들부들 떨며 마

---

10. **노적(露積)** 곡식 따위의 물건을 쌓아 두는 것, 또는 그 물건.

루 아래 서서 두 손을 마주잡고 놀부에게 공손히 절하였다.

다른 사람 같으면 와락 뛰어 내려와 마루 위로 데리고 가면서, 형제간에 마루 아래 문안인사가 될 말인가? 하고 위로하였겠지만, 놀부는 워낙 무도한 놈이라 흥부가 돈이나 곡식을 구걸하러 온 줄 미리 알아차리고 못 본 체하였다. 한참 뒤에야 놀부가 마지못해 물었다.

"너는 대관절 누구냐?"

흥부는 기가 막혔다.

"나는 형님의 아우 흥부입니다."

놀부가 소리를 질렀다.

"흥부가 어떤 놈이냐?"

흥부는 무조건 울며 불며 매달렸다.

"아이고 형님, 그 말씀이 웬 말씀입니까? 제발 그리 마십시오. 형님 앞에 애원합니다. 세 끼나 굶어 누운 자식 살려낼 길 전혀 없어 염치 불구하고 찾아 왔습니다. 형제간의 정을 생각해서 벼가 되든 쌀이 되든 무엇이든지 좀 주십시오. 품을 팔든지 일을 하든지 해서 꼭 갚겠습니다. 아무쪼록 죽어 가는 목숨 한 번만 살려 주십시오."

이렇듯 애걸하였지만 놀부의 거동은 기가 막혔다. 맹호같이 날뛰며 모진 눈을 부릅뜨고 핏대 올려 하는 말이,

"참으로 염치없는 놈이다. 내 말을 들어라. 옛말에 하늘이 내지 않은 자는 벼슬에 못 오르고, 땅이 내지 않은 자는 이름 없는 인간이라 하였다. 너는 타고난 복이 없는 놈이니 나를 붙들고 보채도 소용이 없다. 더 이상 듣

기 싫으니 썩 꺼지거라."

흥부는 울며 다시 매달렸다.

"굶고 있는 어린 자식들을 보다 못해 형님께 염치 불구하고 찾아왔으니 양식이 없거든 돈이라도 조금 주시면 하루라도 살겠습니다."

그러자 놀부는 더욱 화를 냈다.

"예끼 이놈, 내 말 좀 들어라. 쌀이 많이 있다 한들 네 놈 주자고 섬을 헐며, 벼가 많이 있다 한들 네 놈 주자고 노적 헐며, 돈이 많이 있다 한들 네 놈 주자고 궤돈 헐며, 가루 되나 주자 한들 네 놈 주자고 큰 독에 가득한 것을 떠내며, 옷가지나 주자 한들 네놈 주자고 머슴들 벗기며, 찬 밥술이나 주자 한들 네놈 주자고 마루 아래 삽살개 굶기며, 지게미나 주자 한들 새끼 낳은 돼지를 굶기며, 콩이나 주자 한들 큰 소가 네 필이니 네놈 주자고 소를 굶기랴?"

"아무리 그래도 동생을 살려 주십시오."

놀부는 화를 더욱 내며 벼락 같은 소리로 하인 마당쇠를 불렀다. 마당쇠가 오니 놀부가 분부를 하는데,

"광문 열고 들어가면 저편에 보리 쌓은 담불이 있다."

흥부는 그 말을 듣고 속으로 보리라도 주려는가 보다 하고 은근히 기뻐하였다.

하지만 놀부는 마당쇠를 시켜 보리 담불 뒤에 두었던 도끼자루 묶음을 가져오게 하여 그중에 하나를 골라 잡더니 그대로 흥부의 온몸을 사정없이 치기 시작하였다. 손이 재빠른 중이 비질을 하는 것처럼, 상좌(上佐)중

이 법고를 치는 것처럼 아주 쿵쾅 두드렸다.

"아이고 형님. 이게 웬일입니까? 날뛰는 도척도 여기에 대면 성인이요, 흉악무도한 관숙(管叔)도 여기에 대면 군자입니다. 안 주면 그만이지 때리기는 왜 때립니까? 아이고 나 죽네."

모진 놀부는 그래도 그만두지 않고 몽둥이를 마구 휘두르다가 제풀에 지쳐 숨을 헐떡였다.

"네 이놈, 다시는 내 눈앞에 나타나지 마라."

놀부는 사랑채로 들어가며 문을 있는 힘껏 꽝 닫았다.

흥부는 어찌나 모질게 맞았던지 온몸이 녹신하여 어서 집으로 돌아가 드러눕고 싶은 마음밖에 없었지만 이왕에 온 김에 형수나 보고 가려고 부엌으로 엉금엉금 기어갔다.

마침 놀부 아내는 밥을 푸고 있었다. 이미 여러 날을 굶었던 터라 밥 냄새를 맡자 오장이 뒤집히는 것만 같았다.

"아이고 형수님, 밥 한 술만 떠주어 죽어 가는 이 동생 좀 살려 주십시오."

하며 흥부가 미친 듯이 부엌으로 뛰어드니, 놀부 아내 또한 몹쓸 계집이라 와락 돌아서며,

"남녀가 유별(有別)한데 어디를 함부로 들어오시오?"

하고 밥 푸던 주걱으로 흥부의 오른 뺨을 철썩 때리니 흥부는 두 눈에 불이 번쩍 일며 정신이 아득해졌다. 그러다 얼떨결에 뺨에 손바닥을 대어 보니 밥알이 몇 알 붙어 있어 얼른 입에 쓸어 넣었다.

"형수님은 뺨을 쳐도 먹여 가며 치시니 얼마나 고마운지요. 미안하지만 밥알이 많이 붙은 주걱으로 왼쪽 뺨도 마저 쳐 주십시오. 그 밥을 가져가 굶주린 아이들에게 구경이라도 시키리다."

놀부 아내는 얼른 밥주걱을 내려놓고 부지깽이로 사정없이 흥부를 때려 댔다. 흥부는 아프단 말도 못하고 별수 없이 집으로 발길을 돌리는데 천지 가 망막할 따름이었다.

한편, 흥부 아내는 우는 아기에게 나오지도 않는 젖을 물린 채 칭얼대는 큰아이를 달래느라 정신없었다. 한 손으로 물레질을 하며,

"불쌍한 아가야, 그만 울어라. 엊저녁에는 김 서방네 보리방아 찧어 주 고 겨우 쌀 한 되 얻어 와 너희들만 끓여 주었더니, 우리 부부는 여태까지 잔입[11]이란다. 네 부친이 건넛마을 큰댁에 가셨으니 돈이든 쌀이든 둘 중에 하나는 얻어 올 터이니, 그때 가서 밥도 짓고 국도 끓여 너도 먹고 나도 먹 자. 제발 울지 마라."

하고 아무리 달래도 악을 쓰며 우는 자식은 도무지 그칠 줄을 몰랐다.

흥부 아내는 머리 위에 손을 얹고 두 눈이 빠져라고 남편을 기다렸다. 깃만 남은 헌 저고리, 떨어진 누비바지에 앞만 남은 몽당치마를 입고, 목 만 남은 헌 버선에 뒤축 없는 짚신을 끌고, 문 밖에서 초조하게 남편을 기 다렸다.

---

[11] **잔입** 아침에 일어나 아직 아무것도 먹지 않은 입.

서너 끼 굶은 자식들은, 칠 년 가뭄에 큰비를 기다리듯, 9년 동안의 홍수에 햇빛을 기다리듯, 제갈공명이 칠성단에 동남풍을 기다리듯, 강태공이 위수(渭水)에서 주문왕(周文王)을 기다리듯, 천하를 정벌하는 데 명장(名將)을 믿듯, 어린 아들이 굿에 간 어머니를 기다리듯, 독수공방에 그리운 낭군 기다리듯 아버지가 돌아오기만을 기다렸다.

"어제는 빨리 가더니 오늘은 어찌 이리 느리게 가는가. 무정한 세월은 흐르는 물과 같다는 말도 오늘 보니 헛말이구나."

한참을 이렇게 기다리는데 흥부가 매에 취해 비틀비틀 걸어오는 게 보였다. 흥부 아내는 얼른 마중 나갔다.

"여보, 이제야 다녀오세요? 동기간이 좋긴 좋은가 보구려. 큰댁에 가더니 술에 잔뜩 취해 오시는구려. 어서 들어갑시다. 쌀이면 밥을 짓고 돈이면 저 건너 김 서방네 집에 가서 두고두고 먹을 것을 사 옵시다."

흥부는 이 말을 듣고 기가 막혔다.

"자네 말은 풍년일세."

동기간의 우애가 극진한 흥부는 형의 행패를 바로 말하지 못하고 형의 우애가 깊은 듯이 말을 꾸몄다.

"여보 마누라, 큰댁에 갔더니 형님과 형수님이 뛰어나와 내 손을 잡고, 이제 오는가 하며 안으로 이끌고 갔다오. 주안상이 나오고 더운 점심을 내오며 많이 먹기를 재촉합디다. 점심상을 물리니 형님께서는 돈 닷 냥에 쌀세 말을 주시고, 형수님은 돈 세 냥에 팥 두 말을 주시는데, 어서 가서 밥을 지어 어린것들 먹이라고 하시며, 하인을 불러 지고 가라고 합디다. 내가 그만두라 하고는 몸소 짊어지고 큰댁에서 나와 큰 고개를 넘어오는데 그만 도둑놈을 만나 가진 것 몽땅 빼앗기고 이제야 빈손으로 돌아왔네."

하지만 흥부의 눈에서 눈물이 비 오듯 쏟아지니, 흥부 아내는 시형 내외분의 마음을 짐작할 수 있었다.

"그만두세요, 알겠어요. 형님 속도 내가 알고 시아주버니 속도 내가 압니다. 쌀 세 말이 무슨 말이에요. 내게 그런 말 마세요."

흥부 아내는 남편의 얼굴이 유혈이 낭자하고 부어 있는 데다 온몸이 성한 곳이 없어 기가 막혀 땅에 펄썩 주저앉았다.

"아이고, 이것이 웬일인가? 가기 싫다 하는 아이 아버지 내 말에 못 이겨억지로 가더니 저 모양이 웬일이오? 팔자 센 몹쓸 년이 남편 하나 못 섬기고 이런 꼴을 당하게 했으니 살아 무엇하리. 모질고 악한 양반 같으니. 엄청나게 쌓아놓은 곡식을 누구 주자고 저리도 몹시 쳤단 말인가?"

흥부는 끝내 형의 말은 전하지 않고,

"여보 마누라, 슬퍼 말게. 가난 구제는 나라도 못한다 하니 형님인들 어찌하시겠나? 우리 두 사람이 품이나 팔아 살아 갑시다."

남편의 설득에 흥부 아내는 눈물을 거두었다. 두 사람은 앞으로 품을 팔아 양식을 구하기로 하였다.

흥부 아내는 방아찧기, 술집에서 술 거르기, 초상 난 집에 의복 짓기, 잔칫집 그릇 닦기, 굿하는 집 떡 만들기, 시궁발치 오줌 치우기, 봄이 오면 나물 캐기, 봄보리를 갈아 보리 놓기 등 온갖 일에 품을 팔았다.

흥부도 마찬가지로 이월 동풍에 가래질하기, 삼사월에 부침질하기, 일등전답의 무논(水畓)¹² 갈기, 이엉 엮기, 궂은 날에는 멍석 맺기, 나무 베기, 역인(驛人) 서기, 술밥 먹고 말 짐 싣기, 닷 푼 받고 말편자 박기, 두 푼 받고 똥 치우기, 식전이면 마당 쓸기, 이웃집 물 긷기, 전주감영(全州監營)의 돈짐 지기, 대구감영(大邱監營)의 태전 지기 등 온갖 일을 다 하였다. 하지만 여전히 굶기를 밥먹듯이 하니 살길이 막연하였다.

매를 맞고 받기로 한 삼십 냥

하루는 생각다 못해 읍내로 들어가 환곡(還穀)¹³이나 한 섬 얻어먹으리라 마음먹은 흥부는 부인에게,

"여보 마누라, 잠깐 읍내에 다녀오리다."

하고 행장을 차렸다.

헝클어진 머리에 헌 망건을 눌러쓰고, 살이 드러나 보이는 다 떨어진 고의적삼에 헌 행전(行纏)을 무릎 밑에 높이 치고, 모양만 남은 해어진 갓에 죽령을 달아 쓰고, 노닥노닥 기운 중치막을 떨쳐입고, 한 뼘 길이 곰방대를 손에 쥐고, 어기적어기적 갈지자걸음으로 읍내로 들어가 길청¹⁴에 들어서는데, 윗자리에 이방이 앉아 있었다.

---

¹². **무논(水畓)** 물이 늘 차 있거나 쉽게 물을 대는 논.
¹³. **환곡(還穀)** 국가가 춘궁기에 백성에게 곡식을 꾸어 주었다가 추수 후 돌려받는 제도.
¹⁴. **길청** 아전(하급관리)이 사무를 보는 곳.

"이방, 내가 왔지. 요사이 청중(廳中)에 별일이 없고 사또께서도 안녕하신가? 내가 삼십 리를 걸어왔더니 허리가 뻣뻣하니 좀 앉겠네."

흥부는 마루 위로 간신히 올라서며 당장에 죽어도 양반이라 반말로 말을 걸었다. 곰방대에 담배를 담아 피우려 하는데 이방이 말하였다.

"연 생원이 어찌 여기 왔소?"

흥부가 대답하였다.

"환곡이나 좀 얻자고 왔네."

"가난한 사람이 귀중한 나라 곡식을 어찌 함부로 달라고 하오? 혹시 연 생원은 매를 더러 맞아 보았소?"

흥부는 이 말을 듣고 겁이 더럭 났다.

"매 맞는 일을 왜 한단 말인가? 그런 말일랑 말고 어서 환곡이나 좀 내주게. 밥 굶은 어린 자식들이 날 기다리고 있네."

이방이 다시 말하였다.

"환곡을 얻지 말고 그 대신 매를 맞으면 어떻소? 이 고을 김 부자를 어떤 놈이 영문(營門)에 무소(誣訴)[15]를 하여 영문에서 잡아 올리라는 영이 내렸소. 하지만 공교롭게도 김 부자는 앓아 누웠고 친척도 마찬가지로 앓아 누웠으니 누구를 대신 보내고자 나하고 의논을 하였소. 그러니 연 생원이 대신 영문에 가 매를 맞으면 그 삯으로 삼십 냥을 줄 작정이오. 영문에 들어가 대신 매를 맞고 오는 것이 어떠하시오?"

---

15. **무소(誣訴)** 없는 사실을 억지로 꾸며 고발함.

흥부는 돈 많이 준다는 말이 우선 반가웠다.

"매는 몇 대나 되오?"

"한 삼십 대 될 거요."

"삼십 대만 맞으면 삼십 냥을 다 주는가?"

"아무렴 그렇고 말고. 매 한 대에 한 냥씩인 게지."

"다시는 이런 말 내지 마시게. 우리 마을 꾀쇠 아비가 알면 내 발등을 눌러 먼저 갈 터이니 소문 내지 마시게."

이방은 돈 닷 냥을 먼저 주고 영문으로 보내는 보고장을 흥부한테 내 주었다.

"어서 다녀오시오. 내가 준 편지 한 장을 영문 사령에게 보여 주면 매를 쳐도 헐장(歇杖)[16]할 것이고, 또한 김 부자는 장청(將廳)에 몰래 백 냥쯤 보낼 것이니 아무 염려 말고 가기나 하오."

흥부는 어찌나 좋던지 별안간 존대말을 썼다.

"이방 나으리, 내 다녀오겠습니다."

하직한 후, 흥부는 우선 노자로 받은 닷 냥을 허리에 둘러차고 돈타령을 부르며 집으로 돌아와 마누라부터 찾았다.

"마누라, 날 좀 돌아보게. 옛날에 이선(李仙)은 금돈을 쓰고, 한(漢)나라의 관운장(關雲長)은 위(魏)나라에 갔을 적에 상치말에 천금을, 하치말에 백금을 말로 주었다지만, 나 같은 소인배도 읍내에서 한번 꿈쩍하니 삼십

---

[16] **헐장(歇杖)** 때리는 시늉만 하는 매.

냥이 우수수 쏟아진다네. 마누라, 어서 빨리 거적문을 좀 여시오."

흥부 아내는 좋아 한걸음에 내달았다.

"돈이라니 웬 말이에요? 일숫돈을 얻어왔어요? 월변(月邊)[17]을 얻어왔어요? 오 푼짜리 달변이라도 얻어왔습니까? 어서 말 좀 해보세요."

흥부가,

"아닐세. 우리 처지에 변전 일수를 어찌 얻겠나?"

하자 흥부 아내는,

"그러면 길에서 얻어왔구려." 하였다.

"이 돈은 횡재한 돈일세."

"그렇다면 길가에서 주워 왔을 터인데 잃은 사람이 얼마나 원통하겠어요? 여보, 돈을 주운 길가에 다시 갖다 놓읍시다. 돈 임자가 와서 되찾은 뒤 고맙다고 사례로 한 냥을 주든지 두 냥을 주든지 할 것 아니겠어요? 그래야 떳떳한 일이니 어서 가서 돈 임자를 찾아 주세요."

흥부가 다시 말하였다.

"당신 말은 본받을 만하구려. 그러나 내 말을 들어보게. 이 돈은 길가에서 얻은 돈도 아니요, 누가 거저 준 돈도 아니오. 읍내에 들어가니 김 부자를 어떤 놈이 얽어 영문에다 무고하였다고 하는구려. 하지만 지금 김 부자는 앓아 누웠으니 누구든지 대신 가서 볼기 삼십 대만 맞고 오면, 삼십 냥에 노자로 닷 냥을 준다 하니 어찌 횡재가 아니오? 감영에 가서 눈 꿈쩍하

---

[17] **월변(月邊)** 달로 계산하는 이자.

고 볼기 삼십 대만 맞고 나면 돈 삼십 냥이 떨어지는데 이게 횡재가 아니고 무엇이란 말이오?"

흥부 아내는 이 말을 듣고 몹시 놀라,

"아이고 여보, 매품이라 하였습니까? 남의 죄가 무엇인지도 모르고 대신 맞으려고 하세요? 살인죄를 범했는지 강도죄를 범했는지 그도 아니면 사기죄를 범했는지도 모르는데 어찌 그런 말을 하세요? 만일 영문에 갔다가 여러 날 굶은 몸에 곤장을 맞게 되면 몇 대를 맞지도 못하고 쓰러져 죽을 거예요. 얼른 가서 그 일은 못한다 하세요. 제발 가지 마세요. 만일에 가려거든 날부터 죽여 주고 가세요. 내가 죽은 뒤라면 모를까 나를 살려 두고는 못 갑니다. 제발 내 말 듣고 가지 마세요. 매 맞다 아이 아버지 죽게 되면 줄초상이 날 터이니 부디 내 말을 들으세요."

이렇게 완강하게 반대하였다.

흥부는 그 말이 옳기는 하지만 삼십 냥이 눈앞에 어른거리고, 또 볼기 몇 대만 맞으면 공돈이 들어올 판이라 마누라를 다시 달랬다.

"마누라, 볼기 내력을 들어 보구려. 이놈의 신세가 어느 세월에 장원급제하여 초헌 위에 앉아 보며, 오영문의 대장이 되어 좌마(坐馬) 위에 앉아 보며, 팔도감사가 되어 선화당(宣化堂)에 앉아 보며, 각 읍 수령이 되어 동헌(東軒)에 앉아 보며, 고을 좌수(座首)가 되어 향청(鄕廳) 마루에 앉아 보며, 고을 이방이 되어 길청에 앉아 보며, 동리 좌상(座上)이 되어 동리 상좌에 앉아 보겠소? 쓸데없는 이 볼기짝이 감영에 가서 삼십 대만 맞고 나면 삼십 냥이 그냥 생기니, 열 냥은 고기 사서 매맞은 소복(蘇復)[18]하고, 열

냥은 쌀을 사서 온 식구가 포식하고, 열 냥은 소를 사서 스물넉 달 여물을 먹인 뒤 그 소를 팔아 맏아들 장가 보내고, 그놈이 아들 낳으면 우리에게 손자가 생기니 어찌 경사가 아니오?'

흥부 아내는 그 말을 듣고, 사리는 맞지만 사람이 할 짓이 아니라며 한사코 말렸다. 흥부는 할 수 없이,

"안 갈 테니 이젠 안심하게. 그러면 김 서방네 집에 가서 짚 한 단만 얻어 와 짚신이나 만들어야겠네."

하고 말하였지만 속으로는 영문으로 가리라 결심하였다.

흥부는 아내를 속이고 몰래 영문으로 향하였다. 삯말을 타고 가는 것이 아니라 삼십 냥을 한번에 받아 쓸 작정으로, 하루에 백칠십 리씩을 부지런히 걸어갔다. 며칠 만에 영문에 다다랐다. 영문 구경은 이번이 처음이라 어디가 어디인지 도무지 알 수 없었다. 흥부는 삼대문(三大門) 앞에서 마냥 서성거렸다. 때마침 사령 하나가 군복을 갖춰 입고 왔다 갔다 하고 있었다.

흥부는 허허 웃으며,

"허 참, 그 사람 털갓 뒤에 붉은 꼭지를 매달고 다니네."

하며 삼문 안으로 슬그머니 들어갔다.

안에는 무수한 군뢰사령(軍牢使令)[19]들이 여기저기에 서서 방울을 떨렁

---

18. **소복(蘇復)** 병이 나은 후 전과 같이 원기가 회복되거나 되게 하는 것.
19. **군뢰사령(軍牢使令)** 죄인을 다루는 병졸.

거리며 큰 소리를 내고 있었다.

흥부는 마음에 오슬오슬 오한이 일어,

"말만 듣던 저승이 여기인가 보네. 아무리 생각해도 살아 나갈 방도가 없어 보이는구나. 마누라 말을 듣지 않고 고집 피워 왔으니 어쩌면 좋은가."

하고 한참을 후회하였다.

그때 쩔렁하는 방울 소리가 나 흥부는 지레 겁을 먹고 얼떨결에 갓을 벗고 다가오는 사령에게 말하였다.

"여보시오, 나 먼저 들어가게 해 주시오."

사령들은 서로를 쳐다보았다.

"뭐요? 이 양반이 미쳤소? 저리 가오."

흥부가 다시 말하였다.

"여보시오, 날 어서 잡아들이란 말이오."

사령이 정색하며 물었다.

"댁은 누구며 어찌하여 여기에 왔소?"

흥부가 대답하였다.

"나는 우리 고을에 사는 김 부자 대신 매맞으러 온 사람이오."

"그러면 댁이 연 생원이오?"

"그렇지요."

그때 도사령(都使令)이 끼어들었다.

"이보게들, 저기 저 양반이 김 부자 대신 온 사람이니 아랫방에 들이게.

만약 문초를 하게 되어 매를 치게 될지라도 아무쪼록 헐장일랑 잊지 말게. 우리 청(廳)에 편지와 백 냥이 들어왔다네."

도사령 말을 듣고 여러 사령들이 둘러서서 흥부를 위로하는데 갑자기 청령 소리가 나면서 누구의 행차인지 삼문 안으로 들어왔다. 잠시 후 각 도(各道) 각읍(各邑) 죄인 중에 살인죄를 범한 놈 이외에는 일체 방면(放免)한다는 영이 떨어졌다.

"김 부자 일은 잘 풀렸소."

도사령이 말하였다.

"그래, 이젠 매를 맞게 되오?"

흥부가 묻자 도사령이 답하였다.

"살인을 저지른 놈을 제외한 모든 죄인들을 모두 방면하라는 영이 떨어졌으니 연 생원은 그만 집으로 돌아가시구려."

그 말에 흥부는 낙심천만이었다.

"도사령, 나는 매를 맞아야만 하오. 매 한 대마다 한 냥씩인데 그냥 가라면 어찌하오."

도사령이 다시 타일렀다.

"이보시오 연 생원, 김 부자 일로 여기 왔는데 매를 맞지 않았다고 돈을 주지 않거든 아무 말 말고 곧장 영문으로 오시오. 우리가 무슨 수를 쓰든지 백 냥은 받아줄 터이니 아무 걱정 말고 어서 집으로 가시오."

흥부는 별수 없이 발길을 돌려 향청 부근을 지나가다가 환자(還子)를 받는 곳에서 매질하는 것을 흘깃 보았다.

"저기는 매 풍년이 들었구나."

흥부는 자기 신세를 한탄하며 노자에서 남은 한 냥으로 떡을 사서 힘 없는 걸음으로 다시 집으로 돌아갔다.

흥부 아내는 남편이 영문에 갔음을 뒤늦게 알고, 뒤뜰에다 단을 세운 뒤 정화수(井華水)를 앞에 두고 두 손 모아 빌었다.

"비나이다 비나이다. 천지신명께 비나이다. 저희 남편이 다른 사람 죄를 대신하여 영문으로 매맞으러 갔사옵니다. 천지신명께서는 그저 탈 없이 다녀오게 해 주시옵소서."

정성을 다해 빌고 난 뒤 흥부 아내는 방 안으로 돌아와 어린 자식에게 젖을 물리고 혼자 한탄하였다.

"무어라 하여도 가난이 원수로다. 하늘같이 귀하신 우리 남편이 매품이 웬 말인가? 그 약한 몸에 곤장 맞으면 어찌 살아 돌아올 것인가? 태장(笞杖)을 많이 맞아 장독(杖毒)[20]이 나서 누웠는가? 기운이 부쳐 죽었는가? 아무 소식도 모르니 가슴만 답답하구나."

울음으로 신세 타령하고 있는데 갑자기 흥부가 거적문을 열고 방 안으로 들어오자 흥부 아내는 얼른 반겼다.

"죄가 없어 풀려난 겁니까? 태장 맞고 돌아오는 길입니까?"

흥부는 매도 못 맞고 그냥 돌아오던 참이라 마누라의 말에 화가 났다.

"나더러 상처가 어떠니 묻지 말고 네 친정 할아비한테나 물어라. 한 대

---

[20]. **장독(杖毒)** 매를 심하게 맞아 생긴 상처의 독.

도 못 맞고 돌아오는 사람한테 태장이 무엇이냐?"

흥부 아내는 이 말을 듣고 기뻐하였다.

"얼씨구 좋구나. 지화자 좋다. 매맞으러 갔던 남편이 매를 안 맞고 돌아왔으니 이런 경사가 또 있을까. 영문 가던 그날 이후 뒤뜰에다 단을 세워 매일같이 천지신명께 빌었더니, 신령하신 덕택으로 백방(白放)[21]되어 돌아오니 어찌 이리 반갑소. 제대로 먹지 못해 주린 뱃속에 영문 매까지 맞았으면 그저 죽었을 것을, 이렇게 살아 돌아오니 아이고 좋아라."

흥부는 마누라가 좋아하는 모습을 기가 막혀 쳐다보았다. 그러다 자식을 먹여 살릴 생각을 또 하니 갑자기 눈물이 비 오듯 쏟아지고 가슴이 꽝 막혀 왔다.

흥부 아내도 남편의 모습을 보고 있자니 비장한 생각이 치솟아 함께 울먹였다.

"울지 마세요 울지 마세요. 안연(顏淵) 같은 성인도 안빈낙도(安貧樂道)하였고, 한나라 장수 한신(韓信)도 초년에 곤궁하다가 한고조(漢高祖)를 만나 원훈이 되었으니 세상사를 인간이 어찌 알 수 있겠어요? 우리도 마음을 바르게 먹고 부지런히 일하면 언젠가는 좋은 시절을 만나지 않겠어요?"

흥부는 그 말을 옳게 여기며 고개를 끄덕였다. 때마침 김 부자의 조카가 지나가다가 흥부가 돌아왔다는 말을 듣고 찾아 왔다.

---

[21] **백방(白放)** 죄가 없어 풀어 줌.

"연 서방같이 배가 주린 사람이 영문에 가서 어찌 그 매를 맞고 돌아왔는가?"

흥부는 돈을 받기 위해 매를 맞았다고 하려다가 바른 대로 털어놓았다.

"맞아도 어쩔 수 없었는데 그것도 복이라고 못 하였네."

조카가 그 말에 감동하여,

"자네는 참 착한 사람이네. 그렇지만 무사히 돌아오고서야 돈을 달랄 수는 없겠지. 내가 마침 칠팔 냥 있으니 이걸로 쌀 말이나 사다 먹게."

하며 돈을 주고 갔다.

흥부는 김 부자 조카가 가는 것을 바라보며,

"내가 매 한 대도 맞지 않고 남의 돈을 그저 얻으니 염치는 없지만 열흘 굶어서 군자(君子) 없다고 하니 어쩌겠나?"

하고 쌀을 사고 반찬을 샀다.

하지만 며칠이 지나자 먹을 게 없기는 마찬가지였다.

어느 날 흥부는 생각다 못해 짚신 장사라도 해 보리라 마음먹었다.

"마누라, 저 건너 김 서방네 집에 가서 짚 한 단만 얻어 오구려. 논밭이 없어 농사는 못 짓고 밑천도 없어 장사도 못 하니 이제 짚신 장사나 해 보겠네."

흥부 아내는 시큰둥하였다.

"아쉬울 때마다 얻어왔는데 이제 또 뭐라고 말하겠어요? 나는 다시 갈 염치가 없어요."

흥부는 화가 나서,

"그만두게. 내가 직접 가리다."

하고 그 길로 김 서방네 집을 찾아갔다. 김 서방은 흥부를 반갑게 맞았다.

"자네가 어떻게 왔나?"

흥부가 대답하였다.

"식구들이 굶고 있어 짚신이라도 만들어 팔 요량으로 짚 한 단 얻으러 왔습니다."

"자네도 참 불쌍하네. 형은 부자인데 자네는 가난하니 참으로 측은한 일이야."

김 서방이 뒤뜰로 가 올벼 짚동을 풀어놓고, 한 단 두 단 짝을 맞추어 내어 주니, 흥부는 백배 사례하고 짚단을 걸머지고 돌아왔다. 부지런히 짚신을 삼아 장에 가 팔고 나니 겨우 돈 서 돈이 생겼다. 쌀과 찬거리를 사서 어린 자식들과 함께 겨우 한 끼는 때웠지만 짚인들 매번 얻을 염치가 없었다. 흥부가 어린 자식을 어루만지며 통곡하고 있으니 흥부 아내는 기가 막혔다.

"가난에 지친 이내 신세, 게다가 금옥같이 애중한 자식들이 헐벗고 굶주리고 있으니 어찌 가련하지 않을까? 이 세상에 답답한 일이 가난밖에 또 있을까?"

흥부는 마누라가 서럽게 우는 모습을 보자 눈물을 거두고 위로하였다.

"삼대 가는 부자 없고 삼대 가는 가난 없다고 하니 설마 삼대까지 어려울까? 마음만 올바르게 가지고 부정한 재물을 취하지 않으면 천지신명이

도와줄 것이니 너무 서러워 말게."

흥부가 구한 제비

세월은 빠르게 흘러 춘삼월 좋은 계절이 돌아왔다. 흥부는 이왕에 배운
식자(識字)가 있어 수숫대로 지은 집에 입춘(立春)을 써서 붙였다. 삼월 삼
일이 되자 소상강을 향해 기러기 떼가 떠나가고, 강남에 있던 제비 떼가
나타났다. 여기저기 날던 제비 떼들이 흥부를 보고 반갑게 지저귀니, 흥부
는 제비를 보고 경계하는 말을 하였다.

"고당화각(高堂畫閣)²²이 많건만 하필 수숫대로 지은 집에 와서 네 둥지
를 짓느냐? 오뉴월 장마철에 둥지가 무너지면 큰 낭패다. 아무리 짐승일망
정 내가 말한 것처럼 좋은 집을 찾아가 실팍하게 둥지 지어 새끼를 치려무
나."

제비는 흥부의 말을 따르지 않고 기어이 흙을 물어다 둥지를 짓고, 첫배
새끼를 길러, 날기 공부에 힘을 쏟았다. 하루는 큰 구렁이 한 놈이 별안간
새끼에게 달려들어 모조리 잡아먹었다. 흥부는 깜짝 놀라,

"이 흉악한 놈아, 고량(膏粱)²³도 많은데 하필이면 죄 없는 제비 새끼를
모조리 잡아먹느냐? 어미가 불쌍하구나. 저 제비는 자랄 때 곡식을 건드리

---

²² **고당화각(高堂畫閣)** 크고 화려한 집.
²³ **고량(膏粱)** 기름진 고기와 좋은 곡식으로 만든 음식.

지 않아 인간에게 해가 없는 데다, 옛 주인을 다시 찾아오는 유정한 짐승
인데 제 새끼를 보전치 못하고 일시에 다 잃었구나."

하고 칼을 들어 구렁이를 잡으려 하는데 제비 새끼 한 마리가 허공에서 뚝
떨어져 피를 흘리며 발발 떨었다.

흥부는 이를 보고 펄쩍 달려들어 제비 새끼를 두 손으로 고이 잡았다.

"불쌍하구나, 제비야. 이를 어쩌면 좋을까?"

흥부는 부러진 제비 다리를 칠산(柒山) 조기 껍질로 조심스럽게 감은
뒤,

"여보 마누라, 당사 실 한 바람만 주오. 제비 다리를 동여매야겠네."
하고 마누라를 불렀다.

흥부 아내가 시집 올 때 가지고 온 당사 실을 급히 찾아 내어 주니, 흥부
는 얼른 받아 제비 새끼의 다친 다리를 곱게 감아 주었다. 찬 이슬에 얹어
두어 십여 일이 지나니 다친 다리가 제대로 소생되었다.

제비 새끼는 다시 날게 되어 줄에 앉자마자 요란하게 지저귀었다. 제비
가 지저귀는 소리를 들어 보니 이러하였다.

"옛날 여경이 옥중에 갇혔을 때에 까치가 기쁜 일을 알렸고, 태사 위상
이 죄를 범하였을 때에 참새가 울어서 복직하였는데, 내가 아무리 미물이
지만 은혜를 어찌 잊을까?"

때가 되어 소상강에서 기러기 떼는 날아오고 제비 떼는 다시 강남으로
향하였다.

강남길 수천 리를 훨훨 날아가서 제비 새끼가 제비 왕에게 인사하니 제

비 왕이 물었다.

"그대는 어찌하여 다리를 절며 돌아왔느냐?"

제비가 아뢰었다.

"신(臣)의 부모가 조선국(朝鮮國)에 날아가 흥부네 집에 살게 되었는데, 신이 별안간 큰 구렁이에게 화를 입어 다리가 부러져 죽을 지경이었습니다. 그렇지만 주인 흥부의 도움을 얻어 이렇게 무사히 살아서 돌아왔사오니, 흥부의 가난을 면하게 하여 주옵소서. 그러면 소신은 그 은공의 만 분의 일이라도 갚을까 하옵니다."

제비 왕이 이 말을 듣고 흥부를 칭찬하였다.

"흥부는 참으로 어진 사람이니 그 자에게 보은함이 군자의 도리일 것이다. 내 어찌 그 은혜를 갚지 않으리요. 과인(寡人)이 박씨 하나를 줄 터이니 그대는 가지고 돌아가 보은(報恩)하도록 하라."

제비가 왕에게 고마움을 표시하고 물러났다. 그럭저럭 그 해를 넘기고 이듬해 춘삼월을 다시 맞아 모든 제비가 타국으로 건너갔다.

박씨를 입에 문 제비는 먼저 제비 왕에게 하직한 뒤 푸른 하늘에 높이 떠서 바삐 날아갔다.

먼저 성도(成都)에 들어가 미감부인 모시던 별궁터를 구경하고, 장판교(長板橋)에 다다라 장비(張飛)가 호통치던 곳을 구경하고, 적벽강(赤壁江)을 건널 때에는 소동파(蘇東坡)가 놀던 곳을 구경하고, 다시 경화문(京華門)에 올라앉아 연경(燕京) 풍물을 구경하고, 공중에 높이 떠서 만리장성(萬里長城)을 급하게 지나 산해관(山海關)을 구경하고, 요동(遼東)에서 봉

황성(鳳凰城)을 구경하고, 압록강을 얼른 건너 의주 통군정(統軍亭)을 구경하고, 백마산성(白馬山城)에 앉아 의주(義州) 성 안을 굽어보고, 그 길로 평양 감영에 당도하여 모란봉(牡丹峯)에 올라보고, 대동강을 건너며 황주 병영(黃州兵營)을 구경하고, 다시 그 길로 훨훨 날아 송악산(松岳山) 만월대(滿月臺)를 구경하고, 삼각산을 거쳐 종각 위에 앉아 오가는 행인들을 구경하고, 남산에 올라가 서울 장안을 굽어보았다.

다시 남문 밖을 내달아 동작강(銅雀江)을 건너 빨리 날아가니, 바로 충청도와 전라도와 경상도가 맞닿은 곳에 자리잡은 흥부네 동네에 당도하였다. 제비가 흥부네 집을 찾아 이리저리 노니는데 마치 북해흑룡(北海黑龍)이 여의주를 물고 오색구름 사이를 넘나드는 듯, 단산(丹山)에 어린 봉이 대씨를 물고 오동나무에서 노니는 듯, 황금 같은 꾀꼬리가 봄빛을 띠고 수양버들 사이를 오가는 듯 보였다.

흥부 아내가 제비를 먼저 보고 반가운 마음에 남편을 불렀다.

"아이고, 아이 아버지! 작년에 왔던 제비가 입에 무엇을 물고 와서 저렇게 노닐고 있으니 어서 나와 구경하세요."

흥부가 냉큼 나와 그 광경을 보고 이상히 여기는데, 제비가 머리 위로 날아와 입에 물었던 것을 떨어뜨렸다. 흥부는 얼른 집어들었다.

"마누라, 작년에 다리를 다쳐 동여매 주었던 제비가 무엇인가 물어다가 여기 던지는구려. 누런 것이 금인가 싶은데 무슨 금이 이다지도 가벼울까?"

그러자 흥부 아내가 말하였다.

"누르스름한 것이 정말 금인지도 모르겠어요."

흥부가 다시 말하였다.

"금이 어디 있겠소? 옛날 초한(楚漢) 시절에 진평(陳平)이 범아부(范亞夫)를 잡으려고 황금 사만 근(斤)을 흩뜨렸다는데 금이 어디 남아 있겠소?"

"그러면 옥(玉)인지도 모르지요."

"옥출곤강(玉出崑崗)이라 하는데 곤산(崑山)에 산불이 나 옥석이 다 타 버리고, 간신히 남은 옥으로 장량(張良)이 옥통소를 만들어 달 밝은 가을 밤에 슬피 불어 강동(江東)의 팔천 자제(子弟)를 다 흩어지게 하였으니 또한 옥도 아닐세."

"야광주(夜光珠)²⁴인가요?"

"야광주도 세상에는 없네."

"그러면 유리 호박(琥珀)²⁵인가요?"

"유리 호박은 더욱 없다네. 주세종(周世宗)이 유리 호박을 탐낼 때 당나라의 당갈이가 유리호박으로 모두 술잔을 만들었으니, 유리 호박이 어디 남아 있겠나?"

"그러면 쇠붙이인가요?"

"쇠붙이도 이제는 남지 않았소. 진시황이 전국의 쇠를 모아 금인(金印) 열둘을 만들었으니 쇠도 남지 않았다네."

---

²⁴ **야광주(夜光珠)** 어둠 속에서 스스로 빛을 낸다는 구슬.
²⁵ **호박(琥珀)** 나무진이 오랫동안 땅속에 묻혀 굳어진 광물.

"그러면 산호(珊瑚)[26]인지도 모르지요."

"광리왕(廣利王)이 수정궁을 지을 적에 물 속의 보화를 다 꺼냈으니 산호도 아닐세."

"이제 보니 씨앗이네요."

흥부가 그 말에 자세히 들여다보니, 씨앗은 씨앗인데 한가운데 보은박(報恩瓢)이라고 씌어 있었다.

"아마도 이것은 박씨이구려. 제비가 보은(報恩)하러 물고 온 것이 틀림없는 것 같소. 제비가 주는 것인데 흙이라도 금으로 알고, 돌이라도 옥으로 알고, 해로운 것도 복으로 알고 고맙게 받아야 하지 않겠소?"

흥부는 날을 잡아 동쪽 울타리 밑에 박씨를 심었다. 이삼 일이 지나자 싹이 나고, 사오 일이 지나자 순이 뻗어 마디마다 잎이 나고, 줄기마다 꽃이 피어 마침내 박 네 통이 열렸다. 대동강물에 떠 있는 큰 배같이, 종각에 매달린 쇠종같이, 육관대사(六觀大師)의 법고(法鼓)같이 둥실 매달린 박통을 보고 흥부는 무척 좋아하였다.

"유월에 꽃이 떨어져 칠월에 열매를 맺음과 같이 어찌 기쁘지 않을까? 여보, 박통을 따서 속은 지져 먹고, 바가지는 장에 팔아 밥을 지어 먹어 보세."

흥부가 말하자 흥부 아내는 손을 저으며,

"그 박을 하루라도 더 굳혀 견실하거든 땁시다."하고 말하였다.

---

[26]. **산호(珊瑚)** 바다 속 강장동물이 죽어 각질만 남아 이루어진 뼈대, 장식품으로 쓰임.

팔월 추석이 되었지만 여전히 먹을 게 없어 어린 자식들은 입을 모아 흥부 아내를 졸랐다.

"어머니, 배고파 죽겠으니 밥 좀 줘요. 옆집에서는 허연 것을 눈덩이처럼 뭉쳐 놓고, 손바닥으로 가운데 구멍을 파 삶은 팥을 집어넣고 두 귀를 뾰족하게 만들어 소반 위에 놓았던데 그게 대관절 무엇이에요?"

어머니가 대답하였다.

"그것은 송편이라는 것인데 추석날 만들어 먹는 것이란다."

또 한 녀석이,

"그 옆집에서는 추석에 쓴답시고 검정 송아지를 잡았다는데."

흥부 아내가 다시 대답하였다.

"아마 돼지를 잡는가 보구나."

흥부는 배가 고파 기진맥진 누워 있다가 마누라가 목수네 집에서 톱 하나를 얻어와 흔들어 깨우며,

"이제 일어나세요. 배고파 죽겠으니 잘 익은 박 한 통 따서 속이나 지져 먹읍시다."

하고 말하니, 흥부는 마지못해 일어나 박을 따 마당에 놓고 먹줄을 반듯하게 그은 뒤 마누라와 더불어 톱을 맞잡고 켜기 시작하였다.

"슬근슬근 톱질일세. 힘껏 당겨 보게. 가난하다고 서러워 말게. 팔자 사나워 가난이요, 사주 나빠 가난이요, 벌이가 시원치 못해 가난이요, 옹졸하여 가난이요, 산소 자리 좋지 않아 가난이요, 밑천이 없어 가난한 걸 누구를 보고 탓하겠소? 가난하다고 서러워 말게."

흥부 아내가 말을 이었다.

"산소 자리 좋지 않아 가난하다면 큰댁은 어째서 그리 잘살고, 우리만 이리 가난한 거랍니까? 장손(長孫)만 잘 되라는 산소이던가? 에라, 슬근슬 근 톱질이야. 힘껏 당겨 주오. 이 박 다 타면 금은보배 나오소서."

부부가 밀거니 당기거니 하면서 박 한 통을 타놓으니, 색색의 구름이 서 리며 어린아이가 불쑥 나왔다. 부부는 깜짝 놀라 뒤로 물러섰다.

"아이고머니나 팔자가 틀렸더니 이것이 웬일인가? 박 속에서 사람이 나 오다니, 우리도 먹을 게 없는데 식구는 잘도 느는구나."

어린아이는 왼손에 잡은 병과 오른손으로 받쳐든 대모반(玳瑁盤)[27]을 흥 부 앞에 바치며 말하였다.

"은병에 넣은 것은 죽은 사람의 혼을 불러내는 환혼주(還魂酒)고, 옥병 에 넣은 것은 앞 못 보는 소경을 눈뜨게 하는 개안주(開眼酒)고, 금전지에 봉한 것은 말 못하는 벙어리를 말하게 하는 능언초(能言草)와, 곱사등이 반신불수를 절로 낫게 하는 소생초(蘇生草)와, 귀머거리를 소리 듣게 만드 는 총이초(聰耳草)입니다. 이 보자기에 싼 것은 녹용, 인삼, 웅담, 주사입 니다. 값을 따지자면 억만 냥이 넘은 것들이니 부디 팔아서 유용하게 쓰시 지요."

기쁨에 겨운 흥부가 그 사연을 알고자 하는데 어린아이는 이미 사라지 고 없었다. 흥부는 절로 춤을 추었다.

---

[27] **대모반(玳瑁盤)** 거북 껍데기로 만든 쟁반.

"얼씨구 좋다. 지화자 좋다. 세상 사람들 내 말 좀 들어 보구려. 속이나 지져 먹으려 하였다가 이리 복을 받았구려. 세상 천지에 재물이 많다 한들 이런 보배는 없을 터이니 나 같은 부자 어디 또 있을까?"

흥부 아내도 좋아서 춤을 추며 말하였다.

"우리 집에 약방을 차릴까요?"

"약방을 차려도 누가 알아 약을 사러 온단 말인가? 효험 빠르기는 밥이 최고일세."

흥부 아내가 맞장구치며,

"그도 그렇지요. 이번엔 저 박에 밥이 들었는지 알아봅시다. 여보 아이 아버지, 또 켜 봅시다."

하고 다른 박 한 통을 또 따 왔다.

"슬근슬근 톱질일세. 힘껏 당겨 보게. 우리 집이 가난하다는 건 세상이 다 아는 일인데 이제 부자라는 이름과 온갖 재물을 한꺼번에 얻었으니 어찌 좋지 않을까?"

흥부 아내가 물었다.

"아까 나온 귀한 약이 얼마나 값이 되는지 구구 좀 놓을까요?"

"자네가 구구 놓을 줄 아는가?"

흥부 아내가 웃으며 말하였다.

"주먹구구라도 맞기만 하면 되지요."

흥부는 웃으며 슬근슬근 톱질을 하여 박을 타놓았다. 그러자 속에서 자개농, 반닫이, 유장, 봉장(鳳欌), 귀뒤주, 삼층장, 옷걸이, 빗접, 장목비, 놋

촛대, 백통유기, 요강, 우단이불, 비단요, 잣베개 등 온갖 세간이 나왔다. 뿐만 아니라 용목쾌상, 벼룻집, 화류문갑(花柳文匣), 가께수리[28], 용연(龍硯) 벼루, 거분연적, 대모(玳瑁) 책상, 호박(琥珀) 필통, 대모안경, 화류체경, 진묵(眞墨), 당묵(唐墨), 순황모 무심필(無心筆) 등 문방구[29]도 박 속에서 나왔고, 『천자문(千字文)』, 『유합(類合)』, 『동몽선습(童蒙先習)』, 『사략(史略)』, 『통감(通鑑)』, 『논어(論語)』, 『맹자(孟子)』, 『시전(詩傳)』, 『서전(書傳)』, 『대학(大學)』, 『중용(中庸)』 등 귀한 서책들도 함께 나왔다. 별백지, 도침지(搗砧紙), 간지(簡紙), 피딱지, 갓모, 유삼유지(油紙) 등 온갖 식지(食紙)[30]도 덩달아 따라 나왔다.

다음에는 피륙과 비단이 박 속에서 쏟아져 나왔다. 길주명천(吉州明川) 가는 베, 회령종성(會寧鍾城) 고운 베, 당포춘포, 육진포, 사승포, 중산포, 가는 무명, 굵은 무명, 강진해남(康津海南) 곡세목, 의성목, 안성목, 송도(松都) 야다리목, 가는 모시 굵은 모시, 임천(林川) 한산(韓山)의 극세저(極細苧), 일광단, 월광단, 송조단, 와룡단(臥龍緞), 수갑사(繡甲紗), 은조사, 운문단(雲紋緞), 조개단, 해주자수, 몽고삼승 모본단(模本緞), 모초단, 접영, 영초, 관사, 길상사, 생수삼팔주(生手三八紬), 왜사, 갑징, 생초, 춘사 같은 것들이 박속에서 쏟아져 나오자, 흥부 아내는 좋아서 이리 뛰고 저리 뛰었다.

<hr />

28. **가께수리** 남자 세간의 네모진 궤.
29. **문방구** 글을 쓰거나 그림을 그리는 데 필요한 도구.
30. **식지(食紙)** 밥상과 음식을 덮는 데 쓰이는 기름 먹인 종이.

"빨강 단 파란 단이 많이도 나온다. 우리 비단으로 옷을 해 입읍시다."

흥부 아내가 얼른 비단 머리, 비단 댕기, 비단 가락지, 비단 귀이개, 비단 저고리뿐만 아니라 적삼, 치마, 바지, 속곳, 고쟁이, 버선까지 비단으로 만들어 놓으니, 흥부가 마누라보고,

"이보게, 나는 무엇을 해 입을까?"

하자, 흥부 아내가 대답하였다.

"당신은 갓, 망건, 당줄, 관자까지 모두 비단으로 하고, 그것도 모자라면 비단으로 큼직하게 자루를 만들어 쓰시구려."

"숨막혀 죽으란 소린가? 새로 한 통을 타세."

흥부는 웃으며 또 다른 박에 먹줄을 친 뒤 톱을 걸어 놓았다.

"어여라 톱질이야. 수인씨(燧人氏)는 인간에게 불을 주었고, 복희씨(伏羲氏)는 인간에게 고기 잡는 법을 가르쳤고, 신농씨(神農氏)는 약을 주었고, 잠총(蠶叢)은 누에치기를 시작하여 인간을 입혔고, 이적(夷狄)은 술을 내주었고, 여와씨는 악기를 주었고, 채륜(蔡倫)은 종이를 주었고, 몽염(蒙恬)은 붓을 만들었으니, 세상 만물이 모두 뜻이 있는 자가 창조한 것이오. 그러니 우리는 박 타는 재주를 창조합시다. 마누라 얼른 톱을 당기게."

박을 툭 타놓으니 속에서 금거북 자물쇠로 채워진 순금궤가 나왔다. 거기에 흥부가 열어 보라고 씌어 있었다. 흥부는 은근히 좋아 꿇어앉아 열어 보았다.

황금, 백금, 오금(烏金), 십성(十成), 천은(天銀)이며, 밀화(密花), 호박, 산호(珊瑚), 금패(金貝), 진주, 주사(朱砂), 사향(麝香), 용뇌향(龍腦香), 수

은 등 온갖 보물이 가득 들어 있었다. 흥부가 거꾸로 쏟아 놓자마자 궤 속에 보물이 다시 가득 차고, 쏟고 나서 돌아보면 다시 가득 차 있으니, 흥부 내외는 밥 먹는 것도 잊어버리고 밤낮으로 엿새를 부리나케 궤를 쏟았다.

흥부는 너무도 좋아 마누라한테,

"이렇게 재물이 많이 쌓였건만 집이 좁아 둘 곳이 없으니 어디다 두면 좋을까? 우리 박 한 통 마저 타서 집이나 지어 보세."

하고 한 통 남은 것을 마저 따다 흥을 내어 톱을 켰다.

"마누라, 정신 차리고 힘써 당겨 보게. 우리 일을 생각하니 꿈인가 생시인가 모르겠네. 지금까지 고생하다가 일시에 부자가 되니 이렇게 좋구나. 슬근슬근 톱질이야."

박을 타 놓으니 이번에는 박 속에서 일등 목수들과 온갖 종류의 곡식들이 나왔다. 목수들이 먼저 명당을 가려 터를 닦고 집을 짓는데, 안방, 대청, 행랑, 곳간을 선자추녀, 말굽추녀, 내외분합(分閤), 물림퇴, 살미살창 가로닫이를 갖추어 입 구(口) 자로 지어놓고, 앞뒤 동산에 꽃과 풀을 흐드러지게 심고, 양지에는 방아를 걸고 음지에는 우물을 파고, 문전에는 버들을 심었다.

안팎 광에는 곡식이 그득 쌓였는데, 동쪽 광에는 정조(正租)가 만 석이요, 서쪽 광에는 백미가 오천 석, 앞뒤 광에는 두태(豆太)와 잡곡이 각각 오천 석이요, 참깨, 들깨가 삼천 석이요, 또한 노적한 것이 십여 더미였다. 돈은 이십만 구천 냥이요, 당장 쓸 돈 몇 천 냥이 침방 속에 들어 있고, 온갖 비단과 금은보배가 다시 곳간에 쌓여 있고, 사내종, 계집종, 아이종, 우걱뿔이[31], 자빡뿔이[32]가 나타나니, 흥부 아내는 좋아서 덩실덩실 춤을 추고 돌아다녔다.

흥부가 마누라를 불렀다.

"이보게 마누라, 춤은 내일로 미루고 이제 마지막으로 남은 박 한 통도 마저 켜봅시다."

흥부 아내가 말렸다.

"이 박은 켜지 맙시다."

"내게 복을 주는 박을 어찌 켜지 않으리요? 잔말 말고 톱이나 주게. 슬근 슬근 톱질이야."

마지막 남은 박을 다 타자, 속에서 꽃 같은 미인이 나와 흥부한테 얌전하게 큰절을 하였다. 깜짝 놀란 흥부는 황급히 답례하였다.

"누구기에 내게 절을 하시오?"

미인이 교태를 부리며 고운 목소리로 대답하였다.

"저는 월궁의 선녀이옵니다."

"어떻게 내 집에 왔소?"

선녀가 대답하였다.

"강남국(江南國)에 있는 제비 왕이 날더러 당신의 첩이 되라 하여 왔습니다."

이 말을 듣고 흥부가 매우 기뻐하지만, 흥부 아내는 발끈하였다.

---

[31]. **우걱뿔이** 뿔이 안으로 굽은 소.
[32]. **자빡뿔이** 뿔이 뒤로 젖혀진 소.

"우리가 지긋지긋한 가난 고생을 겪다가 겨우 복이 들어왔는데 이제는 저 꼴을 어떻게 두고 본단 말인가? 내가 처음부터 그 박은 켜지 말자고 하였잖아요?"

홍부는 얼른 마누라를 달랬다.

"여보 마누라, 염려 마오. 내가 설마 조강지처[33]를 괄시하겠소?"

그 후, 홍부는 고대광실 같은 좋은 집에서 부인과 첩을 거느리고 마냥 행복하게 지냈다.

놀부의 심술

홍부가 큰 부자가 되었다는 소문이 돌고 돌아 놀부의 귀에까지 들어갔다. 천하의 둘도 없는 심술보인 놀부는,

"느닷없이 부자가 되었다고 하니 이놈이 도둑질을 하였나? 내 눈으로 직접 확인해 봐야겠다. 만약 억지를 부리면 그놈을 혼내 재산을 빼앗아 오리라."

하고 한달음에 홍부네 집으로 뛰어갔다.

문 앞에 다다르니 집단장도 처음 보던 것일 뿐만 아니라 고대광실 같은 집에 풍경[34]소리가 요란하였다. 심술이 도진 놀부가 혼자 중얼거렸다.

---

[33] **조강지처** 가난한 살림을 함께 꾸려온 아내.
[34] **풍경** 건물의 처마 끝에 매달은 작은 종.

"네놈 처지에 참으로 어이없고 맹랑한 일이로다. 넓디넓은 집에 풍경까지 달고."

놀부는 소리를 버럭 질렀다.

"흥부, 네이놈."

흥부가 출타하고 없는 사이 홀로 집 안에 있던 흥부 아내는 이 소리를 듣고 계집종을 불렀다.

"손님이 문 밖에 계시나 보니 어서 나가 보아라."

계집종은 맵시 있는 태도로 대문턱에 나가 놀부에게 여쭈었다.

"어디서 오신 손님인지요?"

평생 그런 태도를 본 적이 없는 놀부가 기가 차서,

"아이고 소인 문안 드리오. 그런데 이 집 주인놈은 어데 갔나이까?"

하니 계집종이 무안한 얼굴로 다시 돌아와 흥부 아내에게 아뢰었다.

"어디서 미친 사람이 왔습니다. 주인 어른보고는 이놈 저놈 하고 소인네보고는 문안을 드린다고 하니 도저히 상대하기 어려운 사람입니다."

흥부 아내는 의아하게 생각되어,

"그 양반이 어떻게 생겼더냐?" 하고 물었다.

"머리는 부엉이 대가리 같고, 수리 눈에 왜가리 주둥이를 달고 있는데 욕심과 심술이 얼굴에 덕지덕지 붙어 있습니다."

흥부 아내는 계집종을 얼른 꾸짖었다.

"참으로 요란스럽구나. 더 이상 말하지 마라."

흥부 아내는 옷끈을 고쳐 매고 놀부를 급히 맞아들여 절을 하였다. 놀부는 괴춤에다 손을 넣고 뻣뻣이 서서, 답례는 하지 않고 제수씨가 비단옷으로 호사한 것만 뚫어지게 쳐다보았다.

"기생처럼 맵시 내고 거들먹대는구나."

흥부 아내는 못 들은 척하였다.

"집안에 별고는 없사옵니까?"

"편안하지 않으면 어찌하겠소?"

놀부가 빈정거리자 흥부 아내는 더 이상 할 말이 없어 비단요를 가만히 내밀었다. 놀부는 일부러 미끄러지는 척 하다가 칼을 꺼내 장판을 북북 그었다.

"왜 이리 미끄러워. 그대로 두면 사람이 다치잖소."

놀부는 벽에 붙은 글씨와 그림을 보고는,

"벽에 웬 달은 저리도 많이 그려 붙였나?"

하고 또 화단에 핀 화초를 보고는,

"꽃을 피게 하려면 동나무 서너 단만 화단에 들여놓고 불을 지르면 되지요. 단번에 환히 핍니다."하였다.

그러고 나더니 갑자기 기침을 켁, 한 뒤 가래침 덩이를 벽에 뱉었다.

흥부 아내는 견디다 못해 한마디 하였다.

"온갖 타구[35]를 갖추어 두었는데 하필 벽에다 뱉으십니까?"

"나는 원래 아무 데나 뱉었소."

---

[35] **타구** 가래침을 뱉는 그릇.

놀부의 말에 진저리가 난 흥부 아내는 계집종을 불렀다.

"점심을 차려 오너라."

놀부가 재빨리 말을 받았다.

"아무거나 좋으니 반찬과 밥을 맛있게 많이 차려 오너라."

임금의 명을 받든 귀한 사신(使臣)이 행차한 듯, 온 집안은 놀부에게 대접할 음식을 짓느라 부산을 떨었다. 쌀을 희게 쓿어 밥은 질지도 되지도 않게 지어놓고, 벙거지꼴 너비아니와 염통산적에다 난젓, 굴젓, 소라젓, 아감젓을 갖추었다. 수육, 편육, 어회, 육회에다 초장과 겨자를 각각 놓고, 갖가지 채소에 장볶이, 석박지, 동치미에 기름진 암소갈비도 준비하였다. 압치 약포(藥脯), 대하(大蝦)를 보풀려 곁들이고, 송어구이, 전복채를 골고루 차려놓고, 은수저와 은주전자와 은잔대를 갖추어 놓은 데다 따뜻하게 데운 반주까지 갖춘 밥상을 어른종과 아이종이 눈썹 위로 공손히 들어 놀부 앞에 갖다 놓았다.

"졸지에 상을 차리느라 마님께서 상차림이 변변치 못하다고 하십니다."

생전에 이런 밥상을 처음 받아 보는 놀부는 먹고 싶은 마음보다는 밥상을 후려치고 싶었다. 그래야 속이 후련할 것 같았다. 놀부는 수저를 들며,

"여기 이 그릇들은 도대체 얼마를 주고 산 거요? 이거야 원 사발이 너무 크게 헤벌어진 데다 종지는 너무 작고, 자고로 접시는 바라져야 좋지."

하고 투덜대면서 접시를 함부로 두드렸다.

"중국 사기는 끈기가 없어 자칫하면 속이 터지니 너무 치지는 마세요."

"안 먹으면 그만 아니오?"

놀부는 화를 벌컥 내며 상을 발로 냅다 찼다. 그 바람에 상다리가 부러지며 접시는 깨어지고 사발은 여기저기 구르고, 수저는 어디로 날라 갔는지 보이지 않고 국물은 방바닥에 질질 흘렸다.

흥부 아내는 화를 속으로 삭이며 놀부에게 차분하게 말하였다.

"아주버님 왜 이러세요? 정 심사가 불편하면 사람을 쳐야지 밥상을 치시면 안 되지요."

흥부 아내는 부러진 상다리와 깨어진 그릇, 바닥에 뒹구는 마른 음식을 깨끗이 주워 담은 뒤,

"밥이란 소중한 것인데 아주버님은 밥상을 왜 치십니까? 밥이란 것이 임금에게 오르면 수라(水刺)요, 양반이 잡수면 진지요, 하인이 먹으면 입시요, 동년배끼리 먹으면 밥이 되니 얼마나 소중합니까? 만약 이 일을 동네 사람들이 알면 쫓아내고, 관가에서 알면 볼기를 때리고, 감영(監營)에서 알면 귀양을 보낼 것입니다."하고 말하였다.

놀부는 코웃음을 쳤다.

"동네에서 쫓겨나도 형 대신에 아우가 쫓겨날 것이요, 볼기를 맞아도 형 대신에 아우가 맞을 것이요, 귀양을 가도 아우나 조카놈이 대신 갈 것이니, 나는 아무런 걱정이 없소."

이때 흥부가 집으로 들어왔다. 흥부는 형에게 공손히 엎드려 절을 하였다.

"형님 오셨습니까?"

흥부는 하인을 불러 다시 분부하였다.

"형님 잡수실 음식을 다시 차려 오너라."

떨떠름한 표정으로 놀부가 말하였다.

"네 이놈, 요즈음 밤이슬을 맞고 다닌다는 얘기가 있다."

흥부는 어이가 없었다.

"밤이슬이 무엇입니까?"

"도둑질을 얼마나 하느냐 말이다."

흥부는 그간의 사정을 자세하게 아뢰었다. 그러자 놀부는,

"그렇다면 집 구경을 해야겠다."

흥부는 놀부를 데리고 집 안의 이곳저곳을 자세하게 보여 주었다. 고대
광실 같은 부유한 형세를 보고 놀부는 속에 질투심이 불같이 일어났다. 월
궁 선녀를 보자 놀부가 물었다.

"누구냐?"

흥부가 대답하였다.

"소인의 첩입니다."

"무어라? 첩이라고? 그러면 내게 보내라."

"이 여인은 강남 제비 왕께서 주신 선녀입니다. 기왕에 내게 몸을 허락
하였으니, 형님께 보내 드릴 수는 없습니다."

무안한 놀부가 얼른 말을 바꾸었다.

"그러면 저기 휘황한 장은 무엇이라 하느냐?"

"화초장[36]입니다."

"저런 것은 네게 어울리지 않는 것이니 당장 내게로 보내라."

"아이고, 저건 아직 쓰지도 않은 것입니다."

그러자 놀부는 아우를 꾸짖었다.

"이놈아, 네 것이 내 것이요, 내 것 또한 내 것 아니냐? 네 계집이 내 계집이요, 내 계집은 내 계집이니 무슨 관계가 있느냐? 하지만 계집은 못 주겠다 하니 화초장이라도 보내라. 그것도 못한다면 집에다 불을 지르겠다."

"하인을 시켜 보내 드리겠습니다."

흥부의 말에 놀부가 화를 버럭 냈다.

"네놈에게 언제부터 하인이 있었더냐? 잔말 말고 이리 내놓아라. 내가 지고 가련다."

놀부는 웃옷을 벗어 장 위에다 얹은 뒤 등에 화초장을 지고 제 집으로 돌아갔다. 한참을 가다가 화초장 이름이 생각나지 않아 다시 흥부네 집으로 되돌아온 놀부가,

"야, 이놈아. 이 장 이름이 무엇이라고 하였느냐?"

"화초장이라 합니다."

흥부는 허겁지겁 뛰어나와 대답하였다. 놀부는 다시 화초장을 등에 지고 가며 혹시라도 이름을 잊어버릴까 염려스러워 화초장, 화초장, 화초장 하며 중얼거렸다. 개울에 이르러 건너갈 때 그만 이름을 잊어버렸다.

"아차차, 무슨 장이라고 하였지? 간장, 초장, 된장, 송장도 아니고."

놀부가 제집 안으로 들어가니, 놀부 아내가 뛰어나왔다.

---

36. **화초장** 화초무늬를 넣은 옷장.

"그게 무엇입니까?"

"자네는 모르겠지?"

"알지는 못하여도 참 좋아 보입니다."

놀부 아내가 대답하였다.

"정말 몰라?"

놀부가 다시 한번 묻자, 놀부 아내는,

"저 건너 양반댁에 그런 것이 있던데 화초장이라 합디다."

놀부는 그제야 생각이 났다.

"그렇지, 화초장."

놀부 아내의 욕심은 놀부보다 더하였다. 길을 가다 좋은 것을 보면 까무러칠 정도로 탐을 냈고, 장에 갔다 호화로운 물건을 보거나 남이 돈 세는 걸 보기라도 하면 그 자리에서 널브러지기 일쑤였고, 집에 업혀 와도 석 달 열흘이 지나야 일어나는 위인이었다. 그뿐만 아니라 어찌나 시샘이 많은지 남의 혼인잔치에 가면 신부의 새로 꾸민 침구를 덮고 땀을 내어야만 앓지 않는 여자였다. 그런 놀부 아내가 화초장을 보았으니 수선을 떠는 건 당연한 일이었다.

"아이고 곱기도 하여라. 우리 남편은 복이 많은 사람이라 어디를 가도 맨손으로 오는 법이 없지. 수저를 보면 행전(行纏)에 찔러 놓고, 부삽은 괴춤에 꿰어 넣고, 주발 그릇은 갓 모자에, 강아지는 소매 사이에 집어 넣고 오지. 매양 헛걸음을 하는 법이 없으니, 지금의 화초장은 그중에서 최고일세. 대관절 어디서 가져왔어요?"

"그것을 알고 싶으면 이리 가까이 오게."

놀부가 대답하자 놀부 아내는 바싹 다가가 재촉하였다.

"내 말을 들어 봐, 분하기도 하지. 흥부놈이 부자가 되었다네."

"어떻게 부자가 되었어요? 필시 도둑질이나 하였겠지."

놀부가 손을 저었다.

"제비 한 쌍이 흥부집에 와서 둥지를 짓고 새끼를 쳤다고 하였네. 어느 날 구렁이가 새끼를 모조리 잡아먹었고 어찌해서 한 놈만 겨우 빠져 나갔다는데 그놈이 마침 다리가 부러졌고 그래서 흥부가 동여매어 주었다고 하였네. 올 봄에 그 제비가 은혜에 보답한답시고 박씨 하나를 물어다 준 것을 그놈이 심었더니 싹이 트고 줄기가 뻗어 박 네 통이 열려 이를 타 보니까 박 속에서 온갖 재물이 쏟아져 나왔다는 게야. 우리도 다리 부러진 제비를 만나면 얼마나 좋을까?"

놀부 부부는 그때부터 제비를 잡기 위해 날마다 그물과 막대를 어깨에 둘러메고 밖으로 나갔다. 한곳에 이르러 날짐승이 한 마리 떠오르는 것을 보자 놀부는 기쁜 마음에,

"제비가 이제야 오는구나."

하며 그물을 펼쳐 잡으려 하였지만 그것은 제비가 아니라 차돌도 못 얻어 먹고 굶주린 갈까마귀였다.

놀부는 눈을 허옇게 뜨고 그저 바라만 보다가 별 수 없이 다시 제비를 잡으려 돌아다녔다. 그렇지만 아무리 돌아다녀도 제비가 보이지 않자 놀부는 거의 발광하기 직전이었다.

그러던 중 어떤 놈이 놀부를 속여먹기로 하고,

"제비가 있는 곳을 모르면서 무작정 제비를 기다리면 어떻게 하오? 제비 있는 곳을 잘 아는 사람이 있으니 그 사람을 데리고 다니면 쉽게 찾을 거요"

하니, 놀부는 매우 기뻐하며 제비 한 마리를 찾아주는데 이십 냥씩으로 정하였다. 높은 산에 올라가 제비를 찾아보는데 데리고 온 사람이 놀부한테 말하였다.

"강남에서 먼저 나온 제비 한 마리가 머지 않아 자네 집으로 올 것이니, 우선 한 마리 값만 먼저 내시오."

놀부가 기꺼이 이십 냥을 주자, 그 사람은 먼 산을 바라보다가 다시 놀부에게 말하였다.

"저기 제비 한 마리가 또 날아오는데 이번에도 생원네 집으로 오는 제비임에 틀림없소."

제비가 온다는 말만 들어도 마음이 흐뭇한 놀부는 그 사람이 달라는 대로 돈을 다 주었다.

섣달 정월 다 넘기고 봄철이 돌아왔다. 놀부는 그물을 둘둘 감아 어깨에 짊어지고 다시 제비를 잡으러 나갔다.

"제비야, 제비야. 어차차."

날씨가 흐리면 흐린 대로 비구름이 몰려오면 몰려오는 대로 놀부는 전혀 개의치 않고 날마다 제비를 잡으러 나갔다.

"제비야, 제비야. 너는 어디로 가려 하느냐? 다른 곳으로 가지 말고 내 집에만 들어오너라."

그러던 어느 날 많고 많은 제비 중에서 하필이면 팔자 사나운 제비 한 쌍이 놀부집에 이르러 집을 짓기 시작하였다.

어미제비가 여러 개의 알을 낳아 품었지만 놀부가 밤낮으로 알을 꺼내 만지작거리니 알이 죄다 곯아 버렸다. 놀부의 근심걱정은 태산 같았다. 다행히 한 개가 제대로 부화되어 새끼가 나오자 놀부는 기뻐 어쩔 줄 몰랐다. 그저 때가 가고 날이 가기만 손꼽아 헤아렸다.

제비 새끼는 점점 자라나 바야흐로 날기를 배우고 있는데 정작 구렁이는 그림자조차 볼 수 없으니, 놀부는 답답하기 그지없었다. 생각다 못해 이번에는 뱀을 잡으러 나섰다. 삯꾼 십여 명을 이끌고 여기저기 두루 다니며 능구렁이, 살무사, 흑구렁이, 독구렁이, 두좌수, 살배암, 이무기 등 걸리는 대로 잡아오려고 며칠을 싸다녔지만 도마뱀 한 마리도 보이지 않았다. 별수 없이 빈손으로 돌아오는데 해포[37] 묵은 까치독사가 보여 놀부는 두 눈이 번쩍 뜨였다.

"아이고, 이놈아. 내 집에 들어가 제비집 옆으로만 스르르 지나가도 제비 새끼가 떨어질 터이고, 그러면 나는 앉은자리에서 부자가 되겠지. 너의 은혜는 내가 반드시 갚을 터이니 사양 말고 어서 가자."

놀부가 막대로 툭 건드리자 독사는 얼른 몸을 사리며 혀를 날름거렸다. 애가 탄 놀부는 엉겁결에 막대 대신 제 발을 내밀었다. 그때 성이 난 뱀이

[37] **해포** 일 년이 넘는 동안.

발가락을 꽉 물어 버리자 놀부는 '아이고' 소리를 치며 뒤로 나자빠지고 말았다. 점차 눈이 어둡고 정신이 아득해져 재빨리 집으로 돌아와 침을 맞고 석웅황(石雄黃)을 바르니 본래 목숨이 질긴 놈인지 죽지 않고 되살아났다. 놀부는 생각다 못해 자기가 제비새끼를 움켜쥐고 두 발목을 지끈 부러뜨렸다. 그리고 나서는 일부러 깜짝 놀란 체하며 탄식하였다.

"아이고 불쌍하구나, 제비야. 어떤 몹쓸 구렁이가 네 다리를 분질렀단 말인가? 가련하고 불쌍한 제비야."

놀부는 흥부와 마찬가지로 조기 껍질로 부러진 발목을 싸고, 청올치로 찬찬 동여놓았다. 하지만 워낙 무지막지한 놀부인지라 제비 발목을 동여놓기는 하였지만 곱게 동여놓지 않고, 마치 강가의 사공이 닻줄을 감듯, 육모얼레에 연줄을 감듯, 시장의 장사치가 통비단을 감듯 칭칭 동여맨 뒤 제비집에 다시 놓아주었다.

그리고 찬바람이 불면서 모든 제비가 강남으로 돌아갔다. 놀부의 손아귀에서 겨우 살아난 제비도 마찬가지로 돌아가는데, 그 제비는 공중에 높이 떠서 한참 동안 지저귀었다.

"네 이놈 놀부야, 내년 춘삼월에 다시 오면 다리 분지른 네 신세를 결코 잊지 않고 갚을 터이니 그때까지 몸 성히 잘 있거라."
하며 다리 부러진 제비는 울면서 강남으로 돌아갔다.

제비 왕이 각처에서 몰려드는 제비를 점고(點考)[38]하다가, 다리를 저는

---

[38] 점고(點考) 명부에 점을 하나씩 쳐가며 사람의 수효를 조사하는 것.

제비가 있어 가까이 불렀다.

"네 어찌 다리를 저느냐?"

제비는 머리를 조아려 아뢰었다.

"작년에 전하께서 박씨를 조선국에 보내어 흥부라 일컫는 자를 부자가 되게 하신 뒤로, 그 형 되는 놀부놈이 역시 부자가 되고픈 욕심에 신(臣)의 다리를 고의로 부러뜨려 이리 불구가 되었사옵니다. 원하건대 전하께서는 이 원수를 반드시 갚아 주옵소서."

이 말을 듣고 제비 왕은 매우 노하였다.

"그놈은 옳지 않은 방법으로 재물을 많이 긁어모아 전답과 전곡(錢穀)이 사방에 넉넉하면서도 어질고 불쌍한 동생을 구제치 않았다. 이는 오륜(五倫)을 저버리는 놈이라 하지 않을 수가 없다. 게다가 심사 또한 고약하기 이를 데 없으니 이대로 내버려두면 안 된다. 내 너의 원한을 반드시 풀어 줄 터이니 이 박씨를 놀부에게 갖다 주도록 하라."

제비가 바라보니 한편에 금자로 보수박(報讐瓢)이라 씌어 있었다. 제비는 그것을 받아 고이 간직하고 물러나왔다.

다음 해 춘삼월이 되자 제비는 박씨를 입에 물고 강남을 떠나 푸른 하늘을 두둥실 날아갔다. 밤낮으로 날아 마침내 놀부 집에 당도하여 공중에서 너울너울 날아다녔다.

놀부는 제비를 보고 반가워 소리쳤다.

"아이고 미더운 제비야, 어디 갔다 이제야 오는 거냐? 소식이 없어 적적하였는데 춘삼월 좋은 때에 나를 찾아 돌아왔으니 반갑기가 그지없다."

박씨를 문 제비가 어지러이 날아다니자 박씨를 잃어버릴까 겁이 난 놀부는 삿갓을 뒤집어 들고 제비를 부지런히 따라다녔다.

마침내 제비가 박씨를 떨어뜨리자 놀부는 좋아서 두 손으로 받아들었다. 자세히 보니 한 치쯤 되는 박씨에 보수박(報讐瓢)이라 뚜렷이 씌어 있었다. 무식한 놀부는 그 내용을 알 턱이 없어 은혜 갚는 박씨라고 엉뚱하게 생각하였다.

놀부는 좋은 날을 잡아 박씨를 동편 처마 밑에 거름 놓고 심었다. 사오일이 지나자 박나무가 나더니 그날로 순이 돋고 삼 일 만에 덩굴이 뻗어났다. 줄기는 배 돛대만 하게 자라고 잎은 고리짝만큼씩 사방으로 엉클어지며 동네 집을 다 덮었다.

놀부는 집집마다 다니며 큰소리로 외쳤다.

"모든 동네 사람들은 내 말을 들으시오. 내가 심은 박순은 건드리지 마시오. 만약 박 때문에 집이 무너지면 새로 지어줄 것이고, 기물이 깨어지면 제 값을 쳐서 줄 것이고, 박 속에서 비단이 나오면 배잣감과 휘양감을 줄 것이니 제발 내 박만은 건드리지 마시오."

놀부집에서 자라는 박넝쿨은 유난히 무성하여 마디마다 잎이고, 줄기마다 꽃이었다. 마침내 박이 십여 통 열렸는데, 넓은 바다에 떠 있는 큰 배같이 크고, 백운대(白雲臺)의 돌바위같이 주렁주렁 달려 있었다. 놀부는 매우 기뻐하며 마누라를 불러 의논하였다.

"듣자 하니 흥부놈은 박 네 통으로 큰 부자가 되었다고 하는데, 우리는 박이 십여 통이나 저렇게 달려 있다. 저 박을 다 타면 천하에 부러울 것 없는 장자(長者)³⁹가 되니 만승천자(萬乘天子)⁴⁰가 어찌 부러울까?"

놀부 부부는 기뻐 어찌할 바를 몰라하며 박이 굳기만 손꼽아 기다렸다.

놀부네 박 속에서 나온 것들

놀부는 큰 박 하나를 따다 놓고 마누라와 타려 하였으나 그 박이 쇠같이 단단히 굳어 있어 저희끼리는 어찌해 볼 도리가 없었다. 별수 없이 삯꾼을 얻는데 먼저 건넛마을 목수에게 먹통과 자를 가져오라고 이르고, 동네에서 병신이건 성한 사람이건 힘깨나 쓰는 자는 다 불러들였다.

놀부는 이들에게 밥과 술과 개고기와 돼지고기를 푸짐하게 먹였다. 예전에는 밥 한술 남 주지 않고 제사 음식도 차리는 법이 없던 위인이 망할 때가 되어 그런 건지, 술과 떡을 아낌없이 준비하여 동네 사람 다 불러놓고 배불리 먹이며 삯을 후하게 정하여 주었다.

그중에 언청이와 곱사등이 두 사람이 힘깨나 쓰던 터라, 이날은 때라도 만난 듯이 연신 떠들어대었다.

"박 통마다 이십 냥씩은 미리 주어야 우리 둘이 나누어 먹겠소."
하고 언청이가 말하자 곱사등이가 덧붙였다.

"그럼, 그렇고 말고. 그렇게 받지 않고서야 그런 힘든 일을 할 잡놈이 어디 있겠소? 여보시오, 연 생원 내 말 좀 들어 보시오. 이것은 당신 일인 데

³⁹· **장자(長者)** 큰 부자.
⁴⁰· **만승천자(萬乘天子)** 황제를 달리 부르는 말.

다 동네 정분 때문에 삯을 이토록 헐하게 정한 것이니, 나중에 재물이 생기면 다시 상금을 주어야겠소."

그렇거나 말거나 놀부는 그저 흐뭇한 마음에 박 열 통에 선금으로 이백 냥을 선뜻 내어주었다. 언청이와 곱사등이는 반반씩 나누어 가진 다음 박한 통을 들여놓고 켜기 시작하였다.

곱사등이가 톱을 먹여,

"슬근슬근 톱질이야."

하니 언청이가 소리를 받아넘겨,

"흘근흘근 홉질이야." 하였다.

다시 곱사등이가,

"야, 이놈 째보야. 홉질이란 말이 무슨 소리냐?"

째보가 말하였다.

"나같이 입술 없는 놈이 무슨 소리를 잘 하겠느냐마는 다음부터는 잘 할 터이니 아무 염려 마라."

곱사등이가 다시 소리를 먹였다.

"슬근슬근 톱질이야. 힘을 써서 당겨 주게."

언청이가 째진 입을 억지로 오물이며 소리를 받아넘겼다.

"흘근흘근 홉질이야."

별안간 곱사등이가 언청이의 뺨을 올려붙였다.

"네 이놈, 누구보고 욕을 하느냐?"

"너한테 욕을 하였으면 내가 네 아들이다."

"내가 뺨을 잘못 쳤구나. 오냐, 조금 있다 칠 뺨 있거든 지금 친 뺨으로 셈하자. 어여라 톱질이야, 슬근슬근 당겨 주게."

째보가 다시 받아넘겼다.

"어여라, 홉질이야."

곱사등이 호통을 쳤다.

"이놈 째보야. 삯을 후히 받고 술밥만 잔뜩 처먹고도 그래도 홉질이냐? 이쪽 뺨도 마저 맞아야겠다."

그러자 언청이가 불같이 화를 냈다.

"네놈이 내 뺨을 내걸어 붙였느냐? 여차하면 뺨을 치게. 언젠가 네놈 꼬부라진 허리를 펴놓고 말겠다."

곱사등이 겁을 먹고 말하였다.

"어서 박이나 타세. 어이라, 톱질이야."

언청이는 말이 흩어지므로 길게 소리만 질렀다.

"이여라, 흘근흘근 당겨라."

한참을 이러는 동안 슬근슬근 흘근흘근 박 하나를 다 탔다. 툭 타놓으니 속에서 글 읽는 소리가 나는데, 늙은 양반 한 명이 『맹자(孟子)』를 읽고 있었다.

다른 젊은 양반은 『통감(通鑑)』 첫째 권을 읽었고, 어린 도령은 앉아서 『천자문(千字文)』을 읽고 있었다. 늙은 양반은 관을 쓴 채, 젊은 양반은 갓을 쓴 채, 새 서방은 초립을 쓴 채, 어린 도령은 도포를 입은 채 제각기 박 속에서 꾸역꾸역 나왔다.

놀부는 기가 막혀 물었다.

"어디로 백일장(白日場) 보러 가시오?".

그러자 늙은 양반이 호통을 쳤다.

"네 이놈 놀부야, 네 아비와 네 어미가 종으로 드난살이[41] 하다 어느날 밤 도망친 게 벌써 수십 년이었는데 이제야 찾았구나. 네 어미와 아비 몸 값이 삼천 냥이니 당장에 바치거라."

그리고 나서 종을 시켜 놀부를 결박하여 큰 소나무에 높이 달게 하고, 참나무 절굿공이로 온몸을 가리지 않고 짓찧게 하였다.

"네놈이 형제가 몇인가?"

놀부는 엉겁결에 거짓말을 하였다.

"홀몸입니다."

"여동생은 없는가?"

"누이가 세 명입니다."

놀부는 또 거짓말을 하였다.

"첫째가 몇 살인가?"

"올해 스물두 살입니다."

"집에 그저 있는가?"

"용산 큰 배 부리는 부잣집에 첩으로 갔습니다."

놀부가 대답하였다.

---

[41]. **드난살이** 임시로 남의 집에 붙어살며 부엌일을 도와주는 고용살이.

"둘째는?"

"열아홉 살인데 다방골 공물도장(貢物都場)에 첩이 되었습니다."

"셋째는 어디로 갔느냐?"

"셋째는 올해 열여섯 살인데 아직 출가하지 않고 집에 있습니다."

늙은 양반은 매우 기뻐했다.

"내가 그동안 박 속에 들어앉아 심심하였는데 잘 되었다. 내 눈앞에 그년을 현신(現身)⁴²시켜라. 인물이 쓸 만하면 내가 첩을 삼겠다."

놀부는 엉겁결에 대답을 하고 나왔지만 없는 누이동생을 어디서 데려올지 몰라 걱정이 태산 같았다.

"동생네가 잘 산다는 말은 하지 않고, 괜히 없는 누이를 있다 하여 당장 데려오라고 하니 이런 날벼락이 또 어디 있어요?"

놀부 아내가 답답해서 한마디 하였다.

"흥부놈을 망신시키려고 작정한 말이 입 밖에 나오면 딴 소리가 되니 어쩌겠소. 이왕에 할 수 없으니 자네가 검은머리를 길게 땋아 늘여 들어가서 현신하게."

놀부 아내는 손을 휘휘 내저었다.

"첩을 삼겠다고 하는데 어찌 현신을 합니까? 없다고 하세요."

놀부는 허둥지둥 뛰어들어가 엎드려 아뢰었다.

"소인의 누이년이 너무 놀라 어디로 달아나고 없사옵니다."

---

⁴² **현신(現身)** 지체 낮은 사람이 높은 사람에게 처음으로 인사함.

"달아나 봐야 어디로 간단 말인가? 어서 바삐 현신시키라."

놀부는 곰곰이 생각하다가 돈 삼천 냥을 은근히 들여 바쳤다.

"분부는 거두어 주시고 이 돈을 받고 용서하여 주옵소서."

늙은 양반은 그제야 못 이기는 체하고 놀부에게 일렀다.

"이 돈 삼천 냥은 급히 쓰겠지만 떨어지면 내 다시 오겠다."

양반들이 돌아가자 놀부 아내는 주저앉아 탄식부터 하였다.

"동생네는 첫 통부터 보물이 있었다는데 우리는 무슨 일로 첫 통부터 상전이 나왔으니, 이것이 대체 무슨 일입니까? 남은 박은 그만 탑시다."

"흥부네도 아마 첫 통에 양반이 나왔겠지. 그 각다귀 같은 양반 떼거리가 거기라고 안 갔겠소?"

그때 숨어 있던 곱사등이 달려나왔다.

"연 생원, 보물이 나온다더니 양반이 호통을 치며 돈을 뺏어 가니 어찌된 일이오?"

언청이도 뒤따라 나왔다.

"비단이 나오면 삯 이외에도 따로 주마 하더니, 그 양반들 따라온 하인놈이 내가 찬 주머니를 떼어 갔소. 그 놈들에게 시달린 생각만 하면 비단도 귀찮으니 나는 그만 타야겠소."

놀부는 언청이를 원망하며 타일렀다.

"이건 필시 네놈들이 톱질을 잘못하고 소리도 괴상하게 하였기 때문에 보물이 변한 것이니, 차후는 아무 소리도 말고 톱질이나 힘껏 당기게."

째보는 이 말을 듣고도 삯을 받기에 골몰하여 아무 대꾸도 못하였다.

또다시 박 한 통을 따다 놓고 타기 시작하였다.

"슬근슬근 톱질이야, 당겨 주게."

째보는 당기거니 밀거니 하며 박을 툭 타놓았다. 그러자 박 속에서 왁자지껄한 소리가 나며 가얏고 든 놈, 소고 든 놈, 징 든 놈, 꽹과리 든 놈들이 한 패가 되어 몰려나왔다.

"놀부 인심 좋다는 말을 듣고 일부러 찾아왔으니 우리는 한바탕 놀고 가네. 행하(行下)[43]는 자연 후하게 줄 터이니."

풍물패들은 꿍당꿍당, 꽁당꽁당, 하는 소리를 내며 사면으로 뛰놀았다. 함부로 욕설을 퍼부으며 쌀을 내놓아라, 술밥을 내놓아라, 돈을 내놓아라 하고 정신없이 떠들어대니, 놀부는 그 거동을 보고 어이없어 잠시 멍하니 서 있었다. 그러다 일찍 내쫓아 버리는 게 상책이라 생각하고, 돈 백 냥에 쌀 한 섬을 주어 풍물패들을 내보냈다.

놀부는 째보를 시켜 새로 한 통을 따다 또 켜게 하였다.

"슬근슬근 톱질이야. 힘을 써서 당겨라."

슬근슬근 쓱싹쓱싹 툭 타놓으니 박 속에서 이번에는 한 노승이 나왔다. 삿갓을 숙여 쓰고, 백팔 염주를 목에 걸고, 먹장삼을 떨쳐입고, 대나무를 손에 쥐고 나오는데, 나무아미타불 관세음보살을 쉴새없이 염불하였다.

그 뒤로 상좌들이 바리, 요령,[44] 경쇠,[45] 북을 들고 따라나왔다.

---

[43] **행하(行下)** 놀이가 끝난 뒤 기생이나 광대에게 주는 돈.
[44] **요령** 불가에서 법요를 행할 때 흔드는 솔발보다 좀 작은 기구.
[45] **경쇠** 부처 앞에서 절할 때 흔드는 작은 종.

"놀부야, 우리 스승님이 네 집을 위해 수륙도량(水陸道場)⁴⁶을 하였으니, 재물로 따지면 수만 냥이 될지 모르나 그저 오천 냥만 바치거라."

하고 상좌 중 하나가 말하자 놀부가 물었다.

"나를 위하여 무슨 불공을 올렸단 말이오?"

이번에는 노승이 꾸짖었다.

"이놈아, 내 말을 들어라. 네가 수많은 재물을 공으로 바라니 부처님께 불공조차 드리지 않고 재물을 얻을 수 있겠느냐?"

놀부가 다시 물었다.

"불공을 드리면 틀림없이 재물이 나온단 말이오?"

노승이 말하였다.

"내 뒤에 나오는 사람은 자세히 알고 있을 것이다."

놀부는 자기에게 재물이 생기도록 불공을 올렸다는 말을 듣고, 아무런 아까움도 없이 돈 오천 냥을 주었다. 돈을 받아든 노승과 상좌는 말없이 사라졌다. 이때 째보가,

"이번에도 내 탓이오?"

하고 핀잔을 주어도 놀부는 아무 말도 못하였다.

놀부는 치미는 화를 삭이지 못하고 씩씩거렸지만, 이 뒤에는 재물이 나온다는 노승의 말이 생각나 또 한 통을 따다놓고 째보고 켜게 하였다. 놀부 아내가,

---

46. **수륙도량(水陸道場)** 바다와 육지의 여러 귀신을 위해 올리는 불공.

"이제는 켜지 맙시다. 제발 켜지 맙시다. 그 박을 켜다가는 패가망신(敗家亡身)하겠소."

하고 말리자 놀부는 버럭 화를 내며 마누라를 꾸짖었다.

"요망한 계집이 뭘 안다고 방정맞게 날뛰나?"

놀부는 주먹으로 마누라의 관자놀이를 쳐서 내쫓은 뒤 다시 째보와 곱사등이를 달래 박을 켜게 하였다.

"슬근슬근 톱질이야. 당겨 주게, 톱질이야."

슬근슬근 쓱싹쓱싹 박을 툭 짜개어 놓고 보니 속에서 요령 소리가 나면서 상여 한 채가 나왔다. 이어 상두소리가 났다.

"너호 너호. 남문 열고 바라 쳤네, 계명산천(鷄鳴山川)이 밝아온다. 너호 너호. 앞 고다리 평돌 삼아 일락서산(日落西山) 해 떨어진다. 너호 너호."

그뒤로 상제 다섯이 나오는데 모두가 병신 몸이었다. 곱사등이 상제, 소경 상제, 언청이 상제, 귀머거리 상제, 벙어리 상제 들이었다.

"불쌍하다, 불쌍하다. 소경 상제 불쌍하다."

소경 상제가 상두 소리를 듣고 슬피 울며 따라가다가, 상두꾼들이 장난을 치느라고 상두 소리 없이, 요령소리도 없이 가만가만 메고 가니 화가 난 소경 상제가 소리를 버럭 질렀다.

"이놈들, 앞 못 보는 사람을 속이면 장차 큰 벌을 받는다."

이때 마침 마주잡이[47]상여가 지나가며, 너호너호 소리를 내니 소경 상제

---

[47] **마주잡이** 두 사람이 앞뒤로 메는 상여.

는 말을 그치고 귀를 기울였다.

"옳지, 우리 상여 저기 간다."

소경 상제가 울며 따라가니 상두꾼들이,

"소경 상제 잘못 가는구려."

소경 상제는 속지 않는다며,

"너호너호 소리를 내고서 누구를 속이려고."

하며 계속 따라갔다.

저편에서는 상여 소리를 또 내며,

"소경 상제, 어서 오시오. 너호너호, 놀부가 부자란다. 여기서 대접을 잘 받아 보자."

하고 상여를 놀부집 마당에 내려놓았다.

"놀부 네 이놈, 대상(大喪) 진지는 백여 상이니 소 잡고 잘 차려라."

맏상제가 나와,

"우리는 네 집터에 산소를 쓰고자 강남에서 왔다. 급히 한 채를 헐고 전답은 있는 대로 팔아 바쳐라. 석물(石物)을 세우고 돌아가야겠다."

하고 말하자 곧이어 상두꾼들이 서슬 퍼런 목소리로 놀부를 불렀다.

"이놈 놀부야, 돈 만 냥만 내주면 상여를 도로 메고 가마. 상여만 없으면 송장 없는 장사가 될 터이고 그러면 산소고 석물이고 없을 게 아니더냐?"

놀부는 그 말이 옳은 것 같아, 전답은 그 자리에서 헐값으로 팔아치우고 돈 삼천 냥은 급히 빌려와 내놓았다. 상두꾼들이 도로 상여를 메고 가자 놀란 놀부는 따라가며,

"다른 통에는 보물이 들었소?"

하고 묻자,

"어느 통에 들어 있는지는 모르지만 생금(生金)이 있기는 있을 거요."

하고 상두꾼 중 한 명이 일러주었다.

놀부는 옳거니 하고 박 한 통을 다시 따와 톱질을 시켰다.

"슬근슬근 톱질이야. 당겨 주게 톱질이야."

슬근슬근 박을 타니 박 속에서 팔도(八道) 무당들이 뭉게뭉게 나오며 징과 북을 두드리며 차례로 온갖 소리를 냈다.

"성황당 뻐꾹새야 너는 어이 우짖느냐? 속 빈 공양나무에 새잎 나라고 우짖는구나. 새잎이 우거지니 속잎이 나는구나. 넋이야 넋이로다, 녹양심산(綠楊深山)의 넋이로다. 영원한 이별을 하니 정해진 운명이 없는 길이로다."

다른 무당이 소리를 한다.

"월광안신 마누라 천천히 내리소서. 하루는 열두 시요, 한 달은 서른 날, 일 년은 열두 달, 과년은 열석 달, 만사를 도와주소서. 안광당 국수당 마누라, 개성부 최영 장군 마누라, 왕십리 아기씨당 마누라 천천히 내리소서."

놀부는 무당 굿하는 광경을 바라보며 식혜 먹은 고양이 모양으로 한 구석에 서 있었다. 갑자기 무당들이 장구통을 들어 놀부의 가슴팍을 벼락 치듯 후려치니, 놀부의 눈에서 번갯불이 번쩍하였다. 놀부는 졸지에 당한 일이라 화도 내지 못하고 슬피 울며 빌었다.

"이게 대관절 어찌 된 곡절이오? 매맞아 죽더라도 죄명(罪名)이나 알고 죽어야지. 제발 살려 주오."

무당들이 한 입으로 말하였다.

"이놈 놀부야, 우리가 네 집을 위하여 굿을 해도 죽을 힘을 다 들여 하였으니 한 푼도 남거나 모자라는 일이 없도록 꼭 오천 냥을 바치거라. 만일 이를 거역하는 날에는 네 대가리를 빼놓겠다."

기겁을 한 놀부는 얼른 오천 냥을 내어 주고 온갖 구차한 소리를 늘어놓고 무당들을 겨우 돌려보냈다.

"내 이제 실패해도 좋으니 남은 박을 다 타겠다."

하고 놀부는 열통이 터져 소리를 질렀다. 또 박을 따다놓고 째보한테,

"신수가 불길한 탓에 먼저 켠 박은 모두 헛수고였소. 다시는 네게 시비 걸 놈이 없으니 아무 염려 말고 박을 켜 다오."

이렇게 당부하였다.

"박을 켜다 만약 중병이 나면 누구에게 떼쓰려고 이런 헛소리를 하는 게요? 별 우스운 사람 다 보겠네."

째보는 놀부의 말에 코방귀를 꼈다. 놀부는 별수 없이 계속 째보를 설득하며 박을 타라고 빌었다. 째보는 떨떠름한 표정을 지으며,

"복 없는 나 대신 복 있는 놈 데려다 시키시오."

하고 먼 산을 쳐다보았다.

"허어 이 사람, 내가 철석같이 맹세하건만 다시 자네를 탓하겠소? 또 다시 무슨 시비가 생기면 내 뺨을 치게나. 아주 개 뺨을 치듯이 사정없이 치게나."

그러고 나서 놀부는 공돈 이십 냥을 삯전 외로 쳐서 째보의 손에 쥐어주었다. 째보는 몇 번이나 안 받겠다고 하다가 마침내 못 이기는 체하고 공돈을 받아 꽁무니에 집어 넣었다.

　"슬근슬근 톱질이야. 당기어라 톱질이야."

　째보는 다시 새로운 박 통을 가져와 밀거니 당기거니 하며 박을 타기 시작하였다. 박을 타다 속을 슬쩍 들여다보니 금빛이 비치는데 놀부가 먼저 낌새를 알아차렸다.

　"째보야, 이 빛이 보이느냐? 진짜 황금이 든 모양이니 어서 타보게."

　박을 다 타니 놀부의 기대와는 달리 박 속에서 수천 명의 등짐장사들이 쏟아져 나왔다. 깜짝 놀란 놀부가 물었다.

　"이보시오, 등에 진 건 무엇이오?"

　"이것은 경이오."

　장사꾼들이 대답하였다.

　"경이라니 무슨 경이오?"

　"면경(面鏡), 석경(石鏡), 만리경(萬里鏡), 요지경(瑤池鏡)이요. 얼씨구 좋다, 지화자 좋아. 요지경 속을 들여다보면 온갖 기이한 풍물과 공주가 다 보이지요."

하며 장사꾼들이 온 집 안이 떠나갈 듯이 떠들어대니, 놀부는 그저 기가 막힐 노릇이었다. 할 수 없이 다른 박이라도 타보려고 돈 삼천 냥을 내놓고 애원하였다.

　"이보시오, 내 말을 들어 보시오. 내가 박으로 인해 패가망신을 하게 되어 이것밖에 가진 게 없소. 비록 약소하지만 노자(路資)[48]에나 보태 쓰시고 그만 가주면 좋겠소."

여러 등짐장사들이 머리를 맞대고 수군수군한 뒤,

"뒤에 남은 박 통에는 금과 은이 많이 들어 있는 것 같으니 정성을 다해 켜 보시오."

하고 놀부한테 말하고 일시에 물러났다.

놀부는 공돈으로 사라진 삼천 냥이 아까워 속에서 울화가 치밀었지만 그저 속으로만 삭여야 했다.

놀부가 또 한 통을 따다 째보에게 타게 하였다.

"슬근슬근 톱질이야. 당겨 주게 톱질이야."

슬근슬근 박을 툭 타놓으니, 이번엔 수천 명의 초라니[49] 탈이 나오면서 온갖 오두방정을 다 떨었다.

"바람아 바람아, 너는 어디에서 불어오느냐? 동남풍에 불려왔나? 대자운(韻)을 달아 보세. 하걸의 경궁요대(瓊宮瑤臺), 달기를 희롱하는 상주의 적록대, 멀고 먼 봉황대(鳳凰臺), 만세무궁 춘당대(春塘臺), 한무제(漢武帝)의 백량대(柏粱臺), 조조(曹操)의 동작대(銅雀臺), 천대, 만대, 살대, 젓대, 붓대 다 던지고 우리 한번 놀아 보세."

하고 소리를 내던 초라니들이 일시에 놀부에게 달려들어 목덜미를 잡아챘다.

---

[48]. **노자(路資)** 집을 떠나 먼길을 갈 때 쓰는 돈.
[49]. **초라니** 하회 별신굿 탈놀이에 나오는 언행이 가볍고 경망스러운 인물. 주로 여자 복장으로 나옴.

깜짝 놀란 놀부가,

"아이고, 초라니 형님. 이게 웬일이오? 무슨 일이든지 분부만 내리면 그대로 하겠소이다."

하고 손이 발이 되도록 애걸하였다.

초라니가 호령하였다.

"네 이놈 놀부야, 돈이 중하냐 목숨이 중하냐?"

놀부가 울며 대답하였다.

"사람 생기고 나중 돈이 났으니 돈이 어찌 더 중하다 하겠소이까?"

"이놈, 그러면 돈 오천 냥을 얼른 바쳐라."

놀부가 할 수 없이 오천 냥을 내어 주며,

"분부대로 돈을 바치니 다른 박에는 무엇이 들어 있는지 자세히 일러 주시오."

하니 초라니가 대답하였다.

"자세히는 알지 못하나 어느 통인지 분명 생금(生金)이 들어 있으니 모조리 다 타 보아라."

초라니들은 오천 냥을 챙겨 떠나 버렸다.

놀부는 화가 머리 꼭대기까지 치밀어 어찌할 바를 모르다가 다른 박을 따기로 하고 겨우 속으로 삭였다. 놀부가 다른 박을 따서 가져오자, 째보가 위로한답시고,

"연 생원 이제 그만 켭시다. 초라니가 한 말을 어찌 믿겠소? 또 다른 봉변을 당하여 돈을 날리기라도 하면 어쩌려고 그러시오?"

하자 놀부가 말하였다.

"이제 와서 어떻게 하겠나? 아직까지는 돈푼이나 남아 있으니 당할 때는 당하더라도 마저 타서 끝을 보세."

째보가 다시 말하였다.

"연 생원 생각이 그러하다면 굳이 말리지는 않겠지만 이번에 타는 박은 달리 생각해 주어야겠소."

놀부는 열 냥을 째보에게 선금으로 주고 또 한 통을 따게 하였다.

"슬근슬근 톱질이야. 당겨 주게, 톱질이야. 이 박에서는 제발 잡동사니는 나오지 말고 금은보배나 나오너라."

째보와 곱사등이가 슬근슬근 박을 툭 타놓으니, 박 속에서 수백 명의 남사당패[50]들이 한꺼번에 뛰쳐나왔다. 남사당패들은 작은 북을 두드리며 자기들끼리 요란스럽게 뛰어다니며 소리하였다.[51]

"오동추야, 달 밝은 밤에 님 생각이 새로워라. 님도 응당 나를 생각하리라."

다른 남사당은 방아타령을 하였다.

"천천히 걸어 박석 고개를 넘어가니 조그만 객사가 보이는구나. 그 옆에 푸른 버들은 예전에 나귀 매던 버들이로구나. 광한루야 잘 있었더냐? 오작교야 무사하였더냐?"

---

[50]. **남사당패** 옛날 무리를 지어 여러 곳을 떠돌아다니며 춤, 노래, 곡예 등의 굿판을 벌이며 생계를 잇던 남자.

[51]. **소리하다** 판소리나 잡가 따위를 부름.

또 다른 남사당은 달거리를 하였다.

"정월이라 십오야에 달을 바라보는 소년들아, 달을 바라보는 것도 좋지만 속절없이 가는 세월에 부모 봉양 늦어진다. 이 몸은 부모에게서 난 것이니, 부모 중한 은혜 어이해서 다 갚으리. 이월이라 한식일(寒食日)이 이리도 적막하니, 개자추(介子推)⁵²의 넋이로다."

어떤 남사당은 노래를 부르고, 어떤 사당은 시조를 읊고, 어떤 사당은 권주가(勸酒歌)를 부르는데, 그중 한 명의 거동이 가관이었다. 누런 수건에 패랭이를 눌러쓴 그 남사당은, 엉덩이를 흔들며 소고(小鼓)를 풍우같이 두드리며 한바탕 신나게 놀아나더니 놀부를 보고 갑자기 달려들었다.

"옳거니, 이제야 네놈을 만났구나."

그러자 기다렸다는 듯이 여러 명의 남사당들이 놀부의 팔다리를 잡고 헹가래를 치는데, 놀부는 눈이 뒤집히고 오장이 뒤집어지는 줄 알았다.

"아이고 이게 무슨 일이요? 사람부터 살려 놓고 말을 하여도 하시오."
하고 놀부가 기겁을 하자, 여러 남사당들이 한꺼번에 위협을 하였다.

"네놈이 하나뿐인 목숨을 보전하려거든 전답문서를 모조리 다 바쳐라. 만약 이를 거역하면 네놈뿐만 아니라 네놈 식구들까지 생급살(生急煞)⁵³을 맞으리라."

놀부는 이 말을 듣고 벌벌 떨며 반닫이를 열어 문서 뭉치를 모조리 내주

---

⁵² **개자추(介子推)** 춘추시대 사람으로 진(晉) 문공을 받든 후 면산에 은거, 문공이 그를 불러들이고자 산에 불까지 질렀으나 그는 끝내 불타 죽고 말았다 문공이 그를 기리는 뜻에서 그날은 불을 지피지 않기로 하는데, 여기서 한식일이 유래됨.
⁵³ **생급살(生急煞)** 갑자기 닥치는 불행이나 재앙.

었다. 남사당패들은 문서 뭉치를 나누어 들고 순식간에 물러갔다.

째보는 이 광경을 보고 박을 타고 싶은 마음이 사라져 놀부보고,

"집에 일이 생겼으니 내 급히 가봐야겠소."하였다.

놀부는 안타까운 마음에 째보를 잡고 늘어졌다.

"아이고 이보게, 돈벌이를 마다하지 말게. 아직도 박이 여러 통 남아 있으니 어느 통에서인지는 몰라도 분명 생금이 들어 있을 것이네. 차례로 타 보면 끝장에 좋은 일이 생길 것 아닌가? 이제는 통마다 삯을 더 주겠네."

째보는 어쩔 수 없이 승낙하고 다시 새로운 박을 타기로 하였다.

"슬근슬근 톱질이야. 어서 당겨 주게."

째보가 박을 다 타니, 속에서 이죽이, 떠죽이, 난죽이, 바금이, 딱정이, 군평이, 태평이, 여숙이, 무숙이, 하거니, 보거니, 난쟁이, 몽둥이, 아귀쇠, 악착이, 조각쇠, 섭섭이, 든든이 등 수많은 왈패(日牌)[54]들이 꾸역꾸역 나왔다. 왈패들은 다짜고짜 놀부를 밧줄로 단단히 묶은 뒤 나무에다 동그마니 달아맸다.

그러고 나서 매질 잘하는 왈패 한 놈을 뽑아 놀부를 사정 보지 말고 힘껏 치게 하였다.

그때 한 왈패가 따졌다.

"그렇게 치다가 만약 저놈이 죽으면 어찌할 것이오?"

여러 왈패들은 그 말을 듣고 서로 의논하였다.

---

[54] **왈패(日牌)** 행동이 단정하지 못하고 수선스러운 사람.

"우리가 이렇게 모이기도 쉽지 않으니 이놈을 찢어발기기는 나중으로 미루고, 실컷 놀다가 헤어집시다."

왈패들은 손뼉을 치며 모두 그 말이 옳다 하였다. 먼저 윗자리에 앉은 털평이가 일어나 시조를 부르기로 하였다.

새벽 서리 날이 새니
일어 나라 아이 들아.
뒷산에 고사리가 자랐으니
오늘 일찍 꺾어 오너라.
술안주로 먹어 보자.

군평이도 일어나 시조로 떠들어댔다.

사랑인들 님마다 하며,
이별인들 다 서러우랴.
임진강 대동강수 황릉묘에 두견 운다.
동자야 술 걸러라.
취해 놀련다.

이번에는 떠죽이가 풍자운(風字韻)을 달아 소리하였다.

만국병전 초목풍,
채석강선 낙원풍,
일지 홍도 낙만풍,
제갈공명 동남풍,

어린아이 만경풍,
늙은 영감 변두풍,
광풍(狂風), 대풍(大風)
허다한 '풍' 자를 어찌 다 말할까?"

태평이는 '년' 자 운을 달아 노래하였다.

적막동풍이 금백년(寂寞東風 今百年),
강남 풍월(江南風月) 한다면 미백년(未百年),
인생 부득 갱소년(人生不得 更少年),
한진 부지년, 금년, 거년(去年) 억만년이로다.

또 아귀쇠가 '절' 자 운을 달았다.

꽃피어 춘절(春節),
잎피어 하절(夏節)이라.
단풍 추절(秋節)이요.
수락석출(水落石出)에 백설이 날리니
동절(冬節)이라.
충절(忠節)이 없으면 무엇 하지?"

여숙이는 '질' 자 타령을 하였다.

삼국 풍진(三國風塵) 싸움질,
유월 염천(六月炎天) 부채질,

세우강변(細雨江邊) 낚시질,
심산궁곡(深山窮谷) 도끼질,
낙목공산(落木空山) 갈퀴질,
젊은 아씨 바느질,
늙은 영감 잔말질."

또 변통이가 내달으며 '기' 자 타령을 하였다.

곱사등이 배 치기,
아이 밴 계집 배 치기,
옹기 장사 작대 치기,
불붙는 데 부채질하기,
해산한 데 닭 잡기,
역환(疫患)[55] 모신 집에 말뚝 박기,
달아나는 놈 다리 치기.

자기들끼리 이렇게 놀다가 왈패들은 돌아앉아 서로 통성명을 하였다.

"그쪽은 어디 사시오?"

"나는 왕골 사오."

"뭐? 아니, 왕골을 사다가 자리를 매려 하시오?"

"그게 아니라 내 집이 왕골이란 말이오."

군평이 끼어들었다.

"알겠소, 이제야 알아듣겠소. 왕골에 산다 하니 임금 왕(王) 자, 골짜기

---

[55] **역환(疫患)** 마마 또는 천연두라 불리는 전염병.

곡(谷) 자이니 동관 대궐 앞에 사나 보구려."

"그렇소이다."

"그럼 그쪽은 어디 사시오?"

"나는 하늘 근처에 사오."

군평이 또 끼어들었다.

"사직(社稷)은 하늘을 위하였으니 아마 무덕문 근처에 사시나 보구려."

"당신은 어디 사시오?"

"나는 문안 문 밖이오."

군평이가 다시 끼어들었다.

"창의문(彰義門) 밖과 한북문(漢北門) 안이 문안 문 밖이 되니, 조시서 근처에 사시나 보오."

"그곳이 아니오."

"그러면 이제야 알겠소. 대문 안, 중문 밖에 사는가 본데 행랑어멈 자식인가 보구려. 저만큼 물러나 서시오."

"또 그쪽은 어디 사시오?"

"나는 휘두루 골목에 살고 있소."

이번에도 군평이 끼어들었다.

"내가 아무리 생각하여도 그 골은 처음 듣는 말인데."

"본시 집 없이 떠돌아다니기에 하는 말이오."

군평이 다시 물었다.

"바닥에 앉은 그쪽은 어디 사시고 성씨는 무슨 자를 쓰시오?"

"내 성은 두 사람이 씨름하는 성이오."

그 말을 듣고 군평이가 풀이하였다.

"나무 둘이 나란히 서니 수풀 림(林) 자 임 서방이오? 그럼 이 쪽은 뉘라 하시오?"

"내 성은 막대기에 갓 씌운 성이오."

군평이 풀이하였다.

"갓머리(宀)에 나무 목(木)을 쓰니 송서방인가 보구려. 또 그쪽은 뉘라 하시오?"

"내 성은 계수나무라는 목(木) 자 아래 만승천자(萬乘天子)란 아들 자(子) 자를 받친 성이오."

군평이 대답하였다.

"그러면 알겠소. 댁은 이 서방이군. 이번엔 그쪽은 뉘라 하시오?"

그놈은 워낙 무식하여 기역자를 보면 거멀못으로 아는 놈인지라, 아무 생각 없이 덮어놓고 대답하였다.

"나는 난장뚜기란 목(木) 자 아래에다 역적 쇠아들이란 아들 자(子) 자를 받친 이 서방이오."

"그럼 그쪽은 뉘라 하시오?"

"나는 뫼 산(山) 자를 사면으로 두른 성이오."

군평이 한동안 생각하였다.

"뫼 산 자가 사면으로 둘렀으니 밭 전(田) 자 전 서방이구려."

"또 이쪽은 뉘라 하오?"

그놈의 성은 배씨인데 정신이 아주 없는 놈이었다. 평소에 주머니에 배를 넣고 다니는데 갑자기 성을 묻자 우선 주머니부터 뒤지기 시작하였다. 그런데 배가 어디로 사라졌는지 보이지 않자 뒤통수를 치며 소리를 질렀다.

"제기랄, 성 때문에 망하겠다. 이번에도 어떤 놈이 남의 성을 도둑질하여 처먹었구나. 지금까지 성 때문에 버린 돈이 자그마치 팔 푼이나 되니, 가뜩이나 보잘것없는 형편이 성 때문에 아예 망하겠다."

군평이 책망하여 물었다.

"친구분이 성을 묻는데 대답은 않고 주머니만 주무르니, 어찌 된 일이오?"

"남의 속은 모르고 답답한 책망만 하는구려. 내 성은 사람마다 먹는 성이오."

하고 주머니를 구석구석 뒤지다 배는 없고 꼭지만 나오는 바람에 얼떨결에 말하였다.

"그러면 그렇지, 어디 갈 리가 있나? 이것이 내 성이오."

군평이 대뜸 풀어 말하였다.

"그러면 꼭지 서방이구려."

"그렇소, 바로 아셨소."

"또 그쪽은 뉘라 하시오?"

"나 말이오? 나는 안갑이란 안자에 부어 터져 죽는다는 부자에 난장몽둥이의 동자를 합하여 안부동이란 사람이오."

"그러면 또 그쪽은 뉘라 하시오?"

그놈이 아무 말 없이 두 주먹을 불끈 쥐고,

"내 성명은 이렇소."

하니 군평이 웃으며 말하였다.

"알겠소. 성은 주가요, 이름은 머귀인가 보오."

"과연 그러하오"

"저기 비켜 선 그쪽도 마저 통성명(通姓名)합시다. 성씨가 무엇이라 하시오."

"나는 난장몽둥이의 아들이오."

"또 그쪽은 뉘라 하오?"

"나는 조치안이라 하오."

딱정이가 나서 책망하였다.

"이보시오, 서로 통성명하는 건 오백 년의 유래가 있는 옛 풍습인데, 좋지 않다는 말이 무엇이오?"

그러자 그놈이 크게 웃으며 대답하였다.

"내 성은 조가요 이름은 치안이오. 설마하니 친구와 통성명하는데 좋지 않다 하겠소?"

딱정이 고개를 끄덕이며 말하였다.

"그도 그렇소."

이처럼 자기들끼리 떠들어대고 있다가 그중 한 왈패가,

"이보시게들. 우리가 놀기로 작정하면 날이 내일도 있으니, 이제는 놀부놈을 끌어내어 발기어 봅시다."

하니 다른 왈패들이 맞장구를 쳤다.

"우리가 통성명하는데 너무 골몰하여 이때까지 내버려두었으니 일이 잘 못 되었도다. 벌써 찢어발길 놈인데 말이오."

왈패들은 놀부를 잡아들여 이 뺨 저 뺨을 치고, 발로 차고, 마구 주무르고, 잡아뜯고, 한편으로 가위주리를 틀며, 회초리로 때리며, 두 발목을 도지개에 넣어 복숭아 뼈를 우직우직하게 하며, 기름 바른 헝겊에 불을 붙여 발을 지지며 온갖 형벌을 쉴새없이 번갈아 하니, 놀부는 입으로 피를 토하며 똥을 쌌다. 견디다 못해 놀부는 애걸복걸하였다.

"살려 주시오. 제발 살려 주시오. 돈을 바치라면 돈을 바치고, 쌀을 바치라면 쌀을 바치고, 계집을 바치라면 계집을 바칠 터이니, 제발 목숨만은 살려 주시오."

여러 왈패들이 번갈아 가며 한 번씩 주리를 틀다가 한 명이 놀부에게 분부하였다.

"네 이놈 놀부야, 우리가 금강산(金剛山) 구경 가는데 돈이 떨어졌으니 급히 오천 냥만 바쳐라. 만약 조금이라고 지체하면 급살을 맞을 것이다."

놀부는 어찌나 혼이 났던지 감히 대꾸도 못하고 오천 냥을 급히 내 주었다. 놀부는 온몸이 만신창이가 되었지만 그래도 욕심을 버리지 않았다. 다시 박 한 통을 따 가지고 내려와 주춤거리는 째보를 달래 박을 켜게 하였다.

"슬근슬근 톱질이야. 힘껏 당겨 주게, 톱질이야."

박을 쪼개 놓으니 팔도에 소경이란 소경은 모두 모여 작대기를 휘두르며 밖으로 뛰쳐나왔다. 소경들은 눈을 희번덕거리며 놀부를 꾸짖었다.

"네 이놈 놀부야, 네놈이 날아갈 테냐? 기어갈 테냐? 어디로 갈 테냐? 네 놈을 잡으려고 방방곡곡을 얼레빗으로 샅샅이, 참빗으로 틈틈이 찾아다녔는데, 기어코 이곳에서 만났구나. 지금부터 우리들의 재주를 한번 보아라."

소경들이 작대기를 휘두르자 놀부는 어찌할 바를 모르고 이리저리 피하였다. 그렇지만 소경들이 점을 치며 눈 뜬 사람보다 더 잘 찾아 붙잡는 바람에 놀부는 더 이상 달아나지도 못하고 애걸하였다.

"여보시오, 이것이 뭔 일이오? 제발 살려 주시오. 살려만 주면 무슨 일이든 분부대로 하겠소."

그제야 놀부를 놓아준 소경들이 북을 두드리며 경을 읽었다. 경을 다 읽은 소경들은 지팡이로 들어 느닷없이 놀부를 힘껏 쳤다. 견디다 못한 놀부가 오천 냥을 내어 주자 소경들은 어디론가 사라졌다.

놀부는 망연자실하여 그 자리에 멍하니 서서 생각하였다.

"이제 집안에 돈이라고는 한 푼도 남지 않았구나. 이렇게 가산을 몽땅 탕진하였으니, 앞으로 살아갈 방도가 막막하구나. 그렇지만 이왕 시작한 일, 옛말에 고진감래(苦盡甘來)[56]라 하였으니, 설마하니 나중에라도 좋은 일이 안 생길까?"

---

[56] **고진감래(苦盡甘來)** 고생 끝에 즐거움이 찾아옴.

다시 박 한 통을 따 온 놀부는,

"이번 박은 겉으로 보아도 빛이 희고 좋네. 이 속에는 분명 금은보화가 가득 들어 있을 것이네. 그러니 정성을 다 해 타 보세."

하고 째보를 달랬다.

째보는 할 수 없이 톱을 얹어 밀거니 당기거니 하며 박을 켰다.

"슬근슬근 톱질이야. 당겨 주게, 톱질이야."

한참을 켜다가 문득 궁금증이 난 놀부는 박에 귀를 대고 가만히 들어보았다. 그 순간 박 속에서,

"비로다. 비로다."

하고 천둥처럼 우렁찬 소리가 진동하였다. 이 소리에 큰탈이 또 나는 줄 알고 모두들 멀리 도망쳤다. 다시 박 속에서 우레 같은 호령 소리가 터져 나왔다.

"너희들은 박을 왜 안 타느냐? 답답하여 더 이상 못 견디겠으니 어서 박을 켜라."

잔뜩 겁을 먹은 놀부가 조심스럽게 물었다.

"비라 하시지만 무슨 비인지 도무지 알지를 못합니다. 저희에게 자세히 말씀해 주십시오."

"이놈 비라 하지 않느냐?"

놀부가 다시 물었다.

"누구인지나 알고 나서 박을 마저 켜겠습니다."

박 속에서 대답이 나왔다.

"나는 한(漢)나라 종실(宗室)이신 유비 황제의 아우 장비다. 네놈이 만약 박을 켜지 않겠다면 가만두지 않으리라."

놀부는 장비라는 말을 듣고 매우 놀라 그 자리에 엎드려 째보에게 말하였다.

"아이고 째보야, 이를 어찌하면 좋은가? 이번에는 바칠 돈도 없으니 꼼짝없이 죽는 도리밖에 없구나."

째보가 비웃으며 말하였다.

"연 생원은 자기의 죄로 죽는다지만 나는 무슨 죄로 죽는단 말이오? 그런 말 다시 하다가는 내 손에 먼저 죽을 줄 아시오. 허튼 소리 그만하고 어서 타던 박이나 마저 탑시다."

놀부가 별수 없이 박을 마저 타니 대장군 한 사람이 와락 뛰어나왔다. 얼굴이 숯먹을 갈아 끼얹은 듯하고, 제비 턱에 고리눈을 부릅뜨고, 큰 창을 머리 위로 번쩍 든 대장군 장비가 박 속에서 나오자마자 우레같이 소리를 질렀다.

"네 이놈 놀부야, 네 놈은 세상에 태어난 뒤 부모께는 불효를 저지르고, 형제에게는 불목하고, 친척과는 불화하니, 네놈이 저지른 죄 이루 다 말할 수 없다. 옥황상제(玉皇上帝)께서 특별히 나를 보내 네놈의 죄를 씻어 주라 하시니 어디 한번 견뎌 보아라."

장비가 바위 같은 손으로 덜미를 잡아 공깃돌 놀리듯 하니, 놀부는 정신을 잃었다가 깨어나기를 몇 번이나 반복하였다. 놀부는 울며불며 애걸복걸 하였다.

장비가 그때서야 그 정상을 불쌍히 여겨,

"생각 같아서는 네놈을 여러 토막 내고 싶지만, 오늘만은 특별히 용서하
겠다. 앞으로는 어진 동생을 구박 말고 형제가 화목하게 살도록 하라."
하고 떠나갔다.

놀부는 겨우 정신을 수습하고, 남아 있는 박 두 통 중에서 한 통을 또 따
가지고 내려왔다.

"째보야, 내 처지를 불쌍히 여겨 다오. 재물을 얻으려다 수많은 가산을
탕진하고 이제 알거지가 되었구나. 설마하니 이 박도 그러할까? 이번에는
무슨 수가 있을 듯하니 아무 소리도 말고 켜 보도록 하세."
하고 놀부가 다시 달래니, 째보도 딱한 생각에 거절하지 못하고 박을 켰
다.

"슬근슬근 톱질이야, 당겨 주게, 톱질이야. 이 박을 켜고 나면 금은보화
사태같이 나와 흥부같이 살아 보리라."

놀부 아내가 곁에 서 있다 한마디 던졌다.

"다른 금은보화는 많이 나오되, 흥부같이 첩만은 행여 나오지 마소서."

그 말에 놀부가 당장 꾸짖었다.

"모든 가산을 탕진하고 살림이 결단난 마당에 어디서 새암[57]이 나오느
냐? 소란스레 굴지 말고, 한쪽 구석에 가 있어라."

---

57. **새암** 시기나 질투.

밀거니 당기거니 하며 슬근슬근 박을 타며 귀를 기울여도, 이번에는 아무 소리도 들리지 않는 지라 놀부는 매우 기뻐하며 째보한테 말하였다.

"이번에는 아무 소리가 들리지 않으니 아마 금은보화가 터질 박이다."

희망을 갖고 박을 타 본즉 속에는 아무것도 없고 다만 평범한 박이었다. 놀부가 기뻐하는 동안 째보는, '여러 통마다 탈이 났는데 이 박인들 어찌 무사하랴?' 하고 속으로 생각한 뒤, 오줌 누러 가는 척하며 도망쳐 버렸다.

놀부는 째보를 기다리다 못해 박 통을 도끼로 쪼개어 마누라를 불러 일렀다.

"이 박은 먹음직스러우니 우선 국이나 끓여 먹고 기운을 내세. 그런 뒤에 남은 박은 우리 둘이 타세. 옛사람이 이르기를 고진감래라 하였으니 필경 좋은 일이 있겠지. 하늘이 무심할 수가 있겠나? 어서 국이나 끓이게."

놀부 아내가 매우 기뻐하며 박 속을 숭덩숭덩 썰고, 양념을 갖추어 큰 솥에 물을 넉넉히 붓고 통장작을 지펴, 반나절이나 끓였다. 온 집안 식구가 차례로 한 사발씩 달게 먹고 나니, 놀부는 배가 부르고 기분이 좋아 게트림을 하며 마누라에게 말하였다.

"국 맛이 아주 좋네, 당동."

놀부 아내가 대답하였다.

"이렇게 맛있는 박은 처음입니다, 당동."

놀부의 자식들도 한 목소리로 말하였다.

"국맛이 좋아요, 당동."

놀부가 다시 말하였다.

"그 국을 먹더니 말끝마다 당동 당동 하니 참으로 이상하구나, 당동."

놀부 아내가 대답하였다.

"나도 그 국을 먹고 나니 당동 소리가 절로 나오, 당동."

놀부의 자식들도,

"어머니, 우리들도 그 국을 먹고 나니 당동 소리가 절로 나네요, 당동."

하자 놀부는 은근히 화가 치솟아 꾸짖었다.

"네놈들은 요망스레 굴지 마라, 당동. 무슨 국을 잘 먹었다고 당동 하느냐? 당동."

놀부 아내가 맞장구를 쳤다.

"그 말이 옳소, 당동."

놀부의 딸도 당동, 아들도 당동, 머슴도 당동, 온 집안이 저마다 당동거리니, 마치 가야금이라도 뜯으며 풍류를 즐기는 것 같았다. 이렇듯이 당동당동 하니 울타리 너머에 사는 왕 생원이 듣다못해 놀부를 불러 물었다.

"여봐라 놀부야. 너희가 무엇을 먹었기에 그런 소리를 내느냐?"

놀부가 공손히 여쭈었다.

"소인의 집에서 박을 심은 뒤 그것이 열렸기에 박국을 끓여 먹었는데 그런 소리가 절로 나옵니다, 당동."

"터무니없는 소리로다. 박국을 먹었는데 어찌 그런 소리가 나오느냐? 그 국을 한 사발만 떠오너라."

놀부가 한 사발 떠다 주니 왕 생원이 국 한 사발을 달게 먹고,

"그 국맛이 신기하구나, 당동. 아차, 어찌하였기에 나도 당동 하느냐."

하며 잇달아 당동 소리를 냈다. 왕 생원은 국 먹은 것을 후회하며 놀부를 꾸짖은 뒤 당동 당동 하며 제 집으로 돌아갔다.

놀부는 홀로 신세를 생각하며,

"부자가 되려고 박을 심었다가 수많은 재산을 다 없애고, 생전에 없는 고생과 매맞은 일이며, 나중에 와서는 온 집안 사람이 당동 소리로 병신이 되었으니, 이런 분하고 원통한 일이 어디 있을까? 당동."

하고 눈물을 흘렸다.

얼마의 시간이 지나자 모두들 괜찮아졌다.

놀부는 분한 생각에 낫을 들고 박 덩굴을 마구 헤쳤다. 눈에 띄지 않는 덩굴 밑으로 박 한 통이 남아 있어 자세히 보니, 크기는 인경[58]만 하고 무게가 천 근 이상 되어 보였다. 그것을 본 놀부는 어느새 분한 생각이 눈 녹 듯이 사라지고 새로운 욕심이 번쩍 생겼다.

"그러면 그렇지. 이제야 보물이 든 박을 찾았구나. 무게로 쳐도 금이 많이 있어 보이는구나. 남의 눈에 띄지 않으려고 덩굴 속에 숨어 있는 것을 모르고 공연히 한탄만 하였네. 초라니가 금이 들기는 들었다고 하더니만 그 양반이 과연 옳구나. 황금 든 박이 여기 있는 줄 알았으면 다른 박보다 이 박부터 먼저 켰을 것을."

놀부는 기쁜 마음을 억누르지 못하고 얼른 그 박을 땄다.

"얼씨구 좋을씨고, 지화자 좋을씨고. 째보 곱사등이같이 박복한 놈들이

58. **인경** 조선시대에 통행금지를 알리기 위해 치던 큰 종.

261

끝장을 보지 않고 달아났으니 제 복을 스스로 찼도다."

놀부 아내가 재빨리 뛰어나와 말하였다.

"제발 그만두세요. 이제 박에 신물도 아니 나십니까? 만약 또 불행을 주는 놈들이 나오면 어찌하시려고 박을 또 따 가지고 왔어요?"

놀부가 꾸짖었다.

"에이 방정맞은 년 썩 물러나거라. 이 박은 금이 든 박이니 재물을 얻게 되면 네년도 귀한 몸이 될 터이니, 잔말 말고 우리 두 사람이 정성을 다해 켜보세."

놀부 부부는 박을 앞에 놓고 톱으로 탔다.

"슬근슬근, 톱질이야. 당겨 주게, 톱질이야."

놀부는 박을 반쯤 타다 자꾸만 궁금증이 일어 박 속을 살며시 들여다보았다. 그런데 그 속에 아주 싯누런 것이 들어 있는데 온통 황금같이 보였다. 놀부는 너무 기쁜 나머지 춤을 덩실덩실 추며 마누라에게 말하였다.

"그럼 그렇지, 여보 마누라. 자네도 이 박 속을 들여다보게. 저 누런 것이 온통 황금일세."

놀부 아내는 한동안 코를 훌쩍이다 되물었다.

"저기 누런 것을 보니 금인가 싶습니다만, 그 속에서 구린내가 이리도 나니 어찌 된 일인가요?"

놀부가 대답하였다.

"어리석은 소리 작작하게. 박은 더 익고 덜 익은 것이 있을 터인데, 이 박은 아주 무르익었기 때문에 구린 냄새가 나는 것이니 어서 박이나 타세."

두 사람이 마주앉아 박을 거의 다 타던 중에, 궁금증이 또 도진 놀부가 톱을 멈추고 속을 들여다보았다. 별안간 박 속에서 모진 바람이 몰아치며 우레 같은 소리가 나더니, 똥줄기가 무자위[59] 줄기처럼 솟구쳤다.

놀부 부부는 피하지도 못하고 그 자리에서 똥벼락을 맞으며 나동그라졌다. 똥줄기는 천군만마(千軍萬馬)가 달려나오듯이, 태산을 밀치고 바다를 메울 듯이 삽시간에 놀부 집에 그득하였다. 두 사람은 온몸이 황금덩이가 되어 달아났다. 멀찌감치 떨어져서 뒤를 돌아보니 온 집 안이 똥에 파묻혀 있었다. 만약 왕십리 거름장사가 알게 되면 한 밑천 잡게 될 일이었다.

기가 막힌 놀부가 발을 동동 구르며 탄식하였다.

"아이고 마누라, 이 노릇을 어찌하면 좋겠나? 재물을 얻으려다 수많은 가산을 다 날리고, 끝내 똥덩어리 때문에 의복조차 남지 않았네. 어린 자식들과 앞으로 무얼 먹고 살아가며, 동지섣달 차가운 바람에 무얼 입고 살아야 하는가? 아이고 그저 답답하고 서럽네."

놀부가 이렇듯 땅을 치며 통곡하고 있는데, 근처에 사는 양반들은 양반들대로 자기 집에까지 똥이 밀려와 쌓이자 망연자실하여, 모두들 모여 이 일을 어찌할꼬 하고 의논하였다. 양반들은 마당쇠를 벼락같이 불러 엄히 분부하였다.

"속히 가서 놀부놈을 당장 잡아오너라."

평소 놀부를 미워하던 마당쇠는 기다렸다는 듯이 놀부 집으로 달려가

---

[59] **무자위** 물을 빨아올리는 기계. 수차, 양수기.

놀부의 목덜미를 움켜잡았다. 마당쇠는 놀부를 풍우같이 몰아 양반들 앞에 꿇어 앉혔다. 그때 한 양반이 앞에 나서 큰 소리로 꾸짖었다.

"네 이놈 놀부야, 네놈은 본디부터 부모께는 불효, 형제간에는 불목, 일가에는 불화하고 다만 재물에만 온 눈이 팔려 있더니, 이제는 무슨 몹쓸 짓을 저질렀기에 동네 양반들의 귀가 시끄럽도록 네놈 집에 환난(患難)이 속출하느냐? 죄를 저지른 네놈은 벌을 받아도 싸다 하겠지만, 네놈 때문에 동네 모든 양반들이 똥에 덮여 살게 되었으니, 이런 쳐죽일 놈이 어디 또 있을까? 네 죄는 마땅히 시속(時俗)에 따라 처리하겠지만 우선 양반집에 쌓인 똥부터 해지기 전에 다 쳐내라. 만일 지체를 하면 더 이상 살아 남지 못할 것이다."

마당쇠에게는 따로 분부를 내렸다.

"당장 놀부놈을 결박하여 공이로 찜질을 하라. 그런 뒤 기왓장에 꿇어앉혀 똥을 쳐내기 전에는 절대 풀어 주지 마라."

그렇지 않아도 재물을 탕진한 슬픔에 빠져 있다 날벼락을 맞게 된 놀부는 기가 막혀 아무 말도 못하였다. 기왓장에 꿇어앉은 놀부는 마누라를 시켜 빨리 오백 냥으로 삯군을 풀어 여러 곳에 있는 거름장수들을 닥치는 대로 불러모으게 하였다. 삯전을 후하게 받은 거름장수들이 똥을 완전히 쳐내고서야 놀부는 겨우 풀려날 수 있었다. 놀부 내외는 갈 곳이 없어 서로를 붙들고 통곡하였다.

한편, 흥부는 형님이 패가망신하였다는 말을 뒤늦게 소문으로 듣고 매우 놀라 안색이 하얗게 변하였다.

흥부는 눈물을 흘리며 급히 종을 시켜 교자(轎子)[60] 두 채와 말 두 필을 준비하게 하였다. 그러고 나서 몸소 놀부 집으로 건너가 놀부 부부와 어린 조카들을 교자와 말에 각각 태워 제 집으로 돌아왔다.

흥부는 형님에게 안방을 내어 주고 좋은 옷과 음식으로 대접하고, 날마다 형님 내외를 위로하였다.

얼마 후 형님을 위해 좋은 터를 잡아 집을 지어 주었다. 세간이며, 의복, 음식까지 자기와 똑같게 하여 형님을 살게 하여 주니, 놀부는 흥부의 어진 덕에 감동하여 예전의 잘못을 뉘우쳤다. 두 형제는 서로 화목하여 동네에 부러움을 사는 사이가 되었다.

흥부 내외는 나이 팔순(八旬)에 이르도록 장수하여 자손이 번성하였는데, 모두 인물이 빼어나고 대대로 풍족하였다.

그 후, 사람들이 흥부의 덕을 칭송하니, 그 이름이 백 년이 지나도록 사라지지 않았다.

흥부전 끝

---

60. **교자(轎子)** 옛날 높은 관리가 타던 뚜껑이 없는 가마.

작품 해설

『흥부전(興夫傳)』은 『흥보전』·『박흥보전』·『놀부전』·『연(燕)의 각(脚)』·『박타령』 등 여러 이름으로 알려져 있다. 조선 후기 판소리계 소설은 일반적으로 작가와 창작 연대가 밝혀져 있지 않은데, 『흥부전』도 마찬가지이다.

전래하는 이본은 필사본으로 『흥보전』·『박흥보전』 등 6종, 목판본으로 경판(京板) 20장본·25장본 등 2종, 구활자본으로 신문관본·신구서림본·박문서관본·세창서관본 등 7종이 있다. 또한 『흥부전』은 판소리로 불렸기 때문에 많은 창본도 전하는데, 신재효본·이선유창본·박헌봉본·이창배본·김연수창본·박봉진창본 등이 유명하다. 그 줄거리는 대강 이러하였다.

충청·전라·경상 3도의 어름에 형제가 살고 있었다. 형 놀부는 그야말로 악하고 사나웠으며, 아우 흥부는 순하고 착하기만 하였다. 어느 날 놀부가 부모가 남긴 재산을 독차지하려고 흥부를 내쫓았다. 흥부는 아내와 많은 자식과 함께 쫓겨나서 언덕에 움집을 짓고 살았지만 먹을 것이 전혀 없었다. 그 뒤, 놀부의 집으로 양식을 구하러 갔으나 매만 맞고 돌아왔다.

어느 해 봄에 제비가 와서 집을 짓고 사는데 새끼 한 마리가 땅에 떨어져 다리가 부러졌다. 흥부는 불쌍히 여겨 다리를 치료해 주었다. 그러자 제비가 이듬해 봄에 돌아올 때 박씨 하나를 물어다 주었다. 흥부는 그 박씨를 심었다. 가을이 되어 큰 박을 많이 땄는데, 그 속에서 금은보화가 쏟아져 나와 흥부는 큰 부자가 되었다.

형 놀부도 이 소식을 듣고 제비의 다리를 일부러 부러뜨려 날려 보냈다. 그리하여 이듬해 봄에 제비가 물어다 준 박씨를 심어서 많은 박을 땄다. 하지만 그 속에서 온갖 몹쓸 것이 나와 집안을 망치고 말았다. 흥부는 이 소식을 듣고 형 내외를 자기 집으로 모시고 와서 지성으로 섬겼다. 이에 놀부도 잘못을 뉘우치고 착한 사람이 되어 형제가 화목하게 살게 되었다.

여타 판소리계 소설과 마찬가지로 흥부전도 '설화 판소리 소설'의 발전 단계를 거쳤다. 때문에 그 소재가 된 근원설화를 찾아서 작품과 대비해 볼 필요가 있다. 흥부전의 직접적인 소재가 되었을 법한 근원설화에 대해 학자들은 몽고의 『박타는 처』설화를 널리 지목하고 있다. 그 설화를 간략히 살펴보면 이러하다.

옛날 어떤 처녀가 바느질을 하고 있었다. 그런데 처마 끝에 집을 짓고 살던 제비 한 마리가 땅에 떨어져서 다리가 부러져 날지 못하고 버둥거리는 것을 보고 불쌍히 여겨 실로 다리를 동여매 주었다. 이에 제비가 살아났다. 이듬해 제비는 강남을 갔다 와서 박씨 하나를 뜰에 떨어뜨렸다. 처녀가 박씨를 심었더니, 가을에 커다란 박이 하나 열렸다. 박을 타 보니 온갖 보화가 쏟아져 나왔다. 이로 인해 처녀는 큰 부자가 되었다. 이웃집에 사는 심술궂은 처녀가 이 말을 들었다. 처녀는 곧장 자기 집으로 가서 제비를 잡아다가 일부러 다리를 부러뜨려 실로 동여매 주었고, 제비는 이듬해 박씨 하나를 갖다 주었다. 처녀는 좋아라고 박씨를 심고 가을이 되기만을 기다렸다. 하지만 처녀가 박을 타보니, 수많은 독사가 나와서 처녀를 물어 죽였다.

흥부전은 조선 후기 이래로 많은 독자를 가졌는데, 그 이유는 권선징악적인 주제와 작품에 반영된 생활상이 일반 대중들의 기호에 맞았기 때문이다. 당시 독자들은 『흥부전』을 보면서 순간적이나마 마음에 큰 위안을 얻었을 것이다.

~ 생각하는 갈대

첫째, 『흥부전』은 판소리 열두 마당의 하나인 '박타령'의 사설이 정착되어 이루어진 판소리계 소설이다. 판소리계 소설은 조선 후기에 성행된 판소리 사설을 토대로 정착된 형태를 말하는데, 형식·내용·표현 면에서 판소리의 전통을 계승하고 있다. 그 구체적인 예를 찾아보자.

둘째, 판소리계 소설에 등장하는 인물들은 비범한 영웅을 그린 일반 소설과 달리 구체적인 생활 공간에서 살아 숨쉬는 현실적인 인간형이다. 이러한 유형의 인물들이 소설에 등장하게 된 원인을 당시의 사회 현실과 관련지어 생각해 보자.

셋째, 『흥부전』은 형제간의 우애를 다룬 내용이지만, 재산 문제로 인한 형제간의 갈등이 사건의 발단이다. 놀부는 부모의 재산을 독차지하기 위해 동생인 흥부를 쫓아낸다. 흥부는 비록 양반이지만 날품팔이하는 신세로 전락하고 놀부는 재산을 불리기 위해 도덕이나 양반의식까지 버린다. 즉 『흥부전』은 당시의 유교적 관념으로는 이해할 수 없는 생활상을 보여주고 있다. 이런 점은 조선 후기 사회의 변화된 모습을 반영했다고 볼 수 있는데, 작자가 전달하고자 한 점이 무엇인지 생각해 보자.

넷째, 문학 작품에서 중심소재는 작품의 이해를 돕고 주제의식을 전달하는 데 중요한 매개체 역할을 한다. 『흥부전』에서도 이러한 기능을 하는 소재로 '박(박씨)'이 등장한다. 이때 '박'의 기능은 흥부와 놀부의 처지에 따라 의미가 달라지는데, 작품에서 어떤 역할을 하는지 살펴보고 그 상징적 의미와 기능에 따라 정리해 보자.

다섯째, 『흥부전』에서 중심인물은 흥부지만, 그에 못지않게 놀부도 중요한 역할을 한다. 윤리적인 측면에서 악인으로 볼 수 있지만, 현대

적인 의미에서는 달리 해석되어 긍정적인 의미를 부여하기도 한다. 놀부
와 흥부의 인물 평가를 나름대로 비교해 보고 현대적인 의미를 부여해 보
자.

배비장전

천지간(天地間)에는 남녀를 따질 것 없이 사람의 씨앗은 한가지이건만 그중에서도 우열(愚劣)이 있어, 남자를 볼 것 같으면 현명(賢明)하고 어진 사람이 있는가 하면, 어리석고 천한 백성도 있다. 여자도 마찬가지라 정숙하고 절개(節槪)가 굳은 여자가 있음과 동시에 음탕하고 간사한 여자도 있는 법이다.

이런 사람들이 없어지지 않고 대대로 이어오는 것을 보면, 자고(自古)로 측량치 못할 것은 사람의 성질이다.

사람의 성질이라 함은 본디 살고 있는 지방의 산천풍기(山天風氣)를 많이 닮기 마련인데, 산 좋고 물 좋은 지방에는 사람의 성질이 순박하고 공손하여 악한 기질이 별로 없고, 산천이 험준한 지방에는 그대로 사람의 성질까지 간사하고 교활한 법이다.

호남 좌도(左道) 제주군에 솟아 있는 한라산은 옛날 탐라국

(耽羅國)의 주산이요, 남쪽 지방의 제일가는 명산인데, 그 험준하고 수려한 정기를 받아서인지 천하의 기생(妓生) 애랑(愛娘)이 태어났다.

애랑이 비록 천한 기생으로 태어났을망정 맵시와 자태는 서시(越西施)[1]와 양태진(楊太眞)[2]을 압도하고, 지혜는 남자와 비교하면 진유자(陳留子)[3]에 뒤지지 않을 뿐만 아니라, 간사한 꾀로 말하자면, 구미호(九尾狐)가 환생하였는지 여색(女色)을 밝히는 남자가 걸려들면 상투 끝까지 빠져 허덕거리게 만들었다.

한양 땅에 김경(金卿)이라 하는 양반이 있었는데 문장과 재주가 뛰어나 십오 세에 생원(生員)과 진사(進士)를 하고, 이십 세가 되기 전에 이미 장원급제를 하여, 한림(翰林)·주서(注書)·이조(吏曹)·옥당(玉堂)·승지(承旨)·당상(堂上)·방백(方伯)의 벼슬을 거쳐, 여러 신하들의 서계(書啓) 끝에 제주 목사(牧使)로 제수되었다.

김경이 즉시 제주로 길을 떠나고자 이호예공병형(吏戶禮工兵刑)의 육방(六房)을 맡을 사람을 고르다가, 서강(西江) 사는 배(裵)씨 성을 가진 선달(先達)[4]을 급히 불러 올려 예방소임(禮房所任)을 맡겼다. 이로써 비장(裨將)[5]이 된 배 선달은 집으로 돌아와 어머니께 여쭈었다.

"소자가 팔도강산 좋은 경치를 모두 보았으나 제주는 바다 한가운데 있

---

[1] **서시(越西施)** 옛날 중국 월(越)나라의 빼어난 미인.
[2] **양태진(楊太眞)** 양귀비의 이름.
[3] **진유자(陳留子)** 한(漢)나라 유방의 뛰어난 책사인 진평(陳平)과 장자방(張子房)을 말함.
[4] **선달(先達)** 문무과(文武科)에 급제하였으나 아직 벼슬을 받지 못한 사람.
[5] **비장(裨將)** 감사(監司)나 병사(兵使)를 따라다니던 무관(武官).

는 데다 어머니를 모시고 있는 형편이라, 아직 가보지 못하였사옵니다. 그런데 친한 양반이 이번에 제주 목사를 맡게 되어 소자더러 비장으로 가자 하오니 다녀오겠사옵니다."

그 말을 듣고 어머니가 만류하였다.

"제주라 하는 곳은 육로(陸路) 천 리 수로(水路) 천 리, 도합 이천 리의 먼 길이라 날 두고 너 혼자 가면 이제 내 임종을 보지 못할 것이니 제발 가지를 마라."

배 비장(裵裨將)이 다시 여쭈었다.

"오직 소자만 천거되었으니 아니 갈 수는 없사옵니다."

이때 배 비장의 부인이 곁에 있다가 끼어들었다.

"제주라 하는 곳이 비록 바다 한가운데 있다 하나 색향(色鄉)[6]이라 하더이다. 만일 그곳에 가 계시다가 주색(酒色)에 빠져 돌아오지 못하시면 부모님께도 불효요, 첩(妾)의 신세는 또 어찌 되겠사옵니까?"

"그 일은 염려 마오. '십육 세 아리따운 여인의 몸이 무르익으니 허리에 찬 칼로 어리석은 자를 베리라. 그러나 머리가 떨어짐을 보지 못하니 어둠 속에서 골수만 달라 하는구나' 라는 말도 있으니 어찌 어리석은 짓을 하여 신세를 망치겠소?"

배 비장은 그 즉시 어머니에게 하직인사를 드리고 말을 타고 내려갔다. 전령패(傳令牌)를 옆에 차고 제주로 내려가는데, 때는 바야흐로 꽃이 만발

---

[6]. **색향(色鄉)** 미인이나 기생이 많은 고장.

한 봄이라 배꽃 · 복숭아꽃 · 살구꽃이 만발하고, 방초(芳草)와 버드나무는 푸르고, 강의 물결이 잔잔하여, 배 비장은 사면을 둘러보며 산호 채찍을 휘두르고 말을 재촉하였다.

흐르는 구름같이 달려가 연로각점(沿路各店)과 중화숙소(中火宿所)를 거쳐, 강진(康津)과 해남(海南)에 이르러 다리를 놓아 해남 관두(關頭)를 건너서니, 신임사또가 마중 나온 신연하인(新延下人)[7]을 맞이하고 있었다.

사또가 신연하인들의 인사를 받은 후 사공을 불러 분부하였다.

"여기서 배를 타면 제주까지 며칠 동안 가는고?"

이에 사공이 여쭈었다.

"날씨가 맑고 서풍이 부드럽게 불면 꽁무니바람에 양 돛을 갈라붙여, 아딧줄[8]에서 핑핑 소리가 나고, 뱃머리에서 물결 갈라지는 소리가 팔구 월 열바가지[9] 삶는 소리처럼 절벅절벅하면, 하루에 천 리도 가옵니다. 하지만 반쯤 가다 사나운 바람이라도 만나 떠돌게 되면 용궁에 가기도 쉽고, 만일 일이 잘못되면 쪽박 없는 물을 먹고 숭어와 입도 맞추게 되옵니다."

사또가 다시 분부하였다.

"제주에 제때 당도하면 상(賞)을 줄 것이니 착실히 거행하라."

사공이 분부를 받고 때를 기다리는데 마침 날씨가 청명하고 서풍이 솔솔 불어오니,

---

[7] **신연하인(新延下人)** 새로 부임하는 감사나 수령을 그 집에 가서 맞이하는 장교나 이속.
[8] **아딧줄** 풍향을 조절하기 위해 돛에 매어 쓰는 줄.
[9] **열바가지** 박의 열매를 반으로 쪼개어 삶아서 만든 바가지.

"사또, 배에 타시옵소서."

하고 큰 소리로 아뢰었다.

　사또가 크게 기뻐하여 하인들을 불러 차비를 분부하니, 하인들이 사공을 재촉하여 배를 띄우게 하였다.

　하인들은 배에 오르자 재빨리 새로 만든 배의 난간에 천을 번듯하게 친 후, 산수 그린 병풍과 모란 그린 병풍을 겹겹이 둘러치고 방석과 돗자리를 깔아놓고, 긴 비단과 쌍학(雙鶴)베개, 청등(靑燈), 홍등(紅燈), 병타구(瓶唾口)[10] 주석으로 만든 재떨이를 늘어놓았다.

　사또가 배에 오르니 관아의 여러 이속들이 좌우로 갈라서고 비장들도 다 각기 절을 하며 양편으로 갈라섰다. 어떤 비장은 점잔을 빼고 어떤 비장은 착실한 체하고 얌전히 꿇어앉은 가운데, 하인들은 장막 밖에서 이리저리 갈라 앉았다.

　사또와 여러 비장들이 배가 무사히 나아가기를 고사(告祀) 지내고 상선포(上船砲)를 놓은 후, 사공들은 선왕도(先往島)에서 바람을 기다렸다가 드디어 망망대해에 배를 띄웠다. 도사공(都沙工)이 키를 틀고 역군들이 아딧줄을 틀어 돛을 달고 바람에 맞추어 배를 내니, 끝없이 넓고 푸른 물결이 달빛에 빛나는 갈대꽃 같은데, 배는 범여선[11]이 떠가는 듯 두둥실 떠나갔다.

　사또가 한편으로는 기쁘고 한편으로는 슬퍼 술을 연거푸 마시며 비장들

---

10. **병타구(瓶唾口)** 가래를 뱉는 병.
11. **범여선** 월(越)나라의 범여가 빼앗겼던 서시(西施)를 데려왔던 배.

에게도 술을 권하니, 곡강(曲江)의 봄에 담근 술에 사람마다 취하는 것처럼 위아래 할 것 없이 모두가 술에 취하였다.

취흥이 도도해진 사또가 먼저 풍월을 지어 읊었다.

"푸른 하늘이 물에 거꾸로 비치니 물고기가 구름 사이로 노니는구나. 이 글이 어떠한고?"

이에 비장들이 대답하였다.

"아주 좋은 문장이옵니다."

사또가 취중에 희롱하는 말을 하였다.

"누구인가 제주 가는 배 타기가 어렵다 하더니, 그야말로 쉬운 일이로다. 누워서 떡 먹기는 눈에 고물이 떨어지고, 앉아서 똥 누기는 발 허리가 시게 된다. 내 한양에서 들으니 바다에 꼬리 큰 고기가 있다 하더니만 그 말이 옳으냐?"

사공이 급히 사또에게 여쭈었다.

"수렁이나 개울, 방축못[防築池]도 지키는 영신(靈神)이 있다 하오니, 중요한 곳에 가기 위해 바다를 건너시며 취담은 마옵소서."

그 말이 끝나기도 전에 배가 미역섬을 지나 추자도(楸子島)에 다다른 뒤, 바닷물 꼬리에 물이 불어난 가운데 건너가는데, 동정호에서 서쪽을 바라보니 초강이 갈라지고, 물이 다한 남쪽 하늘에는 구름을 볼 수 없다는 말처럼, 바닷빛이 하늘가에 닿아 있었다.

그때 난데없이 큰바람이 불어와 사방이 침침하고 물결이 울렁울렁하는데, 태산 같은 물마루가 배를 덮치니, 바람에 띳집도 조각조각 흩어지고,

키에 달린 막대기는 꺾여지고, 용총줄 마룻대가 동강동강 부러지고, 배 뒤편이 들리면 앞머리가 숙여지고, 앞머리가 들리면 뒤편이 숙여져 덤벙 뒤뚱하며 조리질을 쳐댔다.

사또가 정신을 놓고 멍하니 앉아 있고, 비장과 하인들이 분주하게 왔다 갔다 하는데, 다시 정신을 차린 사또가 화가 치밀어 사공을 불렀다.

"네 이놈, 양반은 수로(水路)에 익숙하지 못하여 떨고 있다지만, 수로에 익숙한 네놈이 어찌 그리도 떨고 있는고?"

사공이 겁에 질려 여쭈었다.

"소인이 열다섯에 화장(火匠)¹²으로 배에 올라, 흑산도(黑山島), 대마도(大馬鳥), 칠산(漆山), 연평(延平) 바다를 무른 메주 밟듯 다녔지만, 이런 곤란한 지경은 처음이옵니다. 염라대왕이 삼촌이요, 저승사자가 적삼촌(嫡三寸)이고, 사해 용왕이 외삼촌이라 하여도 살아나기는 아주 힘들 것이옵니다. 살아나려면 이 물을 다 마셔야 될 듯하오니 누구 배로 다 먹겠사옵니까?"

사공이 이렇듯 겁에 질려 있으니 여러 비장들이 서로 울기 시작하였다. 그중에 하나가 신세를 한탄하며 말하였다.

"북당(北堂)의 학발양친(鶴髮兩親)¹³께옵서 천 리 길에 날 보낸 뒤, 자식 생각에 이제 올까 저제 올까 근심하시고, 어린 부인은 임을 그리며 잠을 이루지 못해 먼 산을 바라보며 한숨을 쉬고 눈물을 흘릴 터인데, 꿈속인들

---

¹². **화장(火匠)** 배에서 밥 짓는 일을 맡은 사람.
¹³. **학발양친(鶴髮兩親)** 백발머리의 부모.

오죽할까? 속절없이 죽게 되니 이런 팔자 또 있을까?"

다른 비장도 눈물을 흘리며 말하였다.

"나는 나이 사십이로되 자식 하나 없고 양자(養子)할 곳도 없는지라 선영향화(先塋香火)[14]가 끊어지게 되었으니 어찌 아니 원통한가?"

그러자 다른 비장이 또 울었다.

"나는 집안이 가난하여, 제주가 양태(凉太)[15]가 많다 하여 양태나 얻어다 가용에도 쓰고, 우리 마누라 속옷이 없어 한 벌 얻어 입힐까 하고 나왔더니, 속절없이 물속 귀신이 되게 생겼으니 원통해 죽겠다."

다른 비장도 끼어들며 울었다.

"나는 집안이 넉넉하니 그저 집에 있었으면 좋았을 것을, 괜히 이름자나 갈고 벼슬길로 들어서려 하다 속절없이 죽게 되었으니 나 또한 원통하다."

비장들이 제각기 탄식하고 있을 때 사또는 정신없이 앉아 그 거동을 보다가 다시 사공을 불러 분부하였다.

"이제 보니 용왕이 제물(祭物)을 달라는 듯싶으니 어서 고사를 극진히 드려 보아라."

사공이 사또의 분부를 좇아 즉각 고사 지낼 준비를 하였다. 영좌(領座), 이좌(吏座), 화장(火匠), 격군(格軍) 할 것 없이 모두가 몸을 정갈히 씻은 후, 배 허리편에 자리를 펴고 배 뒤편에는 청신기(靑神旗), 홍신기(紅神旗)를 좌우로 갈라 꽂고, 큰 고리에 백미를 담아 사또가 윗저고리를 벗어놓

---

14. **선영향화(先塋香火)** 조상 무덤에 제사 지내는 일.
15. **양태(凉太)** 바닷물고기의 일종.

고, 소머리를 받쳐들고, 산 돼지를 잡아 큰 칼을 꽂아 기는 듯이 들여놓고,
공양미를 올린 후 다시 섬쌀을 풀어 물에 넣고, 도사공의 정성으로 큰북을
용총줄에 높이 달고, 북채를 양손에 갈라 잡고 둥둥둥 북을 치며 축원하였
다.

"천지건곤(天地乾坤), 일월성신(日月星辰), 황천후토(皇天后土), 모든 신
령(神靈)이 감동하사, 한양 성내 북부 송현에 사는 김씨 건명(乾命) 제주신
관 목사또(濟州新官牧使道)를 살리소서. 둥둥둥. 동해 광리(廣利), 서해 광
덕(廣德), 남해 광연(廣淵), 북해 광택(廣宅), 물 위의 용녀부인(龍女婦人),
물 아래 하수용왕(下水龍王), 참군영감(參軍令監) 내려오셔서 제주 바다
건너가오니 부디 순풍을 주소서. 둥둥둥."

고사를 드리고 나서 사또가 한탄하며 말하였다.

"삶은 의지함이요, 죽음은 돌아감이라 하였던 하우씨(夏禹氏)[16]의 「앙천
탄(仰天嘆)」[17]이 바로 내 신세를 말함이로다."

이윽고 달이 밝아 물길이 잔잔해지니, 월중천애독거주(月中天涯獨去舟)
에 수파잔잔낭불흥(水波屛屛浪不興)[18]이었다. 옛적 이현보(李賢輔)가 자언
거수승거산(自言居水勝居山)이요, 삼공불환차강산(三公不換此江山)[19]이라

---

[16]. **하우씨(夏禹氏)** 하(夏)나라를 세운 우임금.

[17]. **앙천탄(仰天嘆)** 하늘을 우러러 한탄함. 우임금이 지은 시.

[18]. **월중천애독거주(月中天涯獨去舟)에 수파잔잔낭불흥(水波屛屛浪不興)** 달이 떠 있는 밤에 홀로 배를 저
어 가는데, 물결이 잔잔하여 풍랑이 일지 않음.

[19]. **자언거수승거산(自言居水勝居山)이요, 삼공불환차강산(三公不換此江山)** 스스로 말하기를, 물에 사는 것
이 산에 사는 것보다 낫고, 이 강산은 삼정승과도 바꿀 수 없음이라.

노래한 뜻을 이제야 알 것 같았다. 드디어 제주성에 다다르니 지세(地勢)도 좋고 풍경은 더욱 좋았다.

신관 사또와 그 일행이 환풍정(喚風亭)에 배를 대고 제주 땅에 내려, 화북진(禾北鎭)에 자라잡고 사면을 둘러보는데, 제주 십팔경(十八景) 중 제일경이라 하는 망월루(望月樓)에서는 한 남자와 한 여자가 서로 붙잡고 이별을 슬퍼하며 눈물을 흘리고 있었다.

두 사람은 다름 아닌 구관 사또가 신임하던 정 비장(鄭裨將)과 수청 들던 기생 애랑(愛娘)이었다. 정 비장이 이별을 슬퍼하여 애랑의 손을 잡고 먼저 말하였다.

"잘 있거라 애랑아, 나는 이제 가마. 한양 태생 소년으로 제주 물색(物色) 좋다는 말에 마음이 흔들려 이곳까지 찾아왔도다. 너와 아름다운 인연을 맺어 세월을 보낼 때에 고운 네 태도와 청아한 목소리에 고향 생각 잊었는데, 애달프구나, 이제 이별이로다. 푸른 물에 노니는 원앙새가 짝을 잃은 격이로다. 높은 산 깊은 골, 사람 없는 곳에서 둘이 만나 희롱하다 헤어지는 격이니 무척 애달프다. 이별 이(離)자 만든 사람 우리 두 사람의 원수로다. 깊은 가을밤에 우미인(虞美人)[20]과 이별한 항우의 「강개탄(慷慨嘆)」[21]과, 마외역(馬嵬驛) 저문 밤에 양귀비와 이별한 뒤 당명황(唐明皇)[22]의 찢어지던 간장인들 이보다 더할까? 일편단심으로 그리워하는 이는 애

---

[20]. **우미인(虞美人)** 초왕(楚王) 항우의 애첩이었던 절세미인.
[21]. **강개탄(慷慨嘆)** 항우가 유방에게 패하고 읊은 시.
[22]. **당명황(唐明皇)** 당나라 현종.

랑이뿐이니 부디부디 잘 있거라."

이에 애랑이 없는 설움을 억지로 지어내 도화옥빈(桃花玉嬪)[23] 고운 얼굴에 웃는 듯 찡그리는 듯 긴 탄식을 내쉬었다.

"여보, 제 말씀 들으시오. 나리가 이곳에 계실 때에는 먹고 입고 살아가는데 걱정 없이 세월을 보냈는데, 이제는 누구에게 의탁하라고 하루아침에 이별이란 말씀이오?"

정 비장은 애랑의 말을 듣고 소활(疎闊)하고 넓은 마음에 애랑의 속을 풀어주려,

"그대는 염려 마라. 내 올라갈지라도 한동안 먹고 쓰기에 부족함이 없도록 넉넉하게 물건을 주고 가마."

하고 말하더니, 즉시 고직(庫直)[24]에게 분부하여 여러 물건을 준비하게 하였다.

중양(中涼) 한 통, 세양(細涼) 한 통, 탕건(宕巾) 한 죽, 우황(牛黃) 열 근, 인삼 열 근, 월자(月子)[25] 서른 단, 말총 백 근, 노루 가죽 사십 장, 사슴 가죽 이십 장, 홍합·전복·해삼을 합하여 백 개, 문어 열 마리, 삼치 세 뭇, 조기 한 동, 큰 새우 한 동, 미역과 다시마 한 동, 유자(抽子)·백자(栢子)·석류·비자(榧子)·청피(靑皮)·진피(陳皮), 화류장(樺榴欌), 삼층 난간 용봉장(龍鳳欌), 이층 문갑, 산유자(山柚子)궤, 뒤주 각 여섯 개, 걸음

---

23. **도화옥빈(桃花玉嬪)** 복숭아꽃처럼 아름다운 귀밑머리.
24. **고직(庫直)** 관아의 창고를 지키는 사람.
25. **월자(月子)** 숱이 많아 보이게끔 하기 위해 여자의 머리털에 덧넣었던 딴 머리.

좋은 제주마 두 필, 총마 세 필, 안장 두 개, 백목(白木) 한 통, 세포(細布) 세 필, 모시 다섯 필, 면주(綿紬) 세 필, 간지(簡紙) 열 축, 부채 열 빌, 간필(簡筆) 한 동, 초필(草筆) 한 동, 연적(硯滴) 열 개, 설대 열 개, 쌍수복(雙壽福) 백통대(白銅煙管) 한 개, 서랍 한 개, 담배 열 근, 생청(生淸)[26] 한 되, 숙청(熟淸) 한 되, 생률 한 되, 마늘 한 접, 생강 한 되, 수미 열 섬, 소고기 열 근, 후추 한 되, 아구배 한 접 등이 애랑에게 줄 물건이었다.

정 비장이 방자를 불러 일렀다.

"이것들을 애랑의 집에 갖다 주고 애랑의 어미로부터 회답을 받아 오너라."

애랑이 눈물을 닦으며 여쭈었다.

"주시는 물건이 천금(千金)이라 하여도 귀하지 않사옵고 백 년을 맺은 언약이 일장춘몽에 허사일 뿐이옵니다. 나리가 소녀를 버리고 한양에 가셔서, 백발 부모 위로한 뒤 젊은 부인을 다시 만나 그리던 정회(情懷)를 나누실 때, 소녀 같은 박명소첩(薄命小妾)[27]을 천리 길 먼 길에 다시 생각하시겠사옵니까? 서러운 건 이별 별(別)자요, 이한공수강수장(離恨空隨江水長)이라 하여 이별의 슬픔은 긴 강을 따라가니 떠날 이(離)자 슬프고, 갱파라삼문후기(更把羅衫問後期)라 하니 이별 별(別)자 또 다시 슬프고, 낙양천리낭군거(洛陽千里郞君去)라 하니 보낼 송(送)자 애련하여라. 임을 보내고 그리운 정을 생각하면 생각 사(思)자 답답하고, 바랄 망(望)자 처량하옵

---

[26] **생청(生淸)** 꿀통에서 꺼낸 그대로의 꿀.
[27] **박명소첩(薄命小妾)** 운명이 사나운 여자.

니다. 공방적적추야장(空房寂寂秋夜長)이라 하여 빈방은 쓸쓸한데 가을밤이 깊다 하였으니 수심 수(愁)자 첩첩하고, 첩첩수다몽불성(疊疊愁多夢不成)하니 첩첩이 쌓인 수심에 꿈을 이루지 못한다 하니 탄식 탄(歎)자 한심하고, 한심장탄(寒心長嘆) 서러운 간장 눈물 누(淚)자 가련하여라. 군불견상사고(君不見相思苦)라 하여 낭군을 보지 못하여 병에 걸린다 하였으니 병들 병(病)자 서러워라. 장재복중(長在腹中) 그리운 임 잊을 망(忘)자 염려로다. 한번 떠난 낭군 내밀 출(出)자 다시 보자. 언제 볼까? 아이고 서러워라."

정 비장은 다시 마음이 혹하여 애랑에게 말하였다.

"네 말을 들으니 뜻 정(情)자 간절하다. 내 몸에 지닌 노리개를 네 마음대로 가져 가라."

애랑이는 그러지 않아도 정 비장을 물 오른 송기 때 벗기듯 하려는데, 가지고 싶은 대로 다 가져가라 하니 명화적(明火賊)[28] 같은 심보에 피나무 껍질 벗기듯 아주 홀딱 벗기려고 작정하였다.

"나리 제 말을 들으시오. 갓두루마기 소녀에게 벗어 주고 가시면, 나리 가신 후에 날이 가고 달이 갈 때, 세월이 흐르는 물과 같아 떨어지는 꽃을 보고 근심하노라면 봄이 가고, 풀이 무성한 여름을 지나 단풍이 떨어지는 가을이 되어, 낙엽은 소슬하고 옥창(玉窓) 밖에 서리 치고 가을밤이 적막한데, 독수공방 잠 못 이루어 전전불매(輾轉不寐)[29]하올 적에, 원앙금침과

---

[28]. **명화적(明火賊)** 불한당 무리.
[29]. **전전불매(輾轉不寐)** 누워서 몸을 이리저리 뒤척이며 잠을 이루지 못함.

차가운 베개를 두 발로 미적미적 툭툭 차서 물리치고, 주고 가신 갓두루마기 한 자락을 펼쳐 깔고 또 한 자락은 흠썩 덮어, 두 소매는 착착 접어 베개를 삼아 잠을 청하면 나리 품에 누운 듯, 그 아니 다정하겠소?"

정 비장은 그 말을 듣고 양피(羊皮) 갓두루마기를 홀라당 벗어 애랑에게 주면서 일렀다.

"맹상군(孟嘗君)의 호백구도 진왕(秦王)의 애첩 행희(幸姬)에게 주었고,[30] 수가(須賈)의 일저포(一苧袍)도 범숙(范叔)에게 주었으니,[31] 연연고정(戀戀故情)이 아니냐? 나도 이 옷을 네게 주니 깔고 덮어 잘 때 부디 나를 잊지 마라."

이에 애랑이 다시 앉아 여쭈었다.

"나리님 들으시오. 나리 가신 후 달 밝은데 서리 차고, 백제성(白帝城)에서 찬바람을 내어 가을달이 지고, 눈이 내려 천수만수(千樹萬樹)에 배꽃 같은 눈이 아주 펄펄 흩날리면, 초수오산(楚水吳山)에 길이 험하여 임과의 기약(期約)이 망연하고, 눈 오고 구름이 걷혀 북으로 흩어지는 찬바람이 사르르 들여 불 때, 차마 귀가 시려 어찌 살겠나이까? 나리가 쓰고 계신 돈피(豚皮) 휘양(揮項)[32]을 소녀에게 벗어주고 가옵시면, 두 귀에 덤벅 눌러

---

[30]. **맹상군(孟嘗君)의 호백구도 진왕(秦王)의 애첩 행희(幸姬)에게 주었고** 전국시대 제나라의 정승이었던 맹상군이 진나라 소왕(昭王)에게 잡혀 죽게 되었을 때, 소왕의 애첩 행희에게 흰 여우가죽으로 만든 겉옷을 주고 목숨을 건진 일.

[31]. **수가(須賈)의 일저포(一苧袍)도 범숙(范叔)에게 주었으니** 수가와 범숙은 원래 친구였으나 범숙이 제(齊)나라에 등용되자 시샘을 한 수가가 모함을 하자 처형될 위기에 처한 범숙이 진(秦)나라로 도망가 정승이 됨. 나중에 사신으로 간 수가에게 범숙이 허름한 옷을 입고 찾아가자 수가는 친구인 줄 모르고 범숙에게 새 옷을 내어줌으로써 죽음을 면하게 된 일.

쓰면 옥빈에 한출(汗出)하오니 그 어찌 다정하지 않으리까?"

정 비장이 마음이 혹하여 휘양을 벗어 애랑에게 주며 일렀다.

"손으로 겉을 만지고 입으로 털을 불어 쓰면 엄동설한 추위라도 네 귀 시리지 않으리라. 이 휘양 쓸 때마다 부디 나를 잊지 마라."

애랑이 또 앉아 여쭈었다.

"나리, 들으시오. 소녀 비록 여자이오나 옛글을 들은 바, 유인오릉거(遊人五陵去)하니 보검직천금(寶劍直千金)이라 하였사옵니다. 평생 일편단심이 그 어찌 중하지 아니하겠사옵니까? 나리 차신 철병도(鐵炳刀)를 소녀에게 끌러주고 가소서."

정 비장이 칼을 만지며,

"이는 나의 방신보검(防身寶劍)³³이니 네게 주지 못하겠다."

하니, 애랑이 다시 말하였다.

"옛글을 모르시옵니까? 연릉계자(延陵季子)의 어진 마음이 서군(徐君)의 뜻을 알아, 살아 생전 못 준 보검을 죽은 후에 무덤을 찾아가 무덤에 걸었으니³⁴ 사후인정(死後人情)이 믿을 만하옵니다. 임도 나를 생각한다면 칼을 주어 생전 이별의 정표(情票)로 삼으소서."

정 비장이 대답하였다.

---

32. **휘양(揮項)** 추울 때 머리에 쓰는 모자.

33. **방신보검(防身寶劍)** 몸을 보호하는 보검.

34. **연릉계자(延陵季子)의 어진 마음이 서군(徐君)의 뜻을 알아, 살아 생전 못 준 보검을 죽은 후에 무덤을 찾아가 무덤에 걸었으니** 오나라의 계찰이 사신으로 서국을 지나다가 서국 군주에게 보검을 돌아오는 길에 준다고 약속하였으나, 막상 오는 길에 서국에 들렀더니 이미 군주가 죽은 뒤라 그의 무덤에 보검을 두었다는데, 바로 이 일을 말함.

"내 말을 들어라. 방신보검의 값도 중하려니와 만일 주고 갔다 나에 대한 정을 베어버릴까 염려로다. 네 집에 있는 식칼을 등심 있게 벼려 쓰는 것이 옳다. 벼리는 값 두 푼은 내가 물어주마."

애랑이 반은 눈물을 흘리고 반은 웃으며 말하였다.

"소녀 집에 있는 칼은 식칼뿐 아니오라 밀화장도(密花粧刀), 오동철병 서장도(烏銅鐵柄 犀粧刀)가 있어도 나리 차신 철병도를 주시면 한 번 쓸 데가 있나이다."

"네 어디다 쓰려느냐?"

"충신출어고신(忠臣出於孤臣)이요, 열녀출어천첩(烈女出於賤妾)이라 하였사옵니다. 즉, 외로운 신하들 가운데서 충신이 나고, 천한 계집들 중에서 열녀가 나는 법이옵니다. 열녀의 본을 받아 위군수절(爲君守節)[35]하올 적에, 홍안박명(紅顏薄命)[36] 젊은 몸이 방 안에 옥등(玉證) 켜놓고 그림자를 벗삼아 임을 그리며 수심에 잠겨 있다가, 사립문 밖에 개 소리 나더니 그 소리가 점점 가까이 들리고, 눈바람 부는 밤에 돌아오는 사람처럼 사내들이 내게 뜻을 두고 달도 없는 깜깜한 밤에 가만가만 들어와 잠근 문을 열고 내 침소에 들어오면, 소녀 혼자 어떻게 할 수 없어 나리가 주신 철병도(鐵柄刀)를 들어올려 키 큰 놈은 배를 찌르고, 키 작은 놈은 멱을 찔러 물리치면, 원수를 갚게 되어 나리께도 부끄러움을 씻게 되고 소녀의 절개는 빛나게 되오니 그 어찌 좋지 않사옵니까? 제발 끌러 주소서."

35. **위군수절(爲君守節)** 낭군을 위해 수절함.
36. **홍안박명(紅顏薄命)** 미인은 운명이 사납다는 말.

정 비장이 호탕하게 웃으며 철병도를 끌러 애랑에게 주며,

"이 칼을 네게 줄 터이니 그대도 이 칼을 사용할 때 수절공방(守節空房)[37]을 범하는 놈을 잘 찌르면 많은 사람은 대적하지 못하여도 한 사람은 대적하리라."

하니, 애랑이 철병도를 받아 놓고 다시 울며 아뢰었다.

"여보 나리, 들으시오. 나리가 입으신 숙주창의와 분주 바지를 소녀에게 벗어 주고 가오."

정 비장이 대답하였다.

"여복(女服)은 달라고 하여도 이상하지 않지만 남복(男服)이야 네게 무슨 소용이 있느냐?"

"아이고, 남의 서러운 사정 그다지도 모르신단 말씀이옵니까? 나리가 주신 옷을 활활 털어 입어보고 착착 접어 홰[38]에 걸고, 앉아서도 보고 서서도 보고, 누워서도 보고 일어나서 다시 보고, 문 열고 밖에 나가 이리저리 거닐다가도 보고, 무궁 첩첩 서러운 정회 임 생각 절로 날 때, 빈 방안에 홀로 앉아 잠 못 이루고 수심에 겨워 앉았을 때, 수다(愁多)하니 몽불성(夢不成)[39]하여 앉으나 서나 임 계신 곳 향하여 한숨쉬고 첩첩 쌓인 서러움 다 버리고 방에 들어가면, 이별 낭군은 안 계셔도 옷은 홰에 걸려 있으니 낭군께서 옷 벗어 홰에 걸고 누웠는 듯, 소피보러 간 듯하여 일천 서러움 일

---

37. **수절공방(守節空房)** 아내가 남편 없이 오랫동안 절개를 지키는 방.

38. **홰** 벽에 달아매어 옷을 걸어 놓게 한 막대.

39. **몽불성(夢不成)** 근심이 많아 꿈을 이루지 못함.

만 근심이 옷을 보면 다 풀어지니 그 아니 다정하옵니까?"

정 비장이 다시 혹하여 옷을 벗어 애랑에게 모두 주니, 애랑이 옷을 받아 놓고 다시 울기 시작하였다.

"나리, 다시 들으시오. 나리와 이별하면 답답하고 서러워 어이 하오리까? 무얼 가지고 서러움을 풀어야 하오리까? 나리 입으신 고의 적삼을 소녀에게 벗어주면 내 손으로 착착 접어, 임 생각에 잠을 못 이루고 누운 밤에 임과 함께 자는 듯 고의 적삼을 품에 안고 누웠다가, 옷가슴을 열어보면 향긋한 임의 땀내가 촉비(觸鼻)하면 그 냄새를 맡고 서러움을 풀 수 있으니 그 아니 다정하오리까?"

정 비장이 다시 혹하여 고의 적삼뿐만 아니라 통가죽이라도 벗어줄 도리밖에 없었다. 고의적삼마저 애랑에게 주니 정 비장이 알비장이 되었다. 밑천을 감출 길이 없어 정 비장이 급히 방자를 불러,

"방자야. 가는 새끼 두 발만 들이거라."

하니, 방자가 얼른 분부대로 하였다.

정 비장이 새끼들을 꼬아 개짐처럼 만들어, 제주마(濟州馬) 입에 쇠재갈을 먹이듯, 아랫도리에 그걸 차고 주위를 두리번거리며 말하였다.

"어허, 오늘이 극한(極寒)이로다. 바다 가운데 섬이라 더욱 차구나."

애랑이 다시 여쭈었다.

"나리, 이제 옷은 그만 벗어주시고 나리 상투를 좀 베어 주시면 소녀의 머리와 함께 땋아 일신운발(一身雲髮)[40]이 될 수 있사오니 그 아니 다정하겠사옵니까?"

정 비장이 대답하였다.

"네 아무리 정리(情理)가 그러하나 나로 하여금 정토사(淨土寺)의 몽구리[41]가 되게 하려느냐?"

이에 애랑이 통곡하며,

"나리 내 말씀 들어 보소서. 나리가 아무리 다정하다 하여도 소녀 뜻만 못 하오니 어찌 원통하지 않으오리까? 그렇게 하오시면 분벽사창(粉壁紗窓)에 마주 앉아 서로 보고 당실당실 웃던 앞니 하나만 빼어 주오."

하자 정 비장이 어이없어 하며 말하였다.

"이제는 부모의 유체(遺體)까지 헐라 하니 그것은 어디다 쓰려느냐?"

"호치(皓齒) 하나를 빼어주면 손수건에 싸서 백옥함에 넣어두고, 눈에 암암하고 귀에 쟁쟁한 님의 얼굴이 보고 싶어지면 꺼내어 보고 서러움을 풀고, 소녀 죽은 후에라도 관(棺) 구석에 넣어주면 합장일체(合葬一體) 되지 않사옵니까?"

하고 애랑이 말하자 정 비장이 크게 혹하여,

"공방고자(工房庫子)야. 장도리와 집게를 대령하여라."

"대령하였사옵니다."

"네가 이를 얼마나 빼어 보았느냐?"

"많이는 못 빼 보았으나 서너 말은 빼 보았사옵니다."

"이놈이 제주 이는 모두 뺀 놈이로구나. 다른 이는 상하지 않게 앞니 하

---

40. **일신운발(一身雲髮)** 한 몸에 있는 여자의 탐스러운 머리 모양.
41. **몽구리** 바싹 깎은 머리. 또는 중을 속되게 부르는 말.

나만 쏙 빼거라."

공방고자가 큰 소리로,

"소인이 이 빼기에는 숙수단(熟手段)이 났사오니 걱정하지 마소서."

하더니, 작은 집게로 빼면 쏙 빠질 것을 큰 집게로 이를 뽑으려다 좌충우돌하며 무수히 어르다가 뜻밖에 코를 탁 치는 바람에 정 비장이 코를 잔뜩 움켜쥐었다.

"어허 봉패로다. 이놈 너더러 이를 빼라고 하였지 코를 빼라고 하였느냐?"

공방고자가 여쭈었다.

"쑥 빠지게 하느라고 코를 좀 쳤소."

정 비장이 탄식하며,

"이 빼라고 한 게 내 잘못이로다."

하니 애랑이 또 아뢰었다.

"나리, 양각산중 주장군(兩脚山中朱將軍)⁴²을 반만 베어 주오."

정 비장이 어이없어,

"이제는 씨도 앉히지 말라는 말이냐? 그건 어디다 쓰느냐?"

하니 애랑이 대답하였다.

"나리 가신 뒤에 문지기 삼아 두면 어느 누가 감히 범하오리까?"

정 비장이 그 말에는 구미가 동하였지만 베어 줄 수가 없어 한참 동안

---

⁴² **양각산중 주장군(兩脚山中朱將軍)** 두 다리 산중에 있는 붉은 장군이란 뜻으로 남자의 성기를 말함.

수작하고 있으니, 방자가 아뢰었다.

"초취(初吹), 이취(二吹), 삼취(三吹) 하여 사또께서 배에 올랐사오니 어서 배에 오르소서."

정 비장이 별수 없이 일어서며,

"노가일성한양주(櫓歌一聲漢陽舟)라, 한양 가는 배가 자꾸만 재촉하니 온갖 감회가 떠오르는구나. 임은 잡고 놓지 아니 하네."

하고 탄식하니, 애랑이도 정 비장 손을 잡고 발을 구르며 탄식하였다.

"나를 두고 어디 가시오니까? 진(秦)나라 방사서시(方士徐市)[43]가 동해삼산(東海三山)으로 약을 구하러 떠날 때 동남동녀(童男童女)를 실어가고, 월(越)나라 범상국(范相國)도 오호청풍(五湖淸風) 만리선(萬里船)에 서시(西施)를 실었으니, 임은 천리 가는 저 배에 나를 실어가소서. 살아서 못볼 임이라면 죽어 환생하여 다시 볼까? 낭군은 죽어 학이 되고 첩은 죽어 구름이 되어 운종학(雲從鶴), 학종운(鶴從雲)하고 백운첩첩(白雲疊疊) 가는 곳마다 운우(雲雨) 중에 놀아 볼까?"

정 비장이 화답하였다.

"너랑 죽어 고당명경(高堂明鏡)의 밝은 거울이 되고, 나랑 죽어 동방의 해가 되어 정의안색(情誼顔色)[44]을 서로 살펴보자."

이렇듯 두 사람이 작별하고 있을 때, 신관사또와 일행들이 그 거동을 보고 방자를 불러 물었다.

---

[43] **방사서시(方士徐市)** 진시황제의 명을 받아 불로초를 구하러 떠난 사람.
[44] **정의안색(情誼顔色)** 서로 사귄 정이 얼굴에 드러남.

"저 건너 길 위에서 청춘남자와 여자가 서로 잡고 못 떠나니, 저 거동이 어찌 된 일인고?"

방자가 아뢰었다.

"기생 애랑이와 구관 사또의 정 비장이 이별을 하느라 그러하옵니다."

배 비장이 그 말을 듣고 비방하였다.

"허랑한 장부로다. 이친척원부모(離親戚遠父母)[45]하고 천 리 밖에 와서 아녀자에 마음을 빼앗겨 저다지도 애걸하고 있으니 체면이 틀렸도다. 만고절색(萬古絕色) 아니라 양귀비, 서시라도 눈이나 떠보게 되면 박색(薄色)의 아들이로다."

방자가 코웃음치며 여쭈었다.

"나리도 남의 말씀 쉽게 마옵소서. 애랑의 은은한 태도와 연연한 안색을 보시면, 오목 요(凹)자에 움을 묻기가 쉽사옵니다."

배 비장이 율기(律己)[46]를 잔뜩 빼며 방자를 꾸짖었다.

"이놈, 양반을 어찌 알고 경솔하게 말을 하느냐?"

"황송하오나 소인과 내기를 하옵소서."

"무슨 내기를 하라느냐?"

"나리께서 한양에 올라가시기 전에 저 기생에게 눈을 아니 뜨시면 소인의 식구들이 댁에 가서 드난밥[47]을 먹고, 만일 저 기생에게 반하시면 타고 오신 말을 소인에게 주옵소서."

---

[45] 이친척원부모(離親戚遠父母) 친척과 부모로부터 멀리 떨어져 있음.
[46] 율기(律己) 안색을 바로잡아 엄정히 함.

배 비장이 대답하였다.

"그리 하여라. 말 값이 천금이지만 내기하고 너를 속이랴?"

두 사람이 한참 이리하고 있는데, 신관사또와 구관사또가 서로 인교(印交)하고 새 사또가 들어섰다. 사또 뒤로 구름같이 많은 사람들이 들어가니, 삼현수(三絃手)와 취타수(吹打手)들이 소리를 높였다.

나이에 맞게 골라 뽑아 물색으로 단장시킨 앵무같이 고운 기생들은 동문(東門) 안 큰길에 양쪽으로 늘어서고, 청도기(淸道旗) 한 쌍, 순시기(巡視旗) 두 쌍 등 오색기치(五色旗幟)가 찬란하였다. 전배비장(前陪裨將)은 대단천익(大緞天翼) 광대띠와 순은장식쇄금(純銀裝飾灑金)하여 활과 화살을 비껴 차고, 저모립(猪毛笠), 밀화패영(密花貝纓), 은입사 맹호수(銀入系猛虎鬚)를 보기 좋게 꽂아 쓰고, 공주면주(公州綿紬) 사마치를 가뿐하게 떨쳐입고, 은안백마(銀鞍白馬), 호피(虎皮) 돋움 위에 높이 앉아 들어섰다.

전알전(展謁殿)[48]에 사배(四排)하고 만경루(萬景樓)에 당도하니, 남녀노소 할 것 없이 신관사또 구경에 여념이 없었다.

각방소임(各房所任), 대솔군관(大率軍官), 이노령(吏奴令)이 사또에게 인사를 여쭈고 임소(任所)로 각기 돌아가니, 서쪽 하늘에 해가 지고, 동쪽 하늘에서 달이 떠올랐다.

모든 비장들이 각기 기생을 골라잡고, 방마다 청아한 노래 소리와 가야금 소리가 서로 잘 어울리니, 달 밝은 밤에 들리는 소리가 듣기 좋고 처량

---

[47] **드난밥** 주인집에 머슴으로 들어가 보수 없이 밥만 얻어먹으며 일함.

[48] **전알전(展謁殿)** 관리가 부임하였을 때 신에게 아뢰는 집.

하였다. 그러나 배 비장은 울울심사(鬱鬱心思)하여 함께 놀고 싶으나 이미 정한 약조가 있어, 괜히 남 노는 것을 비방하며 뒤로 물러나 있었다.

그러자 여러 비장들이 방자를 불러,

"방자야, 네가 예방(禮房) 나리께 가서, '그 사이 문안드리옵니다. 물색지기(物色之地)[49]에 오셔서 수심에 잠겨 있으니 어찌 된 일이옵니까? 고향 생각 너무 마시고 아름다운 여자를 골라 수청을 하여 정담(情談)을 나누시면 어떠하시옵니까?' 하고 여쭈어라."

하니, 방자가 즉각 배 비장에게 달려가 전갈을 전하였다.

배 비장이 전갈을 듣고 즉시,

"방자는 가서, '먼저 물어주시니 황공하옵니다. 나리께서 나의 근본을 모르시니 애달프옵니다. 우리는 본시 구대정남(九代貞男)이라 일정(一定) 잡생각이 없사오니, 부디 재미있게 노시기 바라옵니다' 하고 다시 여쭈어라."

하고 일러주더니 갑자기 방자를 다시 불렀다.

"애, 방자야. 지금 내 기생 차지가 누구냐?"

"행수(行首)[50]인 줄 아옵니다."

배 비장이 방자에게 다시,

"만일 지금 이후로 기생년들을 내 눈앞에 비쳤다가는 곤장을 치리라."

하고 분부할 때, 곡절(曲折)을 알게 된 사또가 일등 명기(名妓)를 다 불렀

---

[49] 물색지기(物色之地) 경치가 좋은 곳.
[50] 행수(行首) 우두머리 기생.

다. 부르되, 안책(案冊)[51]을 들여놓고 적구(摘句)하는 투로 불렀다.

"섬섬영자(纖纖影子) 초월(初月)이, 사군불견(思君不見) 반월(半月)이, 독자유황(獨者幽篁) 금선(琴線)이, 어주축수(漁舟逐水) 홍도(紅桃), 사시장춘(四時長春) 죽엽이, 얼굴이 곱다 화색이, 태도 곱다 월하선(月下仙)이, 줄풍류에 봉하운(奉夏雲)이, 노래 으뜸에 추월(秋月)이, 만당춘광(滿堂春光)에 홍련(紅蓮)이, 적하인간(謫下人間)에 강선(絳仙)이, 색 즐기는 음덕(蔭德)이, 허튼 서방에 탕진(蕩盡)이, 대방 기생에 억란이, 행수 기생에 차질례, 가무(歌舞)에 능란하다, 제일색에 애랑이."

이에 모든 기생이 등대하였다.

사또가 분부를 내렸다.

"너희 중에 배 비장을 기쁘게 하여 웃게 만드는 자 있으면 큰 상을 줄 것이니 그리할 기생이 있느냐?"

그 말에 애랑이 아뢰었다.

"소녀가 불민하오나 사또 분부대로 거행하겠나이다."

하자 사또가,

"네 능히 배 비장을 훼절(毁節)시킬 재주가 있으면 제주 기생 중에 인재가 있다 하리라."

하니, 애랑이 다시 아뢰었다.

"지금 봄바람 부는 좋은 때이오니, 사또께서 내일 한라산에 화유(花遊)[52]

---

51. **안책(案冊)** 전임 관원의 이름과 직명 등을 적어놓은 책.
52. **화유(花遊)** 꽃놀이.

를 하시면 그때 배 비장을 홀려 보겠사옵니다."

이에 사또는 각방 비장과 의논하여 새벽에 발령(發令)하여 한라산에 화유갈 차비를 하였다. 이때 사또의 행장이 볼만하였다.

용머리를 새긴 주홍남여(朱紅藍輿)[53]에 호피돋움 끼쳐 타고, 전월부월(戰鉞斧鉞)[54]에, 삼영집사(三營執事)와, 순시영기(巡視令旗)를 벌여 꽂고, 좌우로 훤화(喧譁)할 때 녹의홍상(綠衣紅裳) 미색(美色)들이 한삼(汗衫) 높이 들어 풍악 중에 노닐며, 지화자 하는 소리는 만수화림(萬樹花林) 중에 육각성(六角聲)[55]과 섞여 온 산에 울렸다.

더불어 온갖 새들도 울었다. 후루룩, 벅궁, 꼬고약, 꺽, 푸드득, 숙궁, 솟적다, 떵그렁, 비비죽, 부러귀, 가부락갑족, 으흥, 접동 하고 우는 것은 백화산제백조(白花山諸白鳥)요, 벽계잔잔호춘풍(碧溪屛屛好春風)에 얼크러지고 뒤틀어진 가지와 잎이 뒤적인 것은 장천녹림수양지(長川綠林垂陽枝)요, 분류도화황화수(分流桃花黃河水) 격으로 굽이굽이 휘휘 돌아 우루렁 출렁 풍풍 뒤질러 좌르르 컬컬 하고 흐르는 것은 장천폭포구곡수(長川瀑布九曲水)라 할 만하였다.

사또가 소나무 밑에 주홍남여를 놓고 경개(景槪)를 살펴보는데, 제주 사면에는 푸른 물결이 일고, 쌍쌍의 갈매기는 홀홀 뜨고, 멀리 보이는 어선(漁船)은 광하(廣河)에 돛을 달고 골골이 드나들고 있었다.

---

53. **주홍남여(朱紅藍輿)** 뚜껑이 없는 주홍색의 작은 가마.
54. **전월부월(戰鉞斧鉞)** 전쟁에 쓰는 도끼와 의식(儀式)에 쓰는 나무도끼.
55. **육각성(六角聲)** 북, 장구, 해금, 피리와 한 쌍의 태평소가 내는 소리.

사또와 비장들이 명기색기(名妓色妓)와 더불어 감홍로(甘紅露)와 계당주(桂糖酒)를 취하도록 마시고 춘흥에 겨워 노닐고 있는데, 배 비장은 가장 청고한 척하며 송정암상(松亭岩上)에 홀로 앉아 남 노는 것을 바라보며 시를 읊었다.

"하늘이 잇닿아 있으니 한양 길이 천 리요, 바다가 넓으니 제주로다. 꽃 같은 미인은 원수 사이에 있고, 나는 술에 취해 무한한 강산을 즐기노라."

배 비장은 시를 읊으며 무료하게 앉아 있다 무심히 수포동(水布洞)의 푸른 숲을 바라보았다. 기슭마다 복숭아꽃이 만발한데 한 미인(美人)이 어리락 비치락 하며 온갖 교태를 부리며 춘광(春光)을 희롱하고 있었다. 푸른 숲 사이로 보였다 사라졌다 하며 혹은 앉았다 섰다 하면서, 연기가 찬물에 어리고 달빛이 모래에 비치는 듯 이리저리 노니는 거동이, 월계화명월궁(月桂花明月宮)에 월아선녀(月娥仙女)가 거니는 듯, 양대운우(陽臺雲雨) 깊은 곳에 무산선녀(巫山仙女)가 노니는 듯, 옷을 활활 벗어 반석상에 올려놓고 기러기가 낙수(落水)에서 서로 보는 듯하였고, 물에 풍덩 뛰어 들어오는 거동은 아미산(峨嵋山) 반륜추월(半輪秋月)[56]이 평강수(平江水)에 잠기는 듯하였다.

별유천지무릉(別有天地武陵)의 봄날에 복숭아꽃이 흐르는 물에 가물가물 떠내려가는 듯 물결 따라 내려가면서, 흰 갈매기가 물에 반쯤 잠겨 이리 덤벙, 저리 덤벙, 울우렁 출렁 굽히는 거동처럼, 가랑비에 젖은 꽃이 구

---

[56] **반륜추월(半輪秋月)** 가을의 반달.

십출광(九十春光)[57] 때를 만나 넘노는 듯, 온갖 교태를 부리고 있었다.

한 줌의 옥수(玉手)로 맑은 물을 담뿍 쥐어 분길 같은 양손을 칠팔월 가지 씻듯 뽀도독 씻어도 보고, 청계하엽(淸溪荷葉)[58] 만발한데 푸른 연잎을 뚝 떼어서 맑은 물을 떠 양치질도 하고, 다시 토해 뿜어도 보고, 물을 뿌려 연적 같은 젖통도 씻었다.

버들잎을 주루룩 훑어 석양풍에 펄펄 날려 잔잔하게 흐르는 물에 훨훨 띄우기도 하고, 홍홍난만(紅紅爛漫) 꽃도 따서 입에 물어도 보고, 꽃가지도 질끈 꺾어 머리에 꽂아보고, 녹음방초 청계변에 조약돌을 집어 물 위를 노니는 꾀꼬리를 툭 쳐 날려도 보고, 흑운(黑雲)같은 머리 솰솰 떨쳐 갈라내 늙은 용이 물결을 뒤치는 듯 두 손으로 쥐었다.

꼬리 넓은 금붕어가 어변성룡(魚變成龍)[59]하려 물결 따라 굽이굽이 노니는 듯, 농춘파(弄春波)에 우르렁 출렁 하며 손도 씻고 발도 씻고, 등 · 배 · 가슴 · 젖을 씻으며 이리 한창 목욕하고 있는데, 배 비장이 그 거동을 보고 어깨를 실룩이며 마침내 정신을 잃어 구대정남(九代貞男)[60]간 곳 없고, 도리어 음탕한 남자가 되어 눈을 모로 뜨고 도둑나무 하다 쫓기는 듯 숨을 헐떡이며,

"뉘 여인인지 모르겠지만 여러 사람 홀리게 하였음에 틀림없구나."

하고 혼자 중얼거리며 그 미인의 근본을 알고 싶어하였다. 하지만 남에게

---

57. **구십출광(九十春光)** 석 달 동안의 봄날.
58. **청계하엽(淸溪荷葉)** 맑은 개울에 핀 연잎.
59. **어변성룡(魚變成龍)** 물고기가 변해 용이 되는 것.
60. **구대정남(九代貞男)** 오랫동안 동정(童貞)을 지킴.

묻지도 못하고 헛기침만 자꾸 하며 무수히 자탄하였다.

　이때 사또가 남여를 타고 돌아갈 차비를 하며 선배(先陪)를 재촉하니 여러 비장과 기생 하인들이 일제히 회정(回程)하는데, 배 비장은 따로 남을 마음을 먹고 꾀병 앓는 시늉을 하였다.

　여러 비장 동임(同任)들이 이미 배 비장의 속셈을 눈치채고, 자기들끼리 벌써 혹하였구나 하며 겉인사로,

　"예방께서는 급곽란[61]인가 싶으니 침이나 한 대 맞으시오."하였다.

　이에 배 비장이,

　"침맞을 병은 아니오. 진정하면 낫겠소."

하고 대답하니, 여러 비장들이 웃음을 참지 못하고 방자를 불렀다.

　"네 나리의 병환이 본병환이라 하시니 진정하여 잘 모시고 오라."

　비장들은 다시 배 비장에게 말하였다.

　"이대로 사또께 잘 여쭐 것이니 마음놓고 진정된 후에 오시오."

　"동관들께서 이처럼 염려하여 주시니 감사하거니와 또한 사또께 잘 여쭈어 주시오. 아이고 배야."

하고 배 비장이 말하니, 짓궂은 동관 하나가 배 비장에게 수작하였다.

　"그 일일랑 염려 마오. 사또께서도 동관께서 이런 때 없는 병이 생기는 줄 짐작하시고 계신 듯하오이다. 내 알기로 이런 배 앓는 데는 계집의 손으로 문지르는 것이 효험이 있다 하니 기생 한 년을 두고 갈 것이니 잘 문

---

[61] **급곽란** 음식이 체해 토하고 설사하는 위장병.

질러 달라고 하시오."

　배 비장이 얼른 대답하였다.

　"아니오. 내 배는 다른 배와 달라 기생을 보기만 하여도 아프니 그런 말씀일랑 다시는 마오. 아이고 배야."

　"그 배는 참으로 이상한 배요. 계집 얘기만 하여도 더 앓는다고 하니 말이오. 우리가 동시낙양지인(同時洛陽之人)[62]으로 천 리 밖에 와서 그러지 않아도 형제 같은 터에, 저처럼 고통스러워하는 걸 두고 어찌 갈 수 있겠소? 진정되거든 같이 갈밖에 없소이다."

하고 비장 하나가 말하니, 배 비장이 다시 말하였다.

　"동관께서는 내 성미를 모르시는 가 보오. 나는 병이 나면 혼자 진정을 해야 속히 낫지, 형제간이라도 같이 있으면 낫기는커녕 새로이 더 아프게 되오이다. 사람을 살리려거든 제발 나를 두고 어서 가시오. 아이고 배야. 아이고 배야. 나 죽네."

　이에 모든 비장들이,

　"그러시면 우리들은 갈 수밖에 없으니 혼자 남겨 두고 갔다고 원망은 마오."

하고 사또를 모시고 환관(還官)할 차비를 꾸렸다.

　배 비장은 얼른 그 미인을 보고 싶은 마음에 배 앓는 소리를 내며 방자를 급히 불렀다.

---

[62] **동시낙양지인(同時洛陽之人)** 타향에서 만난 한양 사람.

"방자야, 아이고 배야. 나는 여기에 와서 취안(醉眼)이 몽롱하여 지척도 못 보겠다. 아이고 배야."

방자가 대꾸를 하였다.

"소인도 나리께서 애쓰는 것을 뵈오니 정신이 하나도 없습니다요."

"사또 가시는 데 자세히 보고 아뢰어라."

"사또께오서는 지금 중대(中臺)에 내려가시옵니다."

"아이고 배야 다시 보아라."

"지금 산모퉁이를 지나시었소."

"아이고 배야, 또 보아라."

방자가 다시 대답하였다.

"나무에 가려 보이지 않소이다."

"산회노전(山回路轉)에 불견군(不見君)[63]이라. 내 배 그만 아프다."

목욕하는 미인을 어서 보고 싶은 마음에, 배 비장이 계변화초(溪邊花草) 좁은 길로 몸을 숨겨 가만가만 사뿐히 서며 가느다란 소리로 방자를 부르자, 방자가 대답을 하나 말 공대는 점점 없어져 갔다.

"예? 어찌 부르시오?"

"네 저 거동 좀 보아라."

방자가 물었다.

"게 무엇이 있소?"

---

[63]. **산회노전(山回路轉)에 불견군(不見君)** 산을 돌아 길이 바뀌니 임이 보이지 않음.

"이놈아, 요란스레 굴지 마라. 조용히 구경하자."

그 미인이 물에 놀고 산에 놀고 백만 교태를 다 부리니 노는 거동이 금(金)인 듯 옥(玉)인 듯하였다.

배 비장이 다시 물었다.

"금이냐 옥이냐?"

"저 물이 여수(麗水)가 아닌데 어찌 금이 논다는 말이오?"

"그러면 옥이냐?"

"이곳이 형산(荊山)이 아닌데 옥이 어찌 있으리까?"

배 비장이 물었다.

"금도 옥도 아니면 꽃이냐? 방춘기망(芳春欺罔)[64]하는 매화란 말이냐?"

"동각설중(東閣雪中)도 아닌데 매화가 어찌 피오리까?"

"매화가 아니면 도화(桃花)냐?"

"무릉춘풍(武陵春風)이 아닌데 도화 어찌 피리까?"

"도화가 아니면 해당화냐?"

방자가 대답하였다.

"십리명사가 아닌데 어찌 해당화 피리까?"

"그러면 황국단풍(黃菊丹楓) 국화냐?"

"구일용산(九日龍山)도 아닌데 황화(黃花)[65]가 어이 피리까?"

"꽃이 아니라면 용녀냐, 선녀냐, 귀비(貴妃)냐, 월서시(越西施)냐?"

---

[64] **방춘기망(芳春欺罔)** 꽃이 한창 피는 봄을 속임.

[65] **황화(黃花)** 국화.

"오호청풍(五湖淸風)도 아닌데 월서시가 어찌 오며, 온천수가 아닌데 귀비가 목욕을 어찌하리오?"

배 비장이 탄식하여,

"서시도 귀비도 아니면 입안혼미(入眼魂迷)하게 만드는 불여우냐? 여우가 아니라 악호(惡狐)라도 사생결단으로 혹하겠다. 아이고, 아이고 날 죽인다."하니, 방자가 대답하였다.

"나리, 무엇을 보고 그토록 미치시오? 소인의 눈에는 아무것도 아니 보이오."

"이놈아, 저기 저 건너 백포장 속에 목욕하는 저것을 못 본단 말이냐?"

"나리께서 무엇을 보시고 그러시나 하였소이다. 옳소이다. 저 건너 목욕하는 여인 두고 하는 말씀이오?"

"옳거니, 보았단 말이냐? 쌍놈의 눈이라 양반의 눈보다 못하도다."

방자가 말하였다.

"눈은 반상(班常)이 서로 다른 법이라 하니 소인 놈의 눈이 필시 나리 눈보다 둔해 저런 비례한 것이 아니 보이는가 보옵니다. 마음도 반상이 서로 달라 나리 마음이 소인보다 더 컴컴하고 음탕하여, 나리는 체면도 팽개치고 규중처녀가 목욕하는 것을 몰래 구경하였군요. 근래 서울 양반들이 계집이라면 체면 불구하고 함부로 덤비다 봉변을 많이 당한다고 하옵니다. 유부가인(有夫佳人)[66]이 약수에 목욕하고 있는데 허물없이 은근히 다가갔

---

[66] 유부가인(有夫佳人) 남편이 있는 미인.

다가 무례한 타인 남자라 여겨 느닷없이 냅다 치면, 나리는 꼼짝없이 보리만 탈 것이니 저 여자를 볼 생각은 다시는 마오."

이에 배 비장이 얼굴이 새빨개지며 말하였다.

"내 다시는 보지 않으마, 하고 결심하지만 저걸 보면 정신이 도로 나가, 아무리 보지 않는다 하여도 지남석(指南石)에 날바늘이 달라붙듯 눈이 자꾸만 저기로 가는구나."

방자가 배 비장에게,

"또 저 눈."

하니, 배 비장이 얼른,

"나 다시는 안 본다."

하면서도 도로 그 미인에게 눈길을 주기를 반복하였다.

배 비장이 방자를 다시 불렀다.

"방자야, 저 경치가 참으로 좋다. 서쪽을 보아라. 부상삼백척(扶桑三百尺)에 불붙는 듯한 일모경(日暮景)이 아니더냐? 이번에는 동쪽을 보아라. 약수 삼천리(弱水三千里)에 춘색이 묘연한데 한 쌍의 파랑새가 날아든다. 남쪽을 또 보아라. 대해망망천리파(大海茫茫千里波)에 대붕(大鵬)이 비진(飛盡)하는 듯하도다. 북쪽은 어떠하냐? 청천삭출금부용(靑天削出金芙蓉)[67]이요, 진북명산(眞北名山)이 저기로다. 중앙을 보아라. 백로(白鷺)를 탄 여동빈(呂洞賓)[68]과 고래를 탄 이태백이 하늘을 날아가는구나."

---

[67] **청천삭출금부용(靑天削出金芙蓉)** 우뚝 솟은 금빛의 연꽃 봉오리.
[68] **여동빈(呂洞賓)** 당나라 때의 사람으로 학을 타고 다녔다 하는 선인(仙人).

방자가 거짓으로 속는 체하고 가리키는 쪽을 살펴보는데, 배 비장은 그 사이 여인을 훔쳐보기 바빴다. 방자가 어이없어,

"저 눈이야말로 정말 일을 저지를 눈이로구나."

하니, 배 비장이 깜짝 놀라 두 손으로 눈을 가리며,

"나 다시는 안 본다, 염려 마라." 하였다.

한참 이리 하고 있는데 방자가 갑자기 기침을 칵 하였다. 미인은 깜짝 놀라는 척하고 몸을 얼른 웅크려 물 밖으로 뛰어나와, 속곳과 치마를 안고 숲속으로 뛰어 들어갔다.

그 자태가 보름달이 구름 속에 들어가는 듯하여, 배 비장이 그것을 정신 없이 쳐다보고 있다가 방자를 꾸짖었다.

"네놈의 기침이 낭패로다. 방자야, 네놈이 저 숲에 가서 문안을 한번 드리고 그 여인에게, 이 산에 온 과객이 꽃놀이를 하다 피곤하여 기갈이 무척 심하니, 혹 남은 음식이 있으면 고맙게 먹겠노라고 여쭈어라."

방자가 아뢰었다.

"나는 죽으면 죽었지 그 전갈은 못 전하겠소. 부지초면에 남의 여자에게 전갈하였다간 난장박살(亂杖撲殺) 당하기 십상이오."

배 비장이 말하였다.

"방자야, 만일 매를 맞아도 내가 맞을 것이니 너는 내빼려무나."

"나리 정경을 보니 몽치 바람에 죽는다 하여도 그리 할 수밖에 없소."

하고, 방자가 설렁설렁 가만가만 건너가 미인에게 헛절을 한 번 하고 말하였다.

"쉿, 애랑아. 배 비장이 벌써 네게 혹하였으니 무슨 음식 있거든 좀 차려 다오."

이에 애랑이 웃으며 음식을 차리는데 산중귀물(山中貴物)로 정갈하게 차렸다.

대모(玳瑁)쟁반에 금채화기(金彩花器)를 벌여놓은 뒤, 빛 좋은 청유백분(淸油白粉) 두견화전(杜鵑花煎)⁶⁹을 접시에 소담하게 담아놓고, 붉은 홍시 홍산백산(紅山白山)을 벌여놓고, 동정추파(洞庭秋波) 맑은 술을 자라병에 가득 넣어 옥수(玉手)로 내어주며 방자에게 일렀다.

"너의 나리 무례하나 기갈이 심하다 하여 음식을 보내니, 나리도 먹고 너도 먹고 양인대작산화개(兩人對酌山花開)⁷⁰로구나. 일배일배부일배(一盃一盃復一盃)하여 두 사람이 포식하면 그곳에 계속 있지 말고, 군자는 견기이작(見機而作)⁷¹이라 하니 속히 돌아가거라. 미구에 대탈 날라."

방자가 그 사연과 더불어 음식을 올리니 배 비장이 얼씨구나 하고 음식을 앞에 놓고 칭찬하였다.

"내 이러할 줄 알았도다. 저 감에 이빨 자국은 웬 것이냐?"

방자가 여쭈었다.

"그 여인이 감꼭지를 이로 물어 뺐사옵니다."

배 비장이 크게 웃으며 말하였다.

---

⁶⁹· **두견화전(杜鵑花煎)** 진달래꽃으로 만든 전.
⁷⁰· **양인대작산화개(兩人對酌山花開)** 두 사람이 마주 앉아 술을 마시니 산에는 꽃이 핌.
⁷¹· **견기이작(見機而作)** 기회를 엿보아 행동함.

"이 음식 네가 다 먹어라. 나는 감 하나만 먹겠노라."

방자가 감을 손에 쥐고 아뢰었다.

"이빨 자국 난 것이라 그 여인의 침이 묻어 더러우니 소인이나 먹겠소."

"이놈 기막힌 소리 말아라. 이리 다오."

하고 배 비장이 껍질째 맛나게 먹었다.

잠시 후, 배 비장이 방자에게 일렀다.

"방자야, 여인에게 속히 돌아가 이렇게 여쭈어라. 이처럼 맛난 음식을 보내주어 잘 먹었다고 하고, 천생양지생음(天生陽地生陰)이라는 말이 있 듯 음양배합(陰陽配合)은 모든 사람이 다 똑같은 법, 방탕한 화류객이 문 득 산에 올라왔으니 탐화봉접(探花蜂蝶)[72]의 마음을 알아달라 하여라."

방자가 여인에게 얼른 다녀와서 아뢰었다.

"그 여인이 다른 말은 하지 않고 큰 탈 날 것이니 속히 돌아가라고만 합 디다."

배 비장은 방자의 말을 듣고 크게 탄식하며 하릴없이 침소로 돌아왔다. 하지만 여인을 잊지 못하여 절로 한숨을 내쉬며 혼자 중얼거렸다.

"한라산 맑은 정기를 타고나 그리 고이 생겼는가? 잊을 수가 없으니 참 으로 한이로다. 동방(洞房)은 적막한데 임 생각 그지없도다. 춘풍에 우는 새가 회포를 머금은 듯, 정원의 푸른 풀이 이별의 눈물을 뿌리는 듯, 상사 병이 골수에 깊이 들어 청춘 원혼 되겠으니, 북당(北堂)에 학발양친(鶴髮兩

---

[72] 탐화봉접(探花蜂蝶) 벌과 나비가 꽃을 탐함.

親)과 춘규(春閨)[73]에 홍안처자(紅顏妻子)를 다시 볼 수가 없도다. 아이고, 아이고 이 일을 어찌할까?"

애절한 심정을 억누르지 못하고 이처럼 탄식을 하던 배 비장이 말이라도 한번 하고 죽으리라 결심하여 방자를 불렀다.

"방자야, 이리 좀 오너라. 나는 또 죽게 생겼다."

방자가 여쭈었다.

"무슨 일로 그리 신음하시나이까? 패독산(敗毒散)이나 조금 잡수어 보시지요."

"아니다. 패독산으로 나을 병이 아니다."

"그러면 망령이 들었소이까? 망령병에는 당약이 있지요."

배비장이 물었다.

"당약은 또 무슨 약이냐?"

"홍두깨를 삶아 먹는 게 당약이라 하옵니다."

"아니다. 내 병에 좋은 약이 있기는 하다만 얻기가 좀 어렵구나."

방자가 다시 여쭈었다.

"그 무슨 약이기에 어렵다는 말씀이오?"

배비장이 말하였다.

"아이고, 방자야. 내가 죽고 살기는 네 손에 달렸으니 날 좀 살려다오. 너도 알 것이로되 어제 한라산 수포동 수풀 사이에서 목욕하던 여인을 보

---

[73]. **춘규(春閨)** 젊은 여자들이 거처하는 방.

면 내 병은 자연 나을 것이다. 제발 그 여인을 보게 해주려무나."

"나리, 천부당만부당한 말씀이오. 그 여인은 규중에 내외가 깊어 만나 볼 수가 없을 것이옵니다."

이에 할 말이 없어진 배 비장이 무료하게 고담(古談)이나 얻어보리라 하고 책을 읽기 시작하였다. 『삼국지』, 『구운몽』, 『임경업전(林慶業傳)』을 다 던져 버리고 마지막으로 『숙향전(淑香傳)』을 읽다가 다시 던져 버렸다.

배 비장이 다시 방자에게 말하였다.

"방자야, 내 너에게 중요한 말을 하마. 그 여인이 음식을 차려 보내준 건 아무리 생각하여도 무심한 게 아니다. 혹시 일이 안 되어도 좋으니 말이나 꺼내 보자꾸나."

방자가 여쭈었다.

"누구에게 말을 꺼내리까?"

배 비장이 대답하였다.

"그 여인에게."

"어림없소. 그 여인은 성정이 악하고 절개가 도도하니 그런 생각은 아예 하지를 마오."

배 비장이 방자를 붙잡고 애원하였다.

"되든 안 되든 편지 하나 써줄 것이니 전해 다오. 일만 잘 되면 구전 삼백 냥을 상금으로 주마."

이에 방자가 돈냥이나 얻을 생각으로 슬그머니 수작을 걸었다.

"소인은 그 편지를 가지고 갈 수 없나이다."

깜짝 놀란 배 비장이,

"뭐라고? 그게 무슨 말이냐? 내가 천 리 밖에 와서 통정하고 지내는 하인이 너밖에 또 누가 있느냐?"

하고 말하니, 방자가 아뢰었다.

"소인이 나리와의 정을 생각하면 그럴 수 없지만 소인에게는 사정이 있사옵니다."

"무슨 사정이란 말이냐?"

방자가 아뢰었다.

"소인이 세 살 적 아비가 저 세상으로 떠나 늙은 어미가 소인을 길렀사옵니다. 소인은 열 살부터 방자 구실을 하였지만 달마다 관가에서 주는 것이라고는 두 냥뿐이옵니다. 그걸 가지고는 신발 값은커녕 어미와 겨우 연명할 정도밖에 안 되옵니다. 소인의 사정이 이러하니 사불여의(事不如意)[74]라도 되면 소인이야 죽고 사는 게 원통치 아니하지만, 혹시라도 병신 되면 나리도 모실 수 없고 늙은 어미는 누가 얻어 먹이옵니까? 그러니 그런 위태한 거동은 절대로 못 하옵나이다."

그러자 배 비장이,

"그 일일랑 염려 마라. 만일 매를 맞을 지경이면 내가 낫도록 해줄 것이요, 늙은 어미는 내가 먹여 살릴 것이니 아무런 염려 마라."

하고 방자를 위로한 뒤, 궤를 열어 백 냥을 내어주었다.

---

[74] **사불여의(事不如意)** 일이 뜻대로 되지 않음.

"약소하나마 네 어미에게 갖다주어 양식이나 사게 하여라."

방자가 못 이기는 체하며 돈을 받으며,

"그러면 편지나 잘 써주시오." 하고 말하였다.

배 비장은 크게 기뻐하여 편지를 급히 써 방자에게 주며 몇 번이나 당부하였다.

"일이 어떻게 될지는 전적으로 네 수단에 달렸으니 부디 눈치껏 잘 하여라."

방자가 편지를 들고 애랑을 찾아갔다. 방자의 말을 전해들은 애랑은 배 비장이 눈물로 쓴 편지를 단숨에 읽어 내려갔다.

"제막(濟幕) 걸덕쇠(乞德釗)[75]가 머리를 조아려 삼가 두려운 마음으로 낭자에게 편지를 부치니 부디 아량을 베풀어주기를 바라노라. 아, 슬프다. 이 몸이 호탐자(好貪者)로 공명불성(功名不成)하여 수천 리 제주도에 남의 편비(扁裨) 되어 따라와, 그간 물색에 뜻이 없어 기암절승(奇巖絕勝)만 눈앞에서 희롱하다, 어제 모처럼 산에 올라 푸른 숲 사이를 회로(回路)하다 그만 낭자를 잠깐 보았노라. 그때 나는 정신이 혼미(魂迷)하여 집으로 돌아와도 도저히 잊혀지지 않고 저절로 생각이 났노라. 게다가 먹어도 먹은 것 같지 않고 누워도 잠이 오지 않으니 골수에 깊은 병이 들었음에 틀림없노라. 낭자가 아무리 꽃처럼 어여쁘다 하여도 언제까지나 젊을 수는 없는 법이니, 세월이 흐르면 낭자도 절로 늙어 홍안이 백수(白首)가 되어 시호

---

[75] **걸덕쇠(乞德釗)** 구걸하는 사람을 뜻함.

시호부재래(時乎時乎不再來)[76]라 할 것이다. 상사고(想思苦)에 깊이 든 병은 신농씨(神農氏)[77] 백초약(百草藥)이 효험이 없다. 수절(守節)을 지키는 일은 다 부질없는 짓이고 오직 사람을 살리는 덕(德)이 으뜸이다. 장부생사(丈夫生死)가 낭자의 말에 달려 있으니, 부디 한 마디 말로 장부의 생사를 정하도록 하라. 갖은 슬픔은 일필난기(一筆難記)[78]로다. 머리가 혼미한 가운데 잠깐 적었으니 낭자는 깊이 생각하여 답장 주어라."

방자가 애랑에게 말하였다.

"답장을 주되 애간장 타게 주어라."

애랑이 슬쩍 웃으며 글을 써내려 갔다. 방자가 애랑의 답장을 가지고 오자 편지를 두 손으로 공손하게 받은 배 비장이 속히 사연을 읽기 시작하였다.

"슬픔에 잠겨 있는 소첩이 답서(答書)를 나리께 부치옵니다. 얼굴도 모르고 아는 바도 없는 사이에 서사(書飼) 상통이란 그저 오활한 일이온데, 욕망난망(慾望難望)이 괴이하고 불사이자사(不思而自思)란 가소로운 일이옵니다. 나리께오서 병환을 모르는데 신병소약(身病所藥)을 내 어찌 알며, 보신탕 또한 내 어찌 알겠사옵니까? 나리는 인신(人臣)으로 옛글을 모르시나이까?

사군충(事君忠)과 종부지절(從夫之節)은 천지지상경(天地之常經)[79]이요,

76. 시호시호부재래(時乎時乎不再來) 세월아, 세월아. 다시 돌아오지 않을 세월아.
77. 신농씨(神農氏) 농사와 의술을 베푼 중국의 전설상의 제왕.
78. 일필난기(一筆難記) 간단하게 적기에는 어려움이 있음.

고금지고통의(古今之通義)[80]이거늘 남의 정절을 앗으려고 하니, 충절유무 (忠節有無)를 소첩도 알 만하옵니다. 그러하니 나리께오서는 마음을 바꾸 어 먹고 속히 물러나소서."

배 비장이 물러나라는 말에 깜짝 놀라,

"큰일이로다. 더 이상 읽어보았자 무엇하리? 아이고, 이 일을 어찌할꼬? 도중원혼(島中寃魂)[81] 되겠구나."

하자, 곁에 있던 방자가 여쭈었다.

"나리, 상심 마시고 그 아래를 보셨소? 연(然)자가 있소이다."

배 비장이 다시 편지를 들고,

"옳다 연(然)자의 뜻을 알겠다."

하고 나머지를 읽기 시작하였다.

"그러하오나, 장부(丈夫)의 몸이 나로 인하여 득병(得病)하였다고 하니 그 뜻이 가상하오이다. 나는 규중첩신(閨中妾身)으로 출입을 마음대로 하 지 못하니 상봉이 극히 어렵사옵니다. 월락심야(月落深夜)에 벽헌당(碧軒 堂)을 찾아오면 은근히 내입즉여군동침(來入則與君同枕)[82]하려니와 만약 이곳에서 놓치면 나리의 신상이 위태로워질 것이옵니다. 만일 오시게 되 면 가내가 어수선하고 닭과 개가 많으니, 발걸음을 부드럽고 가볍게 하여

조심하고 또 조심하옵소서."

애랑의 편지를 다 읽고 나자 배 비장의 병이 순식간에 나았다. 삼경에 기약 두고 해가 지기만 바라는데 어느새 사방에 어둠이 깔리기 시작하였다.

배 비장이 방자를 입시(入侍) 보내고 빈방에 남아 다시 의관(衣冠)을 차리는데, 외올 망건, 정주탕건, 쾌자(快子), 전립(氈笠), 관대 띠에 패동개(佩一)[83]를 제법하고 빈 방에 홀로 서서 도깨비 들린 듯 혼자 중얼거렸다.

"가만가만 걸어가 여인의 문전에 들어서며 기침 한 번 슬쩍 하면 그 여인이 알아차리고 문을 활짝 열 것이로다. 걸음을 한 번 대학지도(大學之道)로 이리 걸어 들어가, 수인사대천명(修人事待天名)[84]이라 하는 것처럼, 여인에게 한 번 이리 군례(軍禮)를 보여야겠다."

한창 이리 습의(習儀)하고 있는데 방자가 뜻밖에 문을 펄쩍 열며,

"나리, 무엇하오?"

하니 배 비장이 깜짝 놀라 물었다.

"네 벌써 왔느냐?"

방자가 아뢰었다.

"예. 군례(軍禮) 전에 대령하였소."

"이놈, 깜짝 놀라 진땀이 난다."

하며 배 비장이 패동개한 채로 나서니 방자가 여쭈었다.

---

[83] **패동개(佩一)** 허리에 동개를 참. 동개는 활과 화살을 넣어 등에 지도록 가죽으로 만든 물건.

[84] **수인사대천명(修人事待天名)** 사람이 할 도리를 다 하고 하늘의 명을 기다림.

"나리, 밤중에 유부녀와 통간(通姦)하러 가시는데 금의야행(錦衣夜行)[85]으로 그리하고 가시면 될 일도 안 될 것이니 그 의관 다 벗으시오."

이에 배 비장이 대답하였다.

"벗어버리면 초라하다."

"초라하게 여기시면 가지 마시지요."

하고 방자가 말하자 배 비장이 얼른 손을 내저으며 말하였다.

"이놈아, 요란스레 굴지 마라. 내 벗으마."

배 비장이 방자의 말을 듣고 의관을 모두 벗어버렸다.

"알몸도 좋기는 하지만 누가 보면 한라산 매 사냥꾼으로 알겠소. 제주 사람 의복을 차려 입는 게 어떨까요?"

배 비장이 물었다.

"제주 의복은 어떤 것이냐?"

방자가 대답하였다.

"개가죽 두루마기에 벙거지를 쓰오."

"그건 과히 초라하다."

"초라하다 여기면 그만두오."

하고 방자가 투덜대자 배 비장이 얼른 말을 꺼냈다.

"말인즉 그렇다는 것이지. 내 개가죽 아니라 도야지가죽이라도 입으마."

배 비장이 구록피(狗鹿皮)[86] 두루마기에 벙거지를 쓰고,

---

[85] **금의야행(錦衣夜行)** 비단옷을 입고 밤에 돌아다님. 즉, 생색이 나지 않음.

[86] **구록피(狗鹿皮)** 사슴가죽처럼 부드럽게 만든 개가죽.

"이놈아, 범이 보면 나를 개로 알겠다. 군기총(軍器銃) 하나만 들고 가자."

"무서우면 가지 마오."

"네 성정이 그러한 줄은 미처 몰랐구나. 네가 정 못 간다면 내가 업고라도 가마. 어서 가자."

배 비장이 방자의 뒤를 따라 밤길을 부지런히 걸어갔다. 서입죽창(西入竹窓) 돌아들어 동편송계(東便松階)에 다다르니 북창에 불이 환하게 비치고 있었다.

방자가 담에 난 구멍을 찾아 먼저 안으로 기어 들어가며,

"쉿, 잘못하다가는 큰일날 것이니 나리께서는 두 발을 한데 모아 들이미시오." 하였다.

그 말에 배 비장이 옳거니, 하며 두 발을 모아 구멍 안으로 들이밀었다. 방자가 안에서 배 비장의 두 발목을 쥐고 힘껏 잡아당기니, 배 비장의 부른 배가 구멍에 딱 걸려 들어가지도 나가지도 못하고 꼼짝없이 걸리고 말았다.

배 비장이 두 눈을 희게 뜨고 이를 갈며,

"이놈아, 제발 좀 놓아라. 포복불입(飽腹不入)하니 출분이기사(出糞而幾死)[87]로다."

하고 곧 죽어도 문자를 썼다.

---

[87] 포복불입(飽腹不入)하니 출분이기사(出糞而幾死)로다 배부르게 먹어 더 이상 들어가지 않고, 똥 나오는 걸 보니 거의 죽게 생겼다는 뜻.

방자가 웃으며 탁 놓으니 배 비장이 곤두박질치고 말았다. 배 비장이 얼른 일어나 앉으며,

"매사가 순리로 되지 않으니 큰일이로다. 산모(産母)의 해산법(解産法)으로 말하여도 아이는 머리부터 낳아야 순산이라 하니, 내 상투를 먼저 들이 밀 것이니 너는 잘 잡아당겨라."하였다.

방자가 배 비장의 상투를 벙거지 쓴 채 왈칵 잡아당겨도 도무지 구멍에서 빠져나올 기미가 없었다. 배 비장이 겨우 구멍에서 빠져 나오자 방자가 여쭈었다.

"불이 켜진 저 방에 들어가 나리 욕심대로 얼른 하고 날 새기 전에 서둘러 빠져 나오시오."

배 비장이 한편으로는 좋기도 하지만 한편으로는 걱정도 되어, 가만가만 들어가 이리 기웃 저리 기웃 하며 문 앞에 다가가더니, 손가락에 침을 발라 문구멍을 뚫고 한눈으로 안을 들여다보기 시작하였다. 방 안에는 아리따운 여인이 가만히 앉아 담배를 피우고 있었다.

여인이 뿜어내는 향기로운 담배 냄새가 붉은 안개 피어오르는 듯이 점점 문구멍 밖으로 새어 나오니, 배 비장이 생담배 냄새를 더 이상 견디지 못하고 재채기를 하고 말았다.

그때 여인이 놀라는 체하며 문을 활짝 열어젖히고,

"도적이야."

하고 소리를 내지르니 배 비장이 엉겁결에,

"문안을 드리오."하였다.

그러자 여인이 배 비장을 보고,

"화호불성(畵虎不成)[88]이로다. 아마도 뉘 집 미친 개가 길 잘못 들어 왔나보다."

하며, 인두판으로 등을 치니 배 비장이 얼른 말하였다.

"나는 개가 아니오."

여인이 물었다.

"그러면 무엇이오?"

"배걸덕쇠요."

이에 여인이 웃으며,

"이 밤 기약하였던 임이 왔네. 어서 들어가 자리하고 불을 끄오." 하였다.

두 사람이 의복을 활활 벗고 원앙 금침에 함께 누워 한창 노닐고 있는데, 갑자기 방자가 소리를 지르며,

"불 켜놓고 문 열어라. 앞문 보랑(步廊)은 내가 막으마."

하고 집으로 들어섰다.

여인이 놀라는 척하며 몸을 부들부들 떨며 당황하고 있는데, 방자가 다시 언성을 높여 말하였다.

"고얀년, 내가 자리만 비우면 문 앞에 신 네 짝이 떠날 날이 없구나. 어느 놈과 미쳐서 이리도 두런두런하느냐? 두 사람 모두 한 주먹에 쇄골박살

---

[88]. **화호불성(畵虎不成)** 범을 그리려다 강아지를 그림. 일을 그르친다는 뜻.

(碎骨樸殺)하리라."

이에 배 비장이 혼겁하여 어쩔 줄 몰라 하면서도 외문(外門)집이라 도망 가지 못하고, 그저 알몸으로 이불을 뒤집어쓴 채 여인에게 물었다.

"야심한 밤에 문을 열라고 하는 사람은 대관절 누구요?"

여인이 대답하였다.

"우리 집 남편이오."

배 비장이 다시 물었다.

"본 남편이오? 그 사람 성품은 어떠하오?"

여인이 대답하였다.

"성정(性情)이 매우 악랄한 데다 미련하기는 도척[89]이요, 기운은 항우(項羽) 같소. 게다가 술을 매우 즐겨 제 마음에 화라도 치미는 날이면 대낮에 도 함부로 칼을 휘두르니, 홍문연(鴻門宴)에서 번쾌가 방패 쓰듯,[90] 상산(常山)의 조자룡이 장창(長槍) 쓰듯 하오. 그러니 칼을 획 지르면 맹호라도 쇄골(碎骨)하고 철벽이라도 뚫어지니, 그대는 고사하고 옛날 장비(張飛)를 죽인 범강(范江)과 장달(張達)이라도 살기가 틀렸소. 불쌍한 그대 목숨 나로 인하여 죽게 되었으니 어쩌면 좋겠소?"

이에 배 비장이 얼굴이 사색이 되어 여인에게 애걸하였다.

"옛날 형가(荊軻)[91]의 큰 주먹에 소매가 잡혀 죽을 지경에 처한 진왕(泰

---

[89]. **도척** 중국 춘추시대의 도적 두목.
[90]. **홍문연(鴻門宴)에서 번쾌가 방패 쓰듯** 초왕 항우가 범증(梵增)의 권유에 따라 홍문에서 잔치를 벌인 뒤 유황을 죽이려 했는데, 유방이 장량(張良)의 죄로 번쾌를 앞세워 도망친 사건.
[91]. **형가(荊軻)** 중국 전국시대의 자객.

王)을 궁녀(宮女)가 탄금(彈琴)[92]하여 살렸으니, 낭자도 꾀를 내어 날 살려
주오."

그제야 미리 준비해 두었던 큰 자루를 꺼내며 여인이 말하였다.

"여기로 들어가오."

배 비장이 놀라 물었다.

"거기는 왜 들어가라 하오?"

"들어가면 자연 살 도리가 있을 터이니 어서 들어가오."

배 비장이 절에 간 새색시 모양이라 반색도 못 하고 자루 속으로 들어가
니, 여인이 자루 끝을 상투에 감아 맨 뒤 자루를 등잔 뒤 방구석에 세워놓
았다. 여인이 다시 불을 켜자마자 방자가 문을 왈칵 열고 들어와 사방을
둘러보며,

"저 방구석에 세워둔 게 무엇이냐?"

하고 큰 소리를 쳤다.

"그것은 알아 무얼 하오?"

방자가 다시 큰 소리로,

"이년아, 내가 물으면 대답을 할 것이지, 반색이 무엇이냐? 방망이 맛을
보고 싶으냐?"

하자 여인이 간사한 목소리로 대답하였다.

"거문고에 새 줄을 달아 세웠소."

----

92. **탄금(彈琴)** 가야금이나 거문고를 탐.

방자가 목소리를 누그러뜨리며,

"거문고? 그러면 타 보게."

하며 대꼬챙이로 배부른 통을 탁 치자, 배 비장이 아픈 것을 꾹 참으며 거문고인 척 자루 속에서 소리를 내었다.

"둥기덩, 둥기덩."

방자는 속으로 웃으며,

"거문고 소리 한번 웅장하고 좋다. 대현(大絃)을 쳤으니 소현(小絃)을 또 쳐보리라."

하고, 냅다 코를 탁 쳤다.

"둥기덩, 둥기덩."

"그 거문고 소리 참으로 이상하다. 아래를 쳐도 위에서 소리가 나고 위를 쳐도 위에서 소리가 나니 괴상하구나."

하고 방자가 말하자, 여인이 대답하였다.

"무식한 말일랑 하지 마오. 옛적 여와씨[93]가 생황(笙簧)[94] 오음육율(五音六律)을 내실 적에, 궁상각치우(宮商角徵羽)를 청탁(淸濁)으로 울리니 상청음(上淸音)도 화답이라 여겼다 하오."

방자가 그 말이 옳다 하며,

"세상 일은 석자 거문고와 같고, 인생은 한 잔 술과 같다는 말이 있다. 내게 술 한 잔 권하고 어서 줄을 골라라. 오늘 밤에 마음껏 놀아보자. 내 소

---

[93] 여와씨 음악을 처음으로 전해주었다는 중국의 전설상의 여인.

[94] 생황(笙簧) 아악에 쓰는 대나무 악기.

피보고 금방 돌아오마."

하고 문 밖에 서서 안의 동정을 살폈다.

이에 배 비장이 자루 속에서 여인에게 작은 소리로 말하였다.

"이보게, 그 사람이 거문고를 좋아하여 분명 자루에서 꺼내어 볼 것이니, 어서 나를 다른 곳에 옮겨 주오."

여인이 윗목에 놓인 피나무 궤를 열어,

"그러시면 여기에 바삐 드시오."

하니, 배 비장이 물었다.

"몸에 비해 궤가 작으니 어떻게 몸을 숨길까?"

여인이 대답하였다.

"궤가 밖으로 보기는 작으나 속이 넓어 숨을 만하니 잔말 말고 바삐 드시기나 하오."

배 비장은 별수 없이 궤 문을 열고 두 눈을 감은 채 들어갔다. 굽히지도 접히지도 못하고 몸을 옹송그려 생각하니 참으로 한심하고 서러운 일이었다. 배 비장이 궤 속에서 혼자 탄식하였다.

"나 같은 호색남자 궤 속에서 고혼(孤魂) 되었으니 누구를 원망하리요. 저 여인 궤 문을 닫고 쇠를 채우면 나는 꼼짝없이 함정에 든 범이요, 우물에 든 고기로다. 답답한 궤 속에서 어찌 견딜 수 있을까?"

이렇듯 배 비장이 혼자 탄식하고 있는데 방자가 다시 방 안에 들어오며,

"내 이제는 아무것도 흥미가 동하는 게 없다. 아까는 눈이 절로 스르르 감겨 꿈을 꾸었는데, 백수노인(白鬚老人)이 나를 불러, '집에 거문고와 피

나무 궤가 있느냐 고 물었다. 내가 있노라고 대답하니 노인이 다시 말하기를, '금신(金神)⁹⁵이 궤에 숨어 들어가 무수한 작란(作亂)을 하니 그 궤가 집 안에 있으면 집안이 망한다' 고 하였다. 그러니 저 궤를 불에 태워 버려야겠다. 어서 짚 한 동 갖다 불을 놓아라."

하고 말하니, 궤 속의 배 비장이 그 말을 듣고 탄식하였다.

여인도 방자의 말에 장단을 맞추어,

"조상 대대로 전해 내려오던 저 궤 속에는 업귀신(業鬼神)이 들어 있고, 우리 집안 여러 식구가 먹고 입고 쓰게 하던 업궤인데 불에 태우라니 나는 그리 못 하오."

방자가 화를 내며 말하였다.

"네 행실이 그러하니 이제 더 이상 너를 데리고 못 살겠다. 가장집물(家藏什物)⁹⁶ 다 귀찮고 절색소첩(絶色少妾)도 싫다. 업궤 하나 가졌으면 내 어디 가서 못 살까?"

방자가 궤를 걸머지고 방문을 나서며,

"이년아, 본 남편 버리고 새서방을 얻었으니, 가대(家垈) 차지하고 잘 먹고 잘 살아라."

하자 여인이 궤를 붙들며 말하였다.

"임자가 업궤를 가져가면 나는 폐가(廢家)하라는 말이오? 이 궤는 줄 수 없소. 차라리 임자가 가대를 차지하고 업궤는 나를 주오."

---

^{95.} **금신(金神)** 도교(道敎)에서 제사 지내는 귀신.
⁹⁶ **가장집물(家藏什物)** 집안의 갖은 살림도구.

이에 방자가,

"그렇다면 양편이 가난하지 않게 이 업궤 한 가운데 먹줄을 그어 반으로 갈라 서로가 한 토막씩 가지면 된다."

하고 대톱을 가져와 궤 위에 걸쳐놓았다.

"어서 당겨라 톱질이야. 슬근슬근 당겨라. 행실 부정한 몹쓸 년을 내 모르고 두었다가 오늘에야 알았구나. 월로결승(月老結繩)[97] 처음 연분 이 톱으로 잘 켜보자. 이 궤를 갈라 위 토막은 네게 주고 아랫토막을 내 가지면 나는 소부(小富) 되고 너는 대부(大富) 되니 분복(分福)대로 각기 살자. 이 톱 바삐 당겨라."

배 비장이 깜짝 놀라 엉겁결에,

"이보오, 참 미련하오. 하룻밤을 자도 만리장성을 쌓는다는데, 데리고 살았던 계집에게 그 궤를 모두 주오. 토막 내면 반실이 되잖소?"

하고 말하자, 방자가 톱을 내던지고 말하였다.

"아뿔사, 업귀신이 도생(倒生)하였으니 화침(火針)을 찔러야겠다."

방자가 끝이 좋은 송곳을 불에 달구어 궤에 쑥 지르니 배 비장의 왼편 눈을 향해 내려왔다.

배 비장이 기가 막혀 이제 악이나 써보자 하여,

"이보오, 아무리 무식하기로 눈동자가 귀중한 보배는 아니오?"하였다.

방자가 화침을 내던지고,

---

[97] 월로결승(月老結繩) 남녀의 인연을 맺어준다는 전설상의 노인인 월하노인이 가지고 다니는 붉은 끈.

"아이고, 업귀신이 제 몸 상할 줄 미리 알고 애걸하니 가련하다. 할 수 없다. 이제는 궤를 통째로 물에 처넣을 수밖에."

하며 질방을 걸어 궤를 지고 문을 열고 나서며 상두꾼 소리를 내었다.

한참을 지고 가는데 어떤 사람이 길을 막고 방자에게 물었다.

"등에 진 게 무엇이오?"

방자가 대답하였다.

"업궤요."

"그 궤 내게 파시오."

"사다 무엇에 쓰시오?"

그 사람이 대답하였다.

"업궤신이 장질(長疾) 병에 특효약이라고 하오."

배 비장이 궤 속에서 이 말 듣고 다행이라 여겨 목소리를 크게 하여 외쳤다.

"아이고, 그 누구인지는 모르지만 흥정 놓치지 마오. 성애[98]는 내가 하리다."

방자는 배 비장의 말을 무시하고 궤를 사또 있는 동헌 마당에 벗어놓으며, 마치 물에다 처넣는 듯이 경계하며 말하였다.

"궤 속에 있는 귀신은 들어라. 네 죄목이 무거워 만 번을 죽어도 억울할 것 없다. 이 창파 가운데 띄울 터이니 천 리 길을 가거라."

---

[98] **성애** 흥정이 끝난 증거로 옆에 있던 사람에게 술이나 담배를 대접하는 일.

방자가 진짜로 물에 띄우는 듯 물을 궤 틈에 부으며 궤를 흔들흔들 흔들었다. 배 비장이 궤가 벌써 물에 띄워졌으니 이제는 꼼짝없이 죽을 신세라고 길게 탄식하였다.

"이제는 못 보겠다, 못 보겠어. 천리 고향, 백발부모, 홍안처자 다시는 못 보겠다. 이 물에 죽는다 한들 멱라수(汨羅水)⁹⁹가 아니니 굴원(屈原)의 소절(素節)이 어찌 되며, 오강수(吳江水)¹⁰⁰가 아니니 자서(子胥)의 충절(忠節) 또한 어찌 되겠는가? 이름 없이 남 모르게 색(色)을 탐하다 이제 죽게 되었으니 내 어찌 잡놈이 아닌가? 이럴 때 배라도 지나가면 목숨이나 구걸하련만."

배 비장이 이처럼 탄식하고 있는데 사또가 하인을 불러 분부하였다.

"너희들은 일시에 배가 지나는 듯 소리를 내라."

하인들이 삼문(三門)을 흔들고 곤장을 내리치며, 어기어차 하고 소리를 내니, 배 비장이 궤 속에서 반가이 듣고 이는 틀림없이 닻 감는 소리요, 노 젓는 소리라고 생각하여 큰 소리로 외쳤다.

"강동(江東)으로 장한(張翰)¹⁰¹을 태우고 가는 배라면 날 살려주오. 풍월 실어가는 저 배에 초강어부(楚江漁夫) 타고 있으면 날 살려주오. 적벽강(赤壁江)에 소자첨(蘇子瞻)¹⁰²이 왔으면 날 살려주오. 청산만리(靑山萬里)

---

⁹⁹. **멱라수(汨羅水)** 중국 호남성에 있는 강. 굴원(屈原)이 자살한 강.
¹⁰⁰. **오강수(吳江水)** 오자서가 월(越)나라 왕 부차(夫差)의 오해로 미움을 받아 죽은 강.
¹⁰¹. **장한(張翰)** 진(晉)나라 사람으로 벼슬을 그만두고 강동으로 돌아감.
¹⁰². **소자첨(蘇子瞻)** 중국 북송의 문인(文人)인 소식을 말함.

함께 가자. 일고주(一孤舟)야, 날 살려라. 원포고범(遠浦孤帆)아, 이 궤 실어 날 살려라."

배 비장이 더욱 큰 소리로,

"저기 가는 저 배, 말 좀 묻겠소."

하니, 곁에 있던 사령이 사공인 척하며 대답하였다.

"무슨 일이오?"

배 비장이 물었다.

"거기 가는 배는 어디 가는 배요?"

사령이 대답하였다.

"제주 가는 배요."

"무얼 싣고 가오?"

사령이 속으로 웃으며 말하였다.

"미역, 전복, 해삼 다 실었소."

"내 말 좀 들어 보오. 어렵지만 이 궤 좀 실어다가 죽을 사람 살려 주오."

두 사람이 한참 이리 수작하고 있는데, 또 한 사람이 나섰다.

"무변대해(無邊大海) 저 수중에 궤 속에서 들리는 언성이 참으로 괴이하다. 우리 배에 부정 탈라, 멀리 밀어 버려라."

배 비장이 다급하게 말하였다.

"나는 잡것이 아니오. 사람이니 제발 살려주오."

"사람이면 거주 성명을 일러라."

이에 배 비장이,

"제주에 사는 배걸덕쇠요."

하자, 또 다른 사람이 나섰다.

"제주라 하는 곳이 물색지지(物色之地)라. 분명 유부녀와 간통하였다가 저 지경이 되었을 테지."

배 비장이 말하였다.

"옳소. 누구인지 모르지만 참으로 맞는 말이오. 물에 죽을 이내 목숨 살려 주면 적덕(積德)한 셈이니 부디 나를 살려 주오."

그 사람이 다시 말하였다.

"우리 배에는 부정 탈까봐 못 올리고, 다만 궤 문이나 열어줄 것이니 능히 헤엄쳐 가시오."

"그건 염려 마오. 내가 용산(龍山)과 마포를 왕래할 때 개헤엄이나마 배웠소."

하고 배 비장이 말했다. 그 사람이 다시,

"이 물은 짠물이라 눈에 들어가면 소경이 될 것이니 눈을 꼭 감고 헤엄치시오."하였다.

"눈은 멀어도 좋으니 우선 목숨이나 살려 주오."

그 사람이 다시 속으로 웃으며,

"혹시 눈이 멀어도 날 원망 마오."

하고 금거북 자물쇠를 툭 쳐 열었다.

그러자 배 비장이 소경 될까 두려워 눈을 꼭 감은 채 알몸으로 쑥 나섰다. 배 비장이 땅을 냅다 짚으며 두 손으로 허우적거리며 헤엄치는 시늉을 하였다. 한참 동안 이리 저리 팔을 저으며 헤엄치다가 동헌 댓돌에 머리를 딱 부딪히고 말았다.

배 비장이 눈에 불이 번쩍 나 두 눈을 뜨고 사방을 두리번거리는데, 사또와 삼공형(三公兄)[103]이며 전후좌우의 기생들과 육방관속(六房官屬) 노령배(奴令輩)들이 일시에 웃음을 터뜨렸다.

사또가 웃음을 참지 못하고 물었다.

"자네는 꼴이 그게 무언가?"

배 비장이 면목이 없어 고개를 숙이고 여쭈었다.

"소인 부모의 산소가 동소문(東小門) 밖이온데, 근래에 곤손풍(坤巽風)[104]이 들어 이 지경이 되었사옵니다."

그러자 사또와 여러 동관(同官)들이 크게 웃으며 배 비장을 위로하였다.

배비장전 끝

---

[103]. **삼공형(三公兄)** 각 고을의 이방, 호장, 수형리의 세 관속.
[104]. **곤손풍(坤巽風)** 봄철에 부는 따뜻한 바람.

작품 해설

『배비장전』은 작자, 연대 미상의 구활자본 국문고전소설로서, 판소리 열두 마당의 하나인 『배비장타령』을 조선 후기 때 소설화한 것이다. 『배비장전』에는 판소리의 형식이 곳곳에 엿보이는데, 이는 판소리가 먼저 있었고 이후 소설로 개작했다는 점을 말해 주는 것이다. 판소리 『배비장타령』은 판소리 열두 마당에 있었다고 전하나, 후에 신재효가 정리한 판소리 여섯 마당에 수록되지 않은 점으로 미루어 19세기에 이르면 판소리로서는 거의 잊혀졌다는 것을 알 수 있다.

『배비장전』의 주제는 지배 계층의 허위와 위선에 대한 풍자에 있다. 신임목사를 따라 제주도에 따라온 배 비장은 자신이 구대정남임을 강조하고 방자와 내기를 한다. 이에 방자는 기녀 애랑과 함께 배 비장을 골탕 먹인다. 즉 이런 과정을 통해 작가는 배 비장의 허위와 위선을 풍자한다. 우선 『배비장전』의 내용을 간단히 살펴보자.

제주도 신임목사 김경을 따라 비장으로 가게 된 배 비장은, 가족들이 제주도가 여색이 뛰어난 곳임을 들어 걱정하자 가족들에게 여인을 가까이하지 않을 것이라고 약속하고 제주도로 떠난다. 제주도에 가까워지자 풍랑을 맞게 되는데, 여기서 당시 비장으로 일하던 계층의 삶의 모습을 생생하게 보여 준다. 풍랑을 무사히 빠져 나온 일행은 제주도 해변에서 기녀 애랑과 이별하는 정 비장의 모습을 보게 된다. 배 비장은 애랑에게 꼼짝없이 당하는 정 비장을 비웃는데, 이를 본 방자가 애랑과 모의하여 배 비장을 골탕 먹일 계획을 꾸민다.

며칠이 지나 목사가 제의한 봄놀이에서 배 비장은 애랑이 목욕하는 모습을 훔쳐보고 몸이 아프다는 핑계를 대고 혼자 빠져 나온다. 그러나 이 모든 것은 혼자 구대정남으로 자처하고 기생과 술자리를 멀리하는 배 비장을 골탕 먹이려는 목사의 계획이었다.

배 비장은 방자를 통해 애랑의 집을 찾아간다. 개가죽을 입고 좁은 구멍을 통과하는 우스꽝스러운 배 비장의 모습이나, 애랑의 서방 역할을 하며 들어오는 방자를 피하기 위해 배 비장이 얼른 거문고 집에 들어가 숨는 모습이라든지, 한편 모르는 척 두드리는 방자의 손길에 둥덩둥덩 소리를 내는 모습 등은 가히 해학과 풍자의 진수라 할 만하다. 결국은 궤에 갇혀 바다에 던져지는 줄로만 안 배 비장이 동헌 한가운데서 알몸으로 허우적거리게 된다.

결말 부분에서 다른 결말을 보이는 두 가지 이본이 있다. 하나는 1916년부터 발간되었던 것으로 알려진 구활자본이고, 또 하나는 필사본을 대본으로 한 1950년에 나온 주석본이다. 앞의 자료에서는 배 비장이 애랑과 방자의 계교에 빠져 온갖 곤욕을 치른 뒤에 정의현감(旌義縣監)이라는 관직에 오르는 것으로 끝이 난다. 그러나 뒤의 자료에서는 배 비장이 애랑과 방자의 계교에 빠져 여러 사람이 보는 앞에서 알몸으로 궤 속에서 나오는 장면으로 끝나고 있다.

『배비장전』에 등장하는 방자와 애랑은 평민이면서도 다른 소설들과는 달리 적극적으로 주인공의 훼절에 가담한다. 특히 방자는 목사의 명령이 떨어지기 전에 자신이 먼저 배 비장의 훼절을 계획하고 배 비장을 혼내주는 역할을 한다.

『배비장전』에서 신참인 배 비장의 도덕적인 모습을 오히려 훼절시키려는 주위 인물들의 모습에서 당대의 관인들의 모습을 살펴볼 수 있다. 즉, 도덕적인 인물을 훼절시켜 자신들과 같게 길들이려는 신참례의 모습이 그것이다.

이 작품은 지배계층인 배 비장을 내세워서 지배계층을 비웃으면서도 서민의 웃음을 간직한 작품이라고 할 수 있다.

ⵢ 생각하는 갈대

첫째, 『배비장전』에는 배 비장을 혼내주는 인물로 방자와 애랑이가 등장한다. 자신이 모시는 인물을 풍자하고 비판하는 역할을 하는 점에서 『춘향전』의 방자와 비슷하지만, 『배비장전』의 방자는 『춘향전』의 방자보다 사건의 진행에 상당 부분 참여하고 있다. 『춘향전』과 『춘향전』보다 후대의 것으로 알려진 『배비장전』의 방자를 비교하

고, 이들 방자의 모습의 변화가 나타내는 것은 무엇인지 생각해
보자.

둘째, 『배비장전』은 조선시대 구대정남을 자처하는 배 비장의 허위와 위
선을 풍자한 작품이다. 그러나 배 비장은 양반이 아닌 중인 계층
이라는 점에서 단순히 양반에 대한 풍자만으로는 볼 수 없다. 배
비장이 중인 계층이고 그가 정절남임을 자처한 것이 어째서 상대
로부터 비판받아야 하는가를 생각해 보고, 『배비장전』에서 나오는
풍자의 웃음은 배 비장의 어떤 행동에서 비롯되는가와, 이것을 당
대 시대상황과 어떻게 연관지을 수 있는 생각해 보자.

셋째, 『배비장전』의 내용을 보고 독자들이 어떤 즐거움을 얻게 될지 생
각해 보자. 그리고 당시의 독자들이 느꼈을 즐거움도 함께 생각해
보자. 또한 주로 어떤 계층이 작품을 지어냈는지 작자층에 대해서
도 생각해 보자.

넷째, 송만재가 엮은 『관우희』의 판소리 열두 마당에는 『배비장전』이 속
하나 이후에 신재효의 판소리 여섯 마당에서는 빠져 있다. 활자본
으로 인기를 끌었던 『배비장전』이 어째서 판소리 여섯 마당에서
빠졌는가를 생각해 보자.